The Lowland

低地

The Lowland

Jhumpa Lahiri

[美] 裘帕·拉希莉——著　吴冰青——译

浙江文艺出版社
Zhejiang Literature & Art Publishing House

布克奖终选作品，媒体热评

“沉稳,让人难忘……拉希莉是我们关于移民和家庭分离之痛的最优美纪事者……(《低地》)闪耀着光亮。”

——《旧金山纪事报》

“精致……拉希莉在此一如既往出色地探索了她的人物极为脆弱的内心结构……一位美国大师。”

——《费城问询报》

“拉希莉迄今最精美的作品,既扰人心神又宽厚仁慈……令人心碎,却也同样予人满足。”

——《纽约书评》

“黯然神伤……一场野心勃勃的经营,跨越数十年、几大洲……这里展现了一条重要的真理——生活常常是无法理解的,有时候我们唯一可以坚守的只是忍耐的能力。”

——美国国家公共电台

“引人入胜……洋溢着痛与爱，以及生活全部的深邃之美。”

——《奥普拉杂志》

“‘低地’充当了拉希莉的诉说隐喻，喻指我们生活中萦绕不去的那些黑暗、阴湿、杂草丛生的地方……以其不动声色的力度，让我们想起了艾丽丝·门罗和威廉·特雷弗成功的小说。”

——《每日新闻报》

“一个讲述家庭与意识形态发生矛盾，爱情与危险紧密交织的经典故事……一位作者，在她艺术水平的巅峰，转遍整个世界并回到了原点。”

——《Vogue》

“一位杰出的美国作家。”

——《芝加哥论坛报》

“难忘，强力……拉希莉凭借《低地》占领了文学的制高点。”

——《今日美国报》

“拉希莉是设置戏剧性转变的大师，但并不是传统意义上的。她让张力慢慢积累，直到突然折断。她所扭折的其实是你……拉希莉展示了当你一路上都在担心某个波折即将发生的时候，它就越发具有毁灭性。”

——《娱乐周刊》(评级：A)

“必读……拉希莉独特的抒情文笔交织着快节奏的叙事和难忘的人物。”

——《Slate》

“拉希莉充满信心地回归了为她赢得评论界赞誉的、读者渴望看到的和普利策大奖的主题……(在这里)她添加了一道历史维度，从而创造了一个生机勃勃、引人入胜的故事背景……故事是独特的，但也是普遍的，令我们都怀念起过去来。”

——《迈阿密先驱报》

“健谈而私密……拉希莉的写作精确而冷静……忠诚与背叛、谎言与宽恕、孝道与遗弃，我们在世上为寻找自己的道路而做出的种种选择和牺牲，都美妙地锻造进这部小说之中。”

——《俄勒冈人报》

“微妙却又猛烈……这部写得十分精彩的小说，其主题可能很宏大——爱情、革命、离弃——然而这是一个并不提供简易答案的亲密故事。”

——《Parade》

“读完后仍然长久伴随你的那类书……充满关于婚姻与为人父母、政治与承诺的深刻洞见。”

——《匹兹堡邮报》

“精细入微，令人伤感……拉希莉用一双惊人敏锐的耳朵，倾听我们最亲密关系中特有的紧张和误会。”

——彭博新闻社

给卡林和阿尔贝托，为他们自始至终的信任与看顾

lascia ch'io torni al mio paese sepolto nell'erba come in un mare caldo e pesante.

让我回到家园，它掩埋在荒草之中，如同隐藏于温暖而狂野的大海。

——乔治奥·巴萨尼，“问候罗马”

壹

1

托利俱乐部的东边,“为国献身者”萨什摩大道分成两股之后,有一座小清真寺。拐弯就进入一片安静的聚居区。一片拥挤的狭窄小巷和普通中产阶级房舍。

曾经,这片聚居区有两个池塘,椭圆形,彼此紧挨着。池塘后面是一片几英亩大的低地。

季雨过后,池水上涨,淹没了池塘之间修筑的路堤。低地也积满了三四英尺深的雨水,一年好几个月就这样淹着。

积雨的平地密密匝匝覆盖着水葫芦。这种漂浮的水生植物生长迅速。它的叶子使水面看着像是实地。绿色与天空的蓝色形成鲜明对比。

池塘周边零零散散是一些简陋的小屋。穷人涉水寻觅可吃的东西。秋天白鹭到来,白色羽毛给城市的烟灰弄得脏兮兮的,它们一动不动等待着猎物。

加尔各答气候潮湿,蒸发是很缓慢的。但最终太阳还是烤干了大部分积水,潮湿的土地又露了出来。

苏巴什和乌达安走过低地无数次了。这是去邻里外围一个运动场的捷径,他们在那里踢足球。避开水坑,踩过一簇簇尚在原地的水葫芦叶子。呼吸着潮湿的空气。

某些生物产下的蛋能够忍受干旱的季节。另一些生物为了谋得生存,把自己埋在淤土里,模拟死亡,等待雨季回归。

2

他们从来没有踏足托利俱乐部。像这一带大多数人一样，他们已经走过俱乐部的木制大门、它的砖墙成百上千次了。

一直到四十年代中期，他们的父亲还经常从围墙外头观看赛马绕着赛道奔驰。他是站在街上看的，站在那些买不起门票，或者进不了俱乐部场地的下注者和看客中间。但是第二次世界大战之后，在苏巴什和乌达安出生前后，围墙增添了高度，公众也就再也看不到里面的情形了。

邻居比斯米拉在俱乐部当球童。他是穆斯林，印巴分治以后仍然留在了托利冈吉。他以几个派士[①]的价钱，卖给他们球场上丢失或扔掉的高尔夫球。有的球被划开了，像皮肤上的刀口，露出粉红色的橡胶状内里。

起初，他们用棍子来回击打这种有凹痕的小球。于是，比斯米拉再向他们推销了一根铁质推杆，杆身略有弯曲。一名沮丧的球员用推杆猛击一棵树，把它损坏了。

比斯米拉向他们展示如何向前屈身，手握在哪里。大致确

---

① 派士：印度货币单位，1 卢比 = 100 派士。

定了游戏目标之后，他们在泥土中挖洞，再试图把球摆弄进洞里去。需要一根不同的铁杆才能把球打得更远，但他们无论如何还是使用推杆。可是高尔夫不像足球或板球。不是兄弟俩可以满意地即兴发挥的运动。

在运动场的泥地上，比斯米拉勾画出托利俱乐部的地图。他告诉他们，会所近旁有一个游泳池、几间马厩和一个网球场。还有餐厅，那里茶水是从银质茶壶里倒出来的，又有台球和桥牌的专用房间。留声机播放着音乐。调酒师身着白色大衣，在调配被称为粉红佳人和杜松子酒的饮品。

俱乐部的管理层最近修建了更多的界墙，以防闲人闯入。但是比斯米拉说，西边有几段铁栅栏，还是可以钻进来的。

他们等到天擦黑，那时高尔夫球手为了躲避蚊子，已走出球场，回到会所喝鸡尾酒去了。他们保守秘密，没有向邻里其他男孩提及他们的计划。他们走到这边路角的清真寺，它的红白色尖塔与周围建筑物迥然不同。他们拿着铁推杆和两个空煤油罐，上了主路。

他们穿到技师制片厂的另一侧。他们朝稻田走去，阿迪恒河①一度流过那里，英国人也曾从那里开船去恒河三角洲。

这些日子，河道成了死水，两旁排列着从达卡、拉杰沙希和吉大港逃难过来的印度教徒的定居点。加尔各答容纳却又忽视了这些难民人口。自从十年前印巴分治以来，他们已经占领了托利冈吉许多地区，犹如季雨淹没那片低地。

---

① 印度恒河下游的一条支流，存在于十五至十七世纪，后干涸。

一些政府工作人员通过交流计划找到了接待家庭。但绝大多数是被剥夺了祖先土地的难民,他们如浪涛般涌来。先是快速的涓流,随后就是洪水。苏巴什和乌达安记得他们。一场冷酷的行进,一片人类的牧群。头上几个包袱,婴儿缚在父母胸口。

他们用帆布或茅草建造窝棚,以竹编做墙壁。他们没有卫生设施,没有电力。住在垃圾堆旁边的棚户中,住在任何找得到的空间里。

因为他们,两岸即是托利俱乐部所在地的阿迪恒河,现在成了西南加尔各答的一条下水道。因为他们,俱乐部额外增添了围墙。

苏巴什和乌达安没有发现铁丝围栏。他们在一处围墙较低可以攀爬的地方停下来。他们都穿着短裤,口袋里塞满了高尔夫球。比斯米拉说,他们会在俱乐部内找到更多,那里球散落在地上,跟罗望子树落下的荚果混在一起。

乌达安先把铁推杆抛过墙去。然后是一个煤油罐。站在剩下的煤油罐上,苏巴什足可以爬上围墙。但那时候乌达安矮了几英寸。

你把手指扣起来,乌达安说。

苏巴什双手扣在一起。他感觉到弟弟脚的重量,他磨损的凉鞋鞋底,然后是他整个的身体,一瞬间都压了下来。乌达安迅速爬了上去。他骑在墙上了。

你搜索时,要我在这边望风吗?苏巴什问他。

那有什么好玩的?

你看到了什么?

你自己来看。

苏巴什将煤油罐拨到墙根。他踩上去,感觉到油罐的空心结构在他脚下滚摆。

我们走吧,苏巴什。

乌达安调整了一下姿势,慢慢下降,直到这边只看得见他的指尖。然后他松开手,掉落下去。苏巴什可以听见他用力过后在喘着粗气。

你没事吧?

当然没事。该你了。

苏巴什双手抓住墙壁,用力往胸前抱,刮破了膝盖。像往常一样,他不确定到底是乌达安的大胆令他沮丧呢,还是自己的缺乏胆气叫人气馁。苏巴什十三岁,比弟弟大十五个月。但是没有乌达安,他都找不到自我。在他最早的回忆中,兄弟俩每时每刻都在一起。

突然之间他们再也不在托利冈吉了。他们可以听到街道上川流不息的车辆,但再也看不见。他们四周围绕着巨大的炮弹树和桉树、红千层和素馨花。

苏巴什从未见过这样的草,像地毯一样均匀,贴着倾斜的地势展开。此起彼伏,仿佛沙漠中的沙丘,又如海水轻柔的荡漾。果岭的草皮修剪得非常精细,他用手轻轻一压,感觉就像苔藓。底下的地面平整得像剪了短发的头皮,而草的色调显得更浅一些。

他从来没有在一个地方看到这么多白鹭,他靠太近的时候都飞了起来。树木在草坪上投下傍晚的阴影。他抬头看时，只见光滑的树枝分了好多叉，好像一个女人身体的禁区。

侵入他人地盘的兴奋，被抓住的恐惧，令他们都有点眩晕。但是没有人发现他们，没有步行或骑马的守卫，没有球场管理员。没有人过来赶他们出去。

他们开始放松，发现沿着球场插着一系列旗子。球洞像是地上的肚脐，装有杯子，标示着高尔夫球应该去的地方。到处点缀着浅浅的沙坑。球道上的水坑，奇形怪状，就像显微镜下观察的液滴。

他们远离主入口，不冒险靠近会所，那里有外国人夫妻挽着手臂散步，或者在树下的藤椅上闲坐。比斯米拉说过，时不时，这里为一个仍然生活在印度的英国家庭的孩子举办生日聚会，吃冰激凌、骑小马，蛋糕点上蜡烛。虽然尼赫鲁是总理，但主客厅上悬挂的仍然是英国新女王伊丽莎白二世的肖像。

在他们的无人留意的角落，在一头迷路水牛的陪伴下，乌达安有力地挥杆。双臂举过头顶，摆出姿势，挥舞铁推杆就像一把剑。他撕开了原生态的草皮，在一个水池里丢了几个高尔夫球。他们在深草区寻找补充的球。

苏巴什放哨，留神倾听红土大路上马蹄走近的嘚嘚声。他听到啄木鸟的嗒嗒声。还听到镰刀割草的嚓嚓声，俱乐部某个地方正在手工修剪草坪。

几群豺狗打堆直坐着，黄褐色的皮毛夹杂着灰色。天光渐渐暗淡，几只豺狗开始寻找食物，瘦长的身形沿着直线跑动。它们烦乱的嚎叫在俱乐部回荡，看来时光已晚，两兄弟该回家了。

他们留下了那两个煤油罐，一个放在围墙外标记地点。一个留在俱乐部里面，他们仔细藏在了灌木丛后边。

随后几次到访，苏巴什收集了一些羽毛和野杏仁。他看到秃鹫在水坑里洗澡后，散开翅膀晾干。

一次他发现一只从莺巢里掉下来的蛋，居然完好无损。他小心翼翼地捧回家，放在一个装糖果的陶罐里，用树枝盖着。蛋最终没有孵化，于是他在屋后花园的杧果树底下挖了一个洞，把它埋了进去。

随后的一天晚上，他们从俱乐部里扔出铁杆，翻墙出来，却发现墙外的煤油罐不见了。

有人拿走了，乌达安说。他开始搜寻。光线很暗。

你们两个小子在找这个吗？

说话的是一名警察，不知从哪里突然冒了出来，他正在俱乐部周围巡逻。

他们可以分辨他的身高、他的制服。他拿着煤油罐。

他走近几步。看见地上的铁杆，拾起来，细细查看。他放下煤油罐，打开手电筒，一个个照他们的脸，再把他们从头到脚照了一遍。

两兄弟？

苏巴什点了点头。

口袋里是什么？

他们掏出高尔夫球，都交了出去。他们看着警察把球放进自己的口袋。警察留了一个在外，把它抛到空中，再用手接着。

你们是怎么弄到这些的?

他们不作声。

今天有人邀请你们,到俱乐部打高尔夫?

他们摇了摇头。

不用我说,你们也知道这些球场是限制入内的,警察说。他把铁杆轻轻靠在苏巴什的手臂上。

今天是第一次进去吗?

不是。

这是你的主意吗?难道你还没长大,不懂事?

这是我的主意,乌达安说。

你有一个忠实的兄弟,警察对苏巴什说。想要保护你,愿意承担过错。

我这次就饶了你们,他继续道。我不会向俱乐部提起的。只要你们不再明知故犯。

我们不会再来了,苏巴什说。

很好。要我护送你们回家见父母呢,还是就在这里结束谈话?

这里。

那么转过身。就你。

苏巴什面朝墙壁。

再走一步。

他感觉到铁杆击中了他的臀部,然后是腿肚子。第二次打击的力量,只是一瞬间的接触,就打得他匍匐在地。伤痕需要好些日子才能平复。

他的父母从来没有打过他们。他开始没有感觉到什么，只有麻木。随后的感觉就像锅里的沸水在往他的皮肤上浇。

别打了，乌达安向警察喊道。他在苏巴什旁边蹲下来，胳膊搂在他的肩上，试图保护他。

在一起，互相挤靠着，他们支撑住了。他们低着头，闭着眼睛，苏巴什仍然因痛苦而摇晃着。但是没有再发生什么了。他们听到铁杆被扔过墙去，最后一次落到俱乐部里面。然后听到那个警察不想再搭理他们，撤退了。

3

苏巴什从小就很谨慎。他母亲从来不需要追赶他。他跟她做伴,看着她在煤炉边做饭,或者绣纱丽和罩衫的缝片,那是从附近女装裁缝那里接来的活。他帮助父亲在庭院把花钵里培植的大丽花移种到地里。那些球状的花朵,紫色、橙色和粉红色的都有,顶尖有时还带着白色。在乡间土褐色墙壁的映衬下,它们显得非常鲜艳。

他等待混乱的游戏结束,等待喊声平息。他最喜欢的时刻,是孤独或感觉孤独的时候。早上躺在床上,看着阳光在墙上闪烁,像静不下来的小鸟。

他把昆虫放在玻璃罩下观察。在附近的池塘边——如果女仆碰巧没来,他妈妈有时会在这里洗碗——他双手在浑浊的水中捧起,寻找青蛙。他活在自己的世界里,亲戚们齐聚一堂,逗不出他任何反应之余,有时候会这么说。

苏巴什总是在眼皮底下,而乌达安却经常找不见:哪怕在他们就两个房间的房子里,他还是男孩的时候,就强迫症似的躲藏起来,躲在床下、门后、存放冬季被子的柳条筐里。

他玩这个游戏时毫无征兆,说消失就消失了。他潜入后花园，爬到树上藏起来，他们的母亲怎么喊也喊不答应，无奈只好停下手头的活计。在她寻找他、迁就他、呼喊他名字的时候，苏巴什看见母亲脸上瞬间掠过的恐慌，担心也许就此找不到他了。

等他们年纪大些，可以自己出门的时候，父母告诫他们千万不要走单了。他们一起漫步走过聚居区曲折的小巷，走过池塘后面，穿过低地，来到运动场，时常会在这里遇到别的男孩。他们去拐角的清真寺，坐在清凉大理石台阶上，有时候从别人收音机里听一场足球比赛，清真寺的守门人从来不介意。

终于，他们获得许可走出聚居地，去到城市其他地方。他们可以走得双腿发软，可以自己搭乘电车和公共汽车。拐角那座清真寺，另一种信仰的徒众敬拜的地方，仍然指引着他们每日的出行和回归。

从某个时候起，因为乌达安提议，他们开始在技师制片厂外闲逛，那里是多年前萨蒂亚吉特·雷伊拍摄《大地之歌》①的地方，当时来了不少孟加拉语电影明星。偶尔，有认识他们的人受雇于拍摄现场，邀请他们进去，里面是纠结的电缆电线和炫目的灯光。在宣布全场安静之后，随着场记板一拍，他们观看导演和他的工作人员，拍摄再拍摄一个场景，改进几句台词。一天的工作，奉献给了片刻的娱乐。

他们瞥见美丽的女演员从化妆室出来，戴着太阳眼镜，踏上等候的汽车。乌达安比较勇敢，要求她们签名。他无视自我

---

① 萨蒂亚吉特·雷伊（Satyajit Ray，1921—1992），印度导演，现实主义电影大师，代表作《大地之歌》《不可征服的人》《阿普的世界》等。

约束,就像一种不能察觉某些颜色的动物。但是苏巴什却在努力缩小他的存在,就像另一些与树皮或草叶融合的动物。

尽管他们很不一样,却总是容易搞混,以至于你喊任何一个名字,两个人都条件反射似的准备回答。有时很难弄清到底是谁回答的,因为他们的声音几乎无法区分。坐在棋盘上,他们简直就是镜像:一条腿弯曲,另一条腿张开,下巴支在膝盖上。

他们的身材相似,可以穿同一堆衣服。他们的肤色,从他们的父母衍生出来的一种浅铜色,是完全相同的。还有他们关节柔韧的手指,他们棱角分明的五官,他们质地卷曲的头发。

苏巴什不知道在父母眼里,他平静的性格是否被视为缺乏创造性,甚至也许是一种缺陷。他的父母不必担心他,但也并不偏爱他。顺从他们成了他的使命,因为不可能令他们惊奇或留下深刻印象。那是乌达安做的。

在他们家的院子里,乌达安的越界留下了最持久的遗产。他的一串足迹,就在泥土地面铺水泥那天踩下的。那天他们被要求留在室内,直到水泥铺好。

整个上午,他们看着泥水匠在手推车里配备混凝土,再用他的工具铺开、抹平这潮湿的混合物。要二十四小时,泥水匠临走之前警告他们。

苏巴什听从吩咐。他从窗户里观看外面,没有出门。但是他们的母亲刚刚转过背,乌达安就跑下了从大门到街上临时架设的长木板。

到了木板中间,他失去了平衡,从他留下的路径可以看出,脚底的中央部分收聚像个沙漏,脚趾头的垫片也脱落了。

第二天,泥水匠被召回。但到那时,地面已经干透,乌达安留下的脚印成为永久。修复缺陷的唯一方法是再铺一层。苏巴什猜想这一次弟弟是不是走得太远了。

但是他们的父亲对泥水匠说,让它去吧。并不是因为要花钱或者费力,而是因为他相信,抹去儿子走过的步子是错误的。

于是这个瑕疵成了他们家与众不同的标志。客人们若留意到,便成了讲给他们听的第一件家庭轶事。

苏巴什本来应该一年前就开始上学的。但为了方便起见——也因为乌达安想到苏巴什要撇下他去了,于是提出抗议——他们被同时安排在同一个班级。一家为普通家庭男孩开设的孟加拉语中等学校,在电车总站那边,经过基督教公墓。

通过比较笔记,他们总结了印度的历史、加尔各答的建立。他们绘制地图,学习世界地理。

他们了解到,托利冈吉建立在一片填海而成的土地上。几个世纪以前,孟加拉湾湾流更强的时候,这里是一片沼泽地,长满了茂密的红树丛。池塘和稻田、低地,都是沼泽地的残留。

作为生命科学课程的一部分,他们绘制了红树的图片。它们在水线以上缠结的根,它们获得空气的特殊孔洞。它们的细长的幼苗称为繁殖体,形状像雪茄。

他们了解到,如果繁殖体在落潮时掉下,就会在含盐的沼泽里抽条,从而繁衍于亲代周围。但是如果在涨潮时掉下,它们便从原地漂走,有时长达一年,最终在适宜的环境中成熟。

英国人开始清理这片水中的丛林,铺设街道。1770 年,在加尔各答南端以外，他们建立了一片郊区，最初的人口主要是欧洲人而非印度人。这里梅花鹿悠然徜徉，翠鸟在地平线上穿梭。

这个地区以威廉·托利少校的名字命名，他疏浚了阿迪恒河的一段，因此阿迪恒河后来也被称为托利水道。他实现了加尔各答和东孟加拉之间的航运贸易。

托利俱乐部的地皮原属印度总银行的董事长理查德·约翰逊。1785 年，他建造了一座帕拉第奥式样①的别墅，并从整个亚热带世界将多种外来树木引进托利冈吉。

十九世纪初，就在约翰逊庄园，英属东印度公司囚禁了蒂普苏丹的遗孀和儿子们。蒂普是迈索尔的统治者，在第四次盎格鲁迈索尔战争中阵亡。

这个被废黜的家庭从印度西南部遥远的斯赫里朗格阿帕特塔纳移植到这里。他们获释后，在托利冈吉得到了几块土地，以为生计。而随着英国人开始向加尔各答中心回迁，托利冈吉逐渐成为穆斯林占支配地位的城镇。

虽然印巴分治使穆斯林再次成为少数民族，但是众多街道的名字却保留着蒂普流放王朝的遗产：阿拉姆苏丹路、巴克蒂亚尔沙王子路、戈拉姆穆罕默德沙王子路、拉希穆丁王子巷。

戈拉姆·穆罕默德建造了达摩塔拉区的大清真寺，以纪念他的父亲。他一度获准在约翰逊的别墅居住。但是到 1895 年，

---

① 帕拉第奥式建筑：一种欧洲风格的建筑，设计灵感来自古希腊、罗马神庙的对称特征。

一位名叫威廉·克鲁克香克的苏格兰人在骑马找寻丢失的狗时，偶然发现了这座大房子，它早已被遗弃，成了麝香猫的家园，被藤蔓包裹得严严实实。

感谢克鲁克香克，别墅获得修复，一个乡村俱乐部也在此建立。克鲁克香克被任命为第一任主席。正是因为英国人，1930年代早期这座城市的电车线路向南延伸了这么远。这是为了方便他们前往托利俱乐部，以逃离城市的喧嚣，和自己人在一起。

在高中，兄弟俩学习光学和力、元素的原子序数、光和声的属性。他们知道了赫兹的电磁波发现，以及马可尼的无线电通信实验。孟加拉国的贾格迪什·钱德拉·博斯在加尔各答市政厅的一次演示会上，向观众展示了电磁波可以点燃火药，还能从远处引响一个铃铛。

每天晚上，他们对坐在金属书桌的两边，桌上是他们的教科书、笔记本、铅笔和橡皮擦，同时还有一盘正在下着的国际象棋。他们解方程、推公式，熬到很晚。夜晚十分安静，静得可以听到托利俱乐部里豺狗的嚎叫。有时候，当乌鸦几近同步地开始聒噪，标志着新的一天来临时，他们都还没睡。

关于水力学和板块构造学，乌达安不惮于反驳他们的老师。他用手势比画，说明他的观点，强调他的意见，双手的互动让人觉得分子和粒子似乎都在他的掌握之中。有时候他被先生们请出课堂，说他在拖同学后腿，而实际上他早已超越了他们。

到某一天家里请来了家教，帮助他们准备大学入学考试，为此他们的母亲要额外接一些缝纫活以抵消费用。家教是一个毫无幽默感的男人，他的眼皮麻痹了，得在眼镜上安个夹子夹住，才能保持张开。他找不到别的办法使眼睛睁开。每天晚上，他来到家里复习波粒二象性、折射和反射定律。他们记住了费马原理：光线在两点之间沿时间最短的路径传播。

学习基本电路之后，乌达安熟悉了家里的线路系统。他弄到一套工具，搞清楚了如何修理坏掉的电线和开关，如何给电线打结，如何锉掉造成台扇接触不良的锈迹。他取笑妈妈总是要用纱丽包好手指才敢去摸开关，因为她怕光着手会触电。

保险丝烧断时，乌达安总是穿着一双橡胶拖鞋，毫不畏缩地检查电阻、拧下保险丝，而苏巴什则拿着手电筒，站在旁边帮忙。

有一天，乌达安拿回家一段电线，着手给房子安装一个蜂鸣器，方便客人进门。他在保险丝盒上安装了一个变压器，又在大门旁边安装了一个黑色的按钮。他在墙上打了一个洞，把新电线穿过去。

蜂鸣器才安装好，乌达安就说他们应该用它来练习莫尔斯电码。他在图书馆找到一本关于电报的书，写下两份点划与字母的对应表，一人一份，方便查阅。

划是点的三倍时值。每个点或划之后是静默。字母之间有三个点，单词之间有七个点。他们便捷地用名字的第一个字母作为自己的代号。马可尼横跨大西洋接收到的字母 S，是三个快快的点。U 则是两点一划。

他们轮流，一个站在门口，一个在屋内，相互传送信号，破译语句。他们熟练到发送父母无法理解的编码信息。电影院，一个建议道。不，电车总站，香烟。

他们虚构场景，假装是遇险的士兵或者间谍。从中国一个山口，从俄罗斯一片森林，从古巴一片甘蔗地进行隐蔽的沟通。

准备好了？

明确。

坐标？

未知。

幸存者？

二人。

伤亡？

通过按蜂鸣器，他们会告诉对方肚子饿了，该去踢足球了，一个漂亮女孩刚刚经过房子。这是他们私底下的来来回回，就像一起冲向敌方球门时，两名球员之间的传球。不管哪个看见他们的家教走来，都按 SOS。三点，三划，再三点。

他们被这座城市最好的两所大学录取。乌达安去总统大学学习物理学。苏巴什上贾达普大学学习化学工程。邻里间只有他们这对男孩，他们毫不起眼的高中里只有他们两个学生，做得这么好。

为了庆祝，他们的父亲去市场买回腰果和玫瑰水做抓饭，还买了半公斤最贵的虾。他们的父亲十九岁就开始工作，帮助养家。没有大学学位是他唯一的遗憾。他在印度铁路公司有一份办事员的工作。两个儿子的成功传开后,他说只要出门,就会有人拦着他向他道贺。

他告诉这些人,这件事与他没有关系。他的两个儿子学习刻苦,是他们自己脱颖而出的。不管他们成就了什么,都是他们自己完成的。

问他们想要什么礼物,苏巴什提出要一套大理石象棋,代替他们一直在玩的那套磨损得厉害的木制品。但是,乌达安想要一台短波收音机。他想知道更多的世界新闻,他们父母装在木匣中的老旧电子管收音机,或者每天早上从院墙外扔进来、卷得跟枝条一般粗细的孟加拉语报纸,所带来的信息已经不能满足他了。

收音机是他们自己装起来的。他们在新市场、在旧货商店里搜寻,从印度陆军的剩余物资中寻找零件。他们遵从一套复杂的指令、一张破旧的电路图。他们把各个配件在床上摆开:机架、电容器、各种电阻、扬声器。焊接电线,一起努力装配。当收音机最终组装起来的时候,它看起来有点像一只小手提箱,带着一个方形手柄。金属制成,装在黑色皮套里。

冬天的信号接收往往比夏天好。一般晚上好一些。这时太阳的光子没有破坏电离层中的分子。这时空气中的正负粒子快速重新结合了。

他们轮流坐在窗前,手里拿着收音机,举到不同位置,调整天线,同时操纵两个控制旋钮。尽可能缓慢地旋转调谐盘,他们逐渐熟悉了各个频段。

他们搜寻一切外国信号,收听莫斯科广播电台、美国之音、北京广播电台、英国广播公司的新闻公报。他们倾听任意收到的信息,声音片段从数千英里之外传来,从大海一样起伏、风一样摇曳的巨大干扰中浮现出来。中欧的天气情况,雅典的民歌,阿卜杜·纳赛尔的演讲。许多报道使用的语言他们只能猜测:芬兰语、土耳其语、韩语、葡萄牙语。

这是1964年。东京湾决议案授权美国对北越使用武力。巴西发生军事政变。

在加尔各答,《孤独的妻子》[①]开始在电影院放映。斯利那加一座清真寺的圣物被盗以后,穆斯林和印度教徒之间再度发生骚乱,导致一百多人丧生。对两年前与中国的边境战争,印度共产党人中间存在不同意见。一个分离出来的团体,同情中国,自称印度共产党(马克思主义),简称印共(马)。

在德里,中央政府仍然由国会运作。那年春天尼赫鲁死于心脏病发作后,他的女儿英迪拉进入了内阁。两年之内,她将成为总理。

苏巴什和乌达安开始刮胡子了;早上在庭院里,他们轮流替对方举手镜,端温水盘。吃过几碟蒸米饭、杂豆汤和土豆丝后,他们走到拐角的清真寺,把他们的聚居区抛在身后。他们在繁忙的主干道上继续同行,一直走到电车总站,然后登上不同的公共汽车去他们的大学。

在这座城市分离的两端,他们结交不同的朋友,与来自英

---

① 萨蒂亚吉特·雷伊导演的电影。

语中学的男孩混在一起。他们的一些科学课程是相似的，但他们跟从不同的教授学习，在实验室里做不同的实验，而考试的时间表也不相同。

乌达安的校园远一些，需要更长时间回家。又因为他开始和北加尔各答的学生来往，学习桌上的棋盘久已无人问津，于是苏巴什开始自己跟自己下。尽管如此，他每天的生活开始和结束时，乌达安都在身边。

1966 年夏天的一个晚上，在短波频道，他们收听温布利世界杯英格兰对联邦德国的比赛。这场著名决赛中的那个幽灵进球，多年以后还有争议。阵容宣布时，他们做了笔记，在一张纸上图示队形。他们拖着食指模仿正在转播的动作，仿佛床铺就是球场。

联邦德国先进一球；第十八分钟吉奥夫·赫斯特扳回一球。下半场快结束时，英格兰队以二比一领先，这时乌达安关掉了收音机。

你干什么？

改善一下信号接收。

信号够好了。我们要错过比赛结局了。

还没完呢。

乌达安伸手到床垫下面摸索，这是他们收藏零碎物品的地方。笔记本、指南针和直尺、削铅笔的剃刀刀片、体育杂志。收音机安装说明。一些备用螺母和螺栓，他们调收音机所需的螺丝刀和钳子。

拿起螺丝刀，他开始把收音机再次拆开。

一定是哪个线圈或开关的接线松了，他说。

你需要现在修吗？

他没有停下来作答。他已经卸下盖子，灵巧的手指松开了螺丝。

我们花了好几天才装起来的，苏巴什说。

我知道在做什么。

乌达安取下底盘，重新调整了一些电线。然后他把接收机重新安装起来。

比赛还在继续，杂音已不那么分散注意力了。正当乌达安摆弄收音机时，联邦德国在下半场终场前进球，进入加时赛。

然后，他们听到赫斯特为英格兰队再得一分。球撞到球门横梁的下侧，向下反弹落到线上。裁判判定进球时，联邦德国队立刻大声抗议。裁判员与苏联边裁协商的时候，一切都暂停了。进球有效。

英格兰队赢了，乌达安说。

还有几分钟时间，联邦德国队急于扳平。但乌达安是对的，赫斯特甚至在比赛结束前踢进了第四个球。到那时候，欢欣鼓舞的英国观众在最后的口哨吹响之前，就已经涌上球场了。

4

1967年,他们开始从报纸上和全印度广播电台听到纳萨尔巴里的消息。这个地方他们从未听说过。

它是大吉岭地区的一连串村庄中的一个,该地区是西孟加拉邦北端的一条狭窄走廊。村庄掩藏在喜马拉雅山脚下,距离加尔各答近四百公里,更靠近西藏而不是托利冈吉。

大多数村民都是部落农民,在茶园和大庄园里干活。他们世世代代生活在一种封建制度下,一直没有大的改变。

他们被富裕的土地所有者操纵。他们被驱离他们耕作的田地,被剥夺他们种植作物的收成。他们被放债人掠夺。失去维生的工资,有些人因食物不足而死亡。

那年三月,纳萨尔巴里的一个佃农试图去耕犁他被非法驱离的土地,东家立刻派了恶棍去打他。他们夺走了他的犁和牛。警方拒绝干预。

这事以后,佃农们开始成群地报复。他们开始焚烧欺骗他们的地契和记录。强行占据土地。

这并不是大吉岭地区农民的第一次反叛。但这次他们的战术却十分激进。手执原始武器,举着红旗,高喊毛泽东万岁。

两名孟加拉共产党人，查鲁·马宗达和卡努·桑亚尔，协助组织正在发生的事情。他们在纳萨尔巴里附近的城镇长大。他们在监狱相遇。他们比印度大多数共产主义领袖更年轻——这些人出生于十九世纪晚期。马宗达和桑亚尔蔑视这些领导人。他们是印共(马)的持不同政见者。

他们在为佃农要求所有权。他们在告诉农民为自己耕种。

查鲁·马宗达生在地主家庭，是律师的儿子，早年从大学中途辍学。报纸上可以看到一个虚弱男人的照片，一张骨感的脸，鹰钩鼻，一头浓密的头发。他患有哮喘，是一个马克思列宁主义理论家。一些高级共产党人叫他疯子。暴动发生的时候，他还不到五十岁，却患有心脏病，卧床不起。

卡努·桑亚尔三十多岁时是马宗达的门徒。他是婆罗门，曾学过部落方言。他拒绝拥有财产。他献身于乡村的穷人。

随着叛乱蔓延，警方开始在该地区巡逻。不加宣布地实施宵禁，随意逮捕。

设在加尔各答的州政府向桑亚尔呼吁，希望他能让农民投降。起初，他取得不会被捕的保证后，会见了土地税收部长。他承诺进行谈判。最后一刻他退出了。

五月份，有报道说，一群男女农民用弓箭袭击了一名巡警，杀死了他。第二天，当地警察部队在路上遭遇一群暴动的民众。一支箭射中了一名警官的手臂，于是人群被告知就地解散。民众并没有散去，这下警察开枪了。十一人殒命，其中八人是女性。

晚上收听广播之后，苏巴什和乌达安讨论了局势的发展。

等父母回房睡觉去了,他们坐在学习桌旁偷偷吸烟,烟灰缸放在二人之间。

你认为值得吗?苏巴什问。这些农民在干什么?

当然值得。他们起来了。他们冒着一切危险。一无所有的人们。当权者根本没有保护他们。

但这会有用吗?用弓箭对抗现代国家有何益处?

乌达安把指尖撮在一起,好像要抓起几粒米饭。如果你生在那种环境里,你会怎么做?

像许多人一样,乌达安指责联合阵线,即由阿乔伊·慕克吉领导、如今正在西孟加拉邦执政的左翼联盟。这一年早些时候,他和苏巴什一起庆祝了它的胜利。它将共产党人引入内阁。它答应建立一个以工农为基础的政府。它承诺废除大规模的土地所有权。在西孟加拉,它已经终结了持续近二十年的国会领导权。

然而联合阵线并没有支持叛乱。相反,面对分歧,内政部长乔蒂·巴苏却打电话叫来了警察。现在,阿乔伊·慕克吉的双手已经沾上了鲜血。

北京的《人民日报》指责西孟加拉邦政府血腥镇压革命农民。"印度的春雷",它的头条这样写道。加尔各答所有的报纸都登载了这个消息。在大街上,在大学校园里,一次次示威爆发了,保卫农民,抗议杀戮。在总统大学和贾达普大学,苏巴什和乌达安看到某些建筑物的窗户上悬挂着横幅,支持纳萨尔巴里。他们聆听要求政府官员辞职的演讲。

在纳萨尔巴里,冲突只会不断加剧。已经有盗匪和抢劫的报道。农民另立行政机关。土地所有者遭到绑架和杀害。

七月,中央政府禁止在纳萨尔巴里携带弓箭。就在那个星期,由西孟加拉邦内阁授权,五百名官兵突袭了那个地区。他们搜查了最贫困村民的泥屋。他们抓捕没有武装的叛乱分子,如果拒绝投降就杀死他们。他们无情地、系统性地迫使叛乱者就范。

乌达安从座椅上蹦起来,厌恶地推开面前的一堆书籍和报纸。他关掉收音机。他开始在房间里踱步,低头看着地板,手指在头发里薅着。

你没事儿吧?苏巴什问他。

乌达安站定,摇摇头,一只手叉着腰。一时间他说不出话来。他们两人都被报道震惊了,但是乌达安的反应如同遭到了人身侮辱,受到了身体上的打击。

人们在挨饿,这就是他们的解决方案,他最终说。他们把受害者变成了罪犯。他们把枪瞄准了不能回击的人。

他拨开他们卧室的门闩。

你要去哪里?

我不知道。我需要走一走。怎么会变成这个样子?

不管怎样,看起来事情已经结束了,苏巴什说。

乌达安停了一下才离开。这只能是开始,他说。

什么的开始?

更大的事情。别的事情。

乌达安引用了中国报章的预测:大吉岭的星星之火,终将燎原,一定要燎原。一场席卷全印度的革命武装斗争的伟大风暴，终将到来，一定要到来！

到了秋天，桑亚尔和马宗达都躲藏起来了。就是这个秋天，切·格瓦拉在玻利维亚被处决，他的双手被剁下来证明他的死亡。

在印度，记者们开始出版自己的期刊。《解放》用英语，《爱国者》用孟加拉语。它们转载中共杂志的文章。乌达安开始把这些杂志带回家。

这些华而不实的空话没啥新鲜的，他们的父亲说，随手翻着一本。我们这代人也读马克思。

你们这代人没有解决任何问题，乌达安说。

我们建立了一个国家。我们独立了。这个国家是我们的。

这并不够。它把我们带到哪里了？谁得到过它的帮助？

这些事情需要时间。

他们的父亲驳回了纳萨尔巴里。他说，年轻人凭空兴奋起来。整个事件也就是五十二天的事。

不，爸爸。联合阵线以为它胜利了，可是它失败了。看看正在发生什么。

正在发生什么？

人们正在做出反应。纳萨尔巴里是一个激励。是改变的动力。

我早就经历过这个国家的改变，他们的父亲说。我知道一个系统取代另一个系统需要付出什么代价。不是你。

但是乌达安坚持。他开始挑战他们的父亲，以他从前在学校挑战他们老师的方式。如果他为印度独立感到这么骄傲，为什么当时没有抗议英国？为什么他从来没有加入工会？既然他在选举中投票给了共产党人，为什么从来没有表明立场？

苏巴什和乌达安都知道答案。因为他们的父亲是政府雇员，所以他被禁止加入任何政党或工会。独立期间，他被禁止公开发表言论；那些是他的职业要求。虽然有些人不理会这些规定，但他们的父亲从来不冒这种风险。

这是为了我们的缘故。他是负责任的，苏巴什说。

但是乌达安不这样看。

在乌达安的物理教科书中间，现在有了他正在研究的其他书籍。这些书夹着很多小纸片做的书签。《全世界受苦的人》。《怎么办?》。一本裹着红色塑料封套的书，比一副扑克牌大不了多少，是毛泽东的语录。

苏巴什问他在哪里弄到钱买这些材料的时候，乌达安说这些是共同财产，在总统大学一群男孩中间传阅。他跟这群男孩越来越投合。

在床垫下，乌达安收藏了一些他获得的由查鲁·马宗达撰写的小册子。其中大多数是在纳萨尔巴里暴动之前写成的，当时马宗达还在监狱里。《当前局势下我们的任务》《抓住这次机遇》《1965 年预示着怎样的可能性?》。

一天，学习过程中需要休息一下，苏巴什从床垫下拿出一些小册子。这些文章都很简短、虚夸。马宗达说印度已经变成了乞丐和外国人的国家。印度反动政府已经采取了屠杀群众的策略;他们正在通过饥饿、用子弹杀害他们。

他指责印度向美国求助以解决它的问题。他指责美国把印度变成棋子。他指责苏联支持印度的统治阶级。

他呼吁成立一个秘密政党。他呼吁向各村庄派遣革命干部。他将积极抵制的方法比作美国为争取民权而进行的斗争。

整篇文章中,他一再援引中国的例子。如果我们能够正确认识到印度革命将毫不例外地采取内战的形式,那么区域性地夺取政权就是唯一的方针。

你认为行得通吗?有一天苏巴什问乌达安。马宗达在提议什么?

他们都刚刚考完最后一门课程。他们正穿过邻里,和一些老同学一道出去踢足球。

前往球场之前,他们去了那个拐角,乌达安要买份报纸。他把报纸翻折到一篇关于纳萨尔巴里的文章那里,一边走一边专心地读。

他们沿着围墙隔开的弯曲小巷走过来,一路经过看着他们长大的人们。两个池塘平静而绿意盎然。低地仍旧被洪水淹没,他们无法横穿,不得不顺着边缘绕过去。

走着走着,乌达安停了下来,眼望着低地周围那些破败的小屋,还有水面上繁茂生长的鲜亮水葫芦。

它已经卓有成效了,他回答道。毛改变了中国。

印度不是中国。

不是。但可以是,乌达安说。

现在,如果在去往电车总站的路上,他们碰巧一起经过托利俱乐部,乌达安就会称之为一种侮辱。城里各处的贫民窟仍然挤得满满的,孩子们在街头出生长大。为什么仅仅为了少数人的享受,就要把一百英亩的土地用围墙围起来呢?

苏巴什记得那些进口的树木,还有豺狗、鸟鸣声。他们口袋里的高尔夫球沉甸甸的,球场草地如波浪般起伏。他记得乌达安先翻过围墙,挑战他敢不敢跟随。他们在那里的最后一个晚上,马达安蹲伏在地,试图保护他。

但是乌达安说,高尔夫是买办资产阶级的消遣。他说,托利俱乐部证明印度仍然是一个半殖民地国家,表现得好像英国人从未离开过。

他指出,切·格瓦拉曾在阿根廷一个高尔夫球场做过球童,他也得出了同样的结论。还说,在古巴革命之后,清除高尔夫球场是卡斯特罗首先做的一件事情。

5

到 1968 年初，面对越来越强烈的反对，联合阵线政府崩溃了，此后西孟加拉邦由中央政府直接控制。

教育系统也处于危机之中。它秉承过时的教育思想，与印度的现实格格不入。它教导年轻人忽视普通人的需要。这就是激进学生开始传播的信息。

回应巴黎，回应伯克利，加尔各答到处都在抵制考试、撕毁文凭。学生们在学校大会上大呼小叫，打断讲话者。他们说校园管理机构已经腐败。他们把大学副校长堵在办公室里，拒绝提供食物和水，直到他们的要求得到满足。

尽管局势动荡，在教授的鼓励下，两兄弟还是开始了研究生学习；乌达安去了加尔各答大学，苏巴什继续留在贾达普大学。他们有望充分发挥他们的潜力，有朝一日供养他们的父母。

乌达安的日程变得越发不稳定了。一天晚上他没有回来吃饭，他们的母亲把他的饭用盘子盖上，放在厨房的角落，等他回来吃。第二天早上，她问为什么没有吃给他留的东西，他说在一个朋友家吃了。

他不在的时候，没有人在饭桌上谈论纳萨尔巴里运动正如何传播到西孟加拉邦的其他地区，传播到印度的某些地区。没有人讨论活跃在比哈尔邦、安得拉邦的游击队。据苏巴什所知，乌达安已经找别人去了，他可以跟他们自由谈论这些事情。

乌达安不在，他们默默地吃饭，没有冲突，父亲比较喜欢这样。尽管苏巴什想念弟弟的陪伴，但有时候一个人坐在学习桌旁读书也算是一种解脱。

乌达安在家的时候，一有闲暇，就把短波收音机打开。他不满意官方报道，找到了位于大吉岭和西里古里的秘密广播电台。他收听北京广播电台。一次，太阳刚刚升起时，他成功地将毛泽东失真的声音传到了托利冈吉；毛泽东的声音被一波波静电声打断，他在向中国人民发表讲话。

因为乌达安的邀请，也出于好奇，一天晚上苏巴什和他一起去了北加尔各答一个社区参加一个聚会。烟雾弥漫的小房间里挤满了人，大都是学生。一张列宁画像，用塑料纸包着，挂在薄荷绿的泥灰墙上。但房间里的情绪却是反莫斯科、亲北京的。

苏巴什原以为大家会争吵得脸红脖子粗。不料聚会秩序井然，像是一堂学习课。一个头发纤细的名叫辛哈的医学学生充当教授的角色。其他人在做笔记。他们一个接一个被点名，要求证明他们熟悉中国历史事件和毛的信条。

他们分发了最新几期《爱国者》和《解放》杂志。上面登载了斯里卡库拉姆叛乱的最新消息。两百多英里范围内有一百来个山区村庄，都落在了马克思主义者的支配之下。

农民叛乱分子正在建立据点,这些据点没有警察胆敢进入。土地所有者在逃跑。有报道说,一些家庭被全家烧死在睡梦中,他们的头颅被放在木桩上示众。到处是血写的复仇口号。

辛哈静静地说话。他坐在桌边,沉思,手指紧扣着。

纳萨尔巴里事件过去一年了,印共(马)仍在背叛我们。他们给红旗抹了黑。他们败坏了马克思的声誉。

印共(马)、苏联的政策、印度的反动政府,全都意味着一件事情。他们都是美国的走卒。这些是我们必须想办法推翻的四座大山。

印共(马)的目标是维持权力。但我们的目标是形成一个公正的社会。创建一个新政党是至关重要的。如果历史还是要向前迈进一步的话,那么议会政治的客厅游戏就必须终结。

房间里一片静默。苏巴什看到乌达安在静听辛哈的话。全神贯注,就像他在收音机上听足球比赛的样子。

虽然苏巴什也在场,就坐在乌达安旁边,但他感觉自己是隐形的。他不大相信一个进口的意识形态可以解决印度的问题。虽然一年前星星之火已经点燃,他并没有认为革命一定会随之而来。

他不知道到底是缺乏勇气,还是缺乏想象力,令他不能相信这些。不知道他一直意识到的个人欠缺,是否阻止了他接受弟弟的政治信仰。

他记得曾经和乌达安按着蜂鸣器,向对方发出愚蠢的信号,惹得彼此开怀大笑。他不知道如何回应辛哈正在传递的信息,而这些信息乌达安非常轻易地接受了。

他们床下靠墙的地方,有一桶红色颜料和一把刷子,这些东西以前是没有的。在他们的床垫下,苏巴什找到一张折叠的纸,上面列有几条标语,都是乌达安亲手誊录的。中国的主席就是我们的主席!打倒选举!我们的道路就是纳萨尔巴里道路!

城市的墙壁上,这些标语现在越积越厚。校园建筑的墙壁,电影制片厂的高墙。他们聚居区里弄堂两侧低矮的墙壁。

一天晚上,苏巴什听到乌达安进了房子,直接去到浴室。他听到水打在地板上的声音。苏巴什正坐在学习桌旁。乌达安将那桶颜料推到床底下。

苏巴什合上笔记本,套上钢笔帽。你刚才在做什么?

冲洗一下。

乌达安穿过房间,坐在窗前的一把椅子上。他穿着白色的棉睡衣。他的皮肤湿润,胸毛黑黑的。他把一根香烟叼在嘴唇上,推开一盒火柴。他划了好几次才点着。

你是在刷标语吗?苏巴什问他。

统治阶级的宣传无处不在。为什么只有他们可以影响人民,其他任何人都不行?

警察抓你怎么办?

他们抓不着。

他打开收音机。苏巴什,如果我们不能勇敢面对问题,就是在助长它。

他停了一下，补充道，如果你愿意的话，明天跟我来。

同上次一样，苏巴什还是放哨的。还是对每一点声响保持警惕。

他们穿过一座横跨托利运河狭窄处的木桥。他们小时候，觉得这个社区很遥远，大人告诉他们不要去那里。

苏巴什拿着手电筒。他照亮了一小段墙壁。现在快到午夜了。他们告诉父母，说要去看午夜场电影。

他站近。他屏住呼吸。池塘里青蛙在叫，单调、执着。

他看着乌达安在罐子里蘸了画笔。他正用英文写道，纳萨尔巴里万岁！

乌达安很快画出了这句口号的字母。但他的手并不稳定，增加了这项工作的难度。苏巴什以前也注意到了这一点，就在最近几个星期——他弟弟在调收音机，或者在说话过程中比划手势，或者翻报纸的时候那种偶尔的震颤。

苏巴什记得翻过托利俱乐部围墙的情景。这一次，苏巴什不怕被抓住。也许这是因为他愚蠢，他隐隐觉得这种事只能发生一次。他是对的，没有人注意到他们做了什么，没有人为此惩罚他们，而几分钟后，他们又穿过那座木桥，动作迅速，抽着烟让自己平静下来。

这一次只有乌达安兴奋得眩晕。只有乌达安为他们所做的事感到自豪。

苏巴什对自己很生气，因为并不情愿的顺从。因为仍然需要证明他也可以做到。

他厌倦了这种总是在他心里升腾的恐惧：假如他拒绝乌达安的话，他将不复存在，他和乌达安也将不再是兄弟。

学业结束之后，两兄弟落得跟许多同代年轻人一样，学历太高而找不到工作。他们开始做家教挣钱，补贴家用。乌达安在托利冈吉附近的技术高中找到了一份教授科学的工作。他似乎满足于一份普通职业。他对事业前途漠不关心。

苏巴什决定申请几个美国博士项目。移民法已经改变，让印度学生更容易入境。在研究院，他已经开始专注于化学与环境的研究了。石油和氮对海洋、河流和湖泊的影响。

他觉得最好先跟乌达安探讨一下，再告诉父母。他希望弟弟能够理解。他建议乌达安也出国留学，那里工作更多，可能对两个人都容易些。

他提到那些拥有世界上最天才科学家的知名大学。麻省理工学院。普林斯顿，爱因斯坦曾经在那里。

但是乌达安完全不为所动。你怎么可以一走了之，不顾正在发生的事情？那么多地方，干吗偏偏去那里？

这是个学位项目。也就是几年的事情。

乌达安摇了摇头。你走了，就不会回来了。

你怎么知道？

因为我了解你。因为你只考虑自己。

苏巴什瞪着弟弟。他正懒洋洋靠在床上，吸烟，专心阅读报纸。

你不觉得这么做很自私吗？

乌达安翻过一页报纸，头也懒得抬。我认为想要改变现状可不是自私，不是。

你玩的不是游戏。警察上门怎么办？你被捕怎么办？爸妈会怎么想？

生活不只是为了他们怎么想。

你这是怎么了，乌达安？他们可是养育你的人哪。还在继续给你饭吃，给你衣穿。没有他们，你什么也不是。

乌达安坐起来，大步冲出了房间。过了一会儿，他回来了。他站在苏巴什面前，脸色和缓了。他的愤怒，发作起来很快，这时已经不见踪影。

你是我的另一面，苏巴什。没有你，我才什么都不是。不要走。

这是他唯一一次承认这样的事情。他说话的声音里有爱。有需求。

但在苏巴什听来，这是一道命令，是他一生中接受的许多命令中的一条。又一个照乌达安做、去跟随他的敦促。

随后，出乎意外，反倒是乌达安离开了。他出城旅行，没有说明去哪里。事情发生在他所在学校的一段放假时间。启程的早晨他通知苏巴什和父母，说他早已做了这个计划。

就好像他准备出去一天而已，除了肩上扛个布袋，什么也没拿。口袋里的钱只够买回程火车票。

是去哪里游览吗？他们的父亲问道。你和朋友计划好的？

没错。换个环境。

为什么这么突然?

为什么不?

他弯下身,取了父母脚上的尘土,告诉他们不用担心,答应一定回来。

他走了之后,他们就再没有他的消息了。没有书信,没有办法知道他是死是活。虽然苏巴什和他的父母没有谈起,但他们都不相信乌达安是观光去了。可是谁也没有阻拦他。他一个月后回来,腰部绕着一条头巾,满脸的胡子,也遮掩不住人瘦了一圈。

他手指的颤抖越发严重而顽固了——他端茶的时候,茶杯茶碟有时会咔咔作响;扣衬衫纽扣或者握笔的时候,别人也会注意到。早晨,他那一侧的床单凉凉的浸湿了汗,显出他身体的轮廓。一天早上他醒来时,心咚咚直跳,脖子上一片红疹子,于是去看了医生,做了血液检查。

他们担心他感染了一种乡下流行的疾病,疟疾或者脑膜炎。但最终发现是甲状腺功能亢进,是可以用药物控制的。医生向家人提到,药物可能需要一些时间才能起作用。需要坚持服用。这种疾病可能会让人烦躁,喜怒无常。

乌达安恢复了健康,和他们一起生活,但是他的一半已经去了别处。无论他在城外了解或看到什么,无论他做了什么,都不肯说出来。

他不再试图说服苏巴什不要去美国。他们晚上听收音机的时候,他浏览报纸的时候,看得出他没多少反应了。他已经被什么事情控制。他现在已经专注于一件与苏巴什完全无关,与他们中任何一个都没有关系的事情了。

1969年4月22日,列宁生日那天,第三个共产党在加尔各答成立。成员自称纳萨尔派,以此向纳萨尔巴里发生的事情致敬。查鲁·马宗达被任命为总书记,卡努·桑亚尔担任党主席。

五一国际劳动节,街头满是游行的人群。一万人朝市中心行进。他们来到马坦公园,聚集在舍希德塔的圆顶白柱下。

刚从监狱释放出来的卡努·桑亚尔站在讲台上,向热情洋溢的人群致辞。

我以极大的自豪和无限的快乐宣布,今天在这次集会上,我们成立了一个真正的共产党。正式名称是印度共产党(马克思列宁主义)。印共(马列)。

他并没有对释放他的政治家表示感谢。他的获释是历史规律使然。桑亚尔说,纳萨尔巴里搅动了整个印度。

他告诉他们,国内外革命形势已经成熟。一股革命高潮正席卷全世界。毛泽东是舵手。

国际国内,反动派已经变得如此脆弱,只要我们一打,他们就土崩瓦解。他们表面上看起来强大,但实际上只是泥塑的巨人,是真正的纸老虎。

新政党的首要任务是组织农民。游击战将是作战策略。敌人将是印度政府。

桑亚尔宣称,他们将采取一种新形式的共产主义。他们将总部设在村庄。到2000年,就是说从现在起只有三十一年了,全世界的人民将从各种人剥削人之中解放出来,并将庆祝马克思主义、列宁主义和毛泽东思想的全球性胜利。

查鲁·马宗达不在集会现场。但是,桑亚尔呼吁忠于他,把他的智慧与毛泽东相提并论,警告那些挑战马宗达教义的人。

我们一定能够让一轮崭新的太阳和一轮崭新的月亮照耀在我们伟大祖国的天空,他说,声音响彻数英里。

报纸上登载了一些照片,是从远处拍摄的,记录了人们聚集起来倾听桑亚尔的演讲,并致以红色敬礼的情景。战斗口号喊出来了,一代人被固定下来。加尔各答的一小片站立不动。

这是一座城市的肖像,这座城市苏巴什不再有归属感。一座走到了某种事情边缘的城市;一座他正准备抛下的城市。

苏巴什知道乌达安一直在那里。他没有陪乌达安参加集会,乌达安也没有要求他来。在这个意义上,他们已经分手了。

6

几个月后，苏巴什也旅行到了一个村庄；美国人用的就是村庄这个词。一个老式的单词，专指一个早期的定居点，一个不起眼的地方。然而，这个村庄曾经容纳过一个文明：一座教堂，一个法院，一家小酒馆，一处监狱。

这所大学是作为农业学校创始的。一所政府赠地学院，四周仍然围绕着温室、果园和玉米地。外围是科学方法培育的茂密草地，定期加以灌溉、施肥和修剪。长得比托利俱乐部围墙里的草更好。

可是他早已不在托利冈吉了。他已经走出了那个地方，正如无数个早晨他走出梦境，它的现实性和它特定的逻辑在白昼的光线下显得毫无意义。

差别大到无以复加，以至于他的头脑中无法同时容纳这两个地方。在这个庞大的新国家，似乎完全没有那个旧地方的安身之处。没有什么可以将二者联系起来；他是唯一的联系。在这里，生活不再妨碍或者攻击他。在这里，人们并不总是在推挤、催促、奔跑，仿佛后背着了火。

然而，罗得岛的某些物理特征——在美国版图中一个州居然这么小,以至于在某些地图上,它的地域仅靠一个指向其位置的箭头来显示——大致对应于印度境内的加尔各答。北方是山,东边是海,南面和西面是广阔的陆地。

这两个地方都接近海平面,都有淡水与海水相交的河口。正如托利冈吉在历史上曾遭海水淹没,他了解到,罗得岛也曾全境被冰原覆盖。冰川在新英格兰铺展又融化,它们的前进和退却改变了基岩和土壤,留下了巨大的岩屑踪迹。冰川创造了沼泽和海湾,沙丘和冰碛。它们造就了今天的海岸线。

他找到一幢白色木头房子里的出租房间,房子靠近村庄的主路,窗户两侧设有黑色百叶窗。百叶窗是装饰性的,永远不会打开或关上,就像在加尔各答,窗户也是整天不开不关的,以保持房间凉爽或干燥,遮住雨水、透进微风或者调节光线。

他住在房子最上层,与另一个名叫理查德·格里法科尼的博士生共享厨房和浴室。晚上,他听到床边一个闹钟精准的嘀嗒声。背景则是蟋蟀们刺耳的唧唧鸣叫,就像响个不停的警报器本身。新来的鸟早上把他唤醒,尽管那些小鸟的啁啾十分娇嫩,但还是撕破了他的睡眠。

理查德是社会学学生,常为大学报纸撰写社论。论文写作之余,他用简洁的文笔,谴责当局最近开除一位公开反对使用凝固汽油弹的动物学教授,谴责当局决定在校园建造一个游泳池而不是更多的宿舍。

他来自威斯康星州的一个贵格会[1]家庭。他把黑头发梳成一个马尾辫,也懒得费心修剪他的胡子。他在厨房餐桌上用两根手指啄木鸟似的敲出他的社论的时候,嘴唇上燃着一支香烟,眼睛透过金丝边眼镜紧紧盯着键盘。

他告诉苏巴什,他刚满三十岁。为了下一代,他决心做一名教授。还在读大学的时候,他就跑去南方抗议过公共交通中的种族隔离现象。他在密西西比州的监狱给关了两个礼拜。

他邀请苏巴什和他一起去校园酒吧,在那里他们分享一扎啤酒,一边观看越南战事的电视报道。理查德反对这场战争,但他并不是共产主义者。他告诉苏巴什,甘地是他心目中的英雄。乌达安如果在场,一定会报以嘲笑,说甘地已经同人民的敌人站在一边了。说他已经解除了印度的武装,以解放的名义。

一天,苏巴什走过大学的四方院,看见理查德围在一群学生和教师的中心。他戴着黑色臂章,站在一辆开到草地上的面包车顶。

透过扩音器,理查德说越南战争是一个错误,美国政府没有权利进行干预。他说越南无辜的人们正在受苦。

一些人叫喊、欢呼,但他们大多数人只是聆听、鼓掌,就像在剧院里那样。他们往后仰,用手肘支撑着,让太阳晒着他们的脸,一边听理查德抗议一场正在数千英里之外打着的战争。

苏巴什是唯一的外国人。那里没有来自亚洲其他地区的

---

① 贵格会:又名教友派、公谊会,兴起于 17 世纪中期的英国及美洲殖民地,没有成文的信经、教义,具有神秘主义特色。

学生。这完全不像加尔各答现在爆发的示威。无组织的暴民代表着对立的几个共产党,在街头忙乱地奔跑。他们呼喊着口号,态度坚决。这些示威游行几乎总是会演变为暴力行为。

听了几分钟理查德的演讲,苏巴什离开了。他知道乌达安那一刻会如何起劲地嘲笑他,嘲笑他的自我保护欲。

他也不支持越南的战争。但是像他的父亲一样,他知道必须小心。他知道在美国谴责政府,甚至也许只是举起一个标牌,就有可能被逮捕。他之所以在这里,全靠获得学生签证,还得感谢一份奖学金,方能继续深造。他是作为尼克松的客人应邀来到美国的。

在这里,他每天都想起和乌达安偷偷溜进托利俱乐部的那些晚上,自己的感受。这一次,他是正式获准入境的,但他在入关处还是保持警惕。他知道大门可以关闭,正如它打开那样随意。他知道,他可以被送回原来的地方,有很多人等着取代他的位置呢。

大学里还有一些印度人,大多是像他那样的单身汉。但是就苏巴什所知,只有他是从加尔各答来的。他遇到一位来自马德拉斯①的经济学教授,名叫纳拉西姆汉。他的妻子是美国人,两个儿子皮肤晒得黝黑,眼睛的颜色浅浅的,长得跟父母哪个都不像。

纳拉西姆汉蓄着浓密的连鬓胡子,穿着喇叭牛仔裤。他的

① 印度第四大城市。

妻子脖子很漂亮，戴着长串耳环，梳着短红头发。苏巴什第一次看到他们一家是在四方院。那个星期六下午，校园中心这片树木围起来的正方形草地上只有他们几个。

两个男孩在草地上和父亲踢球。就像苏巴什和乌达安以前在低地另一端的球场上踢球那样，尽管他们的父亲从没加入过他们。妻子侧身躺在草地中铺开的毯子上，吸着烟，在笔记本上描画着什么。

这是纳拉西姆汉自己娶的女人，不是他的家人想要他娶的任何马德拉斯女孩。苏巴什好奇他的家人对她是什么反应。他好奇她是否去过印度。如果她去过，他想知道她喜欢还是讨厌它。从外表上看他无法猜测。

球朝苏巴什的方向滚过来，他把球踢回给他们，准备继续走他的路。

你一定是海洋化学专业新来的学生，纳拉西姆汉说着，朝他走过来握手。苏巴什·米特拉吗？

是。

从加尔各答来？

他点了点头。

按理我应该来找你的。我出生在加尔各答，纳拉西姆汉补充道，说他还听得懂一两个孟加拉语单词。

苏巴什问他住在罗得岛什么地方，是否靠近校园。

纳拉西姆汉摇了摇头。他们的房子更靠近普罗维登斯[1]。

---

① 罗得岛州首府。

他的妻子凯特是罗得岛设计学院的学生。

你呢？你的家人住在加尔各答哪里？

托利冈吉。

啊，高尔夫俱乐部在那里。

是的。

你住在国际宿舍吗？

我更喜欢有厨房的地方。我想自己做饭。

那你安顿好了吗？交了一些朋友？

交了几个。

受得了这里的冷吗？

还好。

凯特，把我们的电话号码写给他，好吗？

她把笔记本翻过来，撕下一页。她写下电话号码，递给苏巴什。

你需要什么，只管打电话，纳拉西姆汉说，拍拍他的肩膀，转身跟儿子们打球去了。

谢谢你。

过几天我来给你做个酸奶米饭，纳拉西姆汉大声说。

但是邀请从未到来。

他的大部分课程是在海洋学校区上的，校区俯瞰着纳拉甘西特湾。每天早晨，他乘公共汽车离开村庄，沿着一条树木繁茂的道路行进，路边可以看见固定在桩子上的邮箱，可是许多房子却隐藏在树木后边。先经过一溜红绿灯，还有一座木制瞭望塔,然后下坡就到了海湾。

公共汽车穿过一段弯曲的河口,来到了一个感觉更遥远的区域。这里的空气从来不会静止,因而公共汽车的窗户会喀喀作响。这里光线的质量也变了。

实验室建筑就像小型飞机库,带有银色波纹金属板铺就的平顶结构。他研究溶解在海洋溶液中的气体,在深层沉积物中找到的同位素。海藻中发现的碘,浮游生物中的碳,螃蟹血液中的铜。

在校园脚下,一片陡峭山坡的底部,是一处散布着灰黄色石头的小海滩,他喜欢在这里吃午饭。从这里可以眺望海湾,以及通往离岸岛屿的两座桥梁。詹姆斯敦大桥还是很醒目的,而几英里开外的纽波特大桥就模糊多了。在多云的日子,间或有雾角的声音刺破长空,就像在加尔各答人们吹响海螺号,以避开邪恶。

一些较小的岛屿只有乘船才能到达,岛上没有电和自来水。有人告诉他,一些富裕的美国人喜欢在这样的条件下消夏。有一个岛只容纳得下一座灯塔,没有多余的空间。所有的岛屿,无论多小都有名字:耐心与谨慎,狐狸与山羊,兔子与玫瑰,希望与绝望。

从海滩顺坡而上,在坡顶有一座教堂,白色的墙面板排列成蜂窝状。中央部分上升成为尖塔。油漆已不再新鲜,下面的木头已经从空气中吸收了这么多盐分,经历了这么多袭击罗得岛海岸的风暴。

一天下午,他惊奇地看到许多汽车排列在这段山顶路面。

他第一次看到教堂的前门敞开着。一群人,有大人有小孩,不超过二十人,都站在外面。

他瞥见一对新婚的中年夫妇。头发灰白的新郎在翻领上别着一枝康乃馨,新娘穿着淡蓝色外套和裙子。他们微笑着站在教堂的台阶上,低下头让大家向他们抛洒大米。看起来他们本应该是新娘和新郎的父母才对,更接近他父母那一代人,而不是他这一代。

他猜想这是第二次婚姻。两个人都把配偶换成另一个人,于是一分为二,他们的关联被切断同时又加倍,就像细胞分裂。或者也许双方都是中年丧偶。一对寡妇和鳏夫,他们的孩子都成年了,如今再婚,开始新的生活。

不知何故,教堂令他想起立在托利冈吉他家所在邻里角落的那座小清真寺。另一个为他人指定的敬拜场所,却曾是他一生中的里程碑。

一天,教堂没人的时候,苏巴什走上石径,来到教堂入口。他感觉到一种奇怪的冲动,要去拥抱它;教堂前端非常狭窄,似乎并不比他的臂展宽多少。唯一的入口是前面的圆顶深绿色大门。在它的上方,窗户也是圆顶的,像狭缝一样细窄。空间只够伸出一只手来,一张脸都太宽。

门上锁了,于是他走到建筑物旁边,站定朝窗户里面窥望。一些窗格用红色玻璃镶嵌,点缀着几块透明玻璃。

里面,他看见一排排灰色的教堂长椅,棱角线以红色装饰。沐浴在光线里,这个内景一尘不染而又充满生机。他想到里面坐坐,去感受一下围绕四周的灰白色墙壁。感受一下头顶上简单而角度尖锐的天花板。

他想起了他曾看到的那对婚礼中的夫妇。他想象他们站在彼此身边。

他第一次想到自己的婚姻。第一次,也许因为他总是感觉,在罗得岛他的某一部分已经失去,所以他渴望一个同伴。

他不知道父母会为他选择一个什么样的女人。他不知道会是什么时候。结婚意味着返回加尔各答。在那个意义上,他倒不着急。

他自豪独自一人来到了美国。一切都要学,就像他曾经学会站立、走动和说话一样。他曾是多么想离开加尔各答,并不只是为了他的学业,而是——他现在可以向自己承认了——走出乌达安永远不会走的一步。

最终就是这一点激励了他。不过这份激励却完全无助于他做好准备。每一天,尽管生活越来越走上正轨,他却觉得不确定、即兴随意。在这里,这个大海包围的地方,他正在远远漂离他的原点。在这里,离开了乌达安,他对这么多事情一无所知。

大多数晚上,理查德晚餐时间都在外面,但如果碰巧在家,他便接受苏巴什的邀请,分享一顿晚饭。苏巴什烧好咖喱菜,煮上一锅米饭,理查德则拿出烟灰缸和一包香烟,再奉献一瓶啤酒。作为交换,理查德开始每周驾车带苏巴什去一趟镇上的超市,并且分摊杂货开销。

一个周末,他们都需要停下学习歇一歇的时候,理查德载着苏巴什来到校园里一片空停车场,教他换挡,这样苏巴什就可以申请驾照,在需要的时候借车。

等理查德认定苏巴什可以上路了,就让他开车穿过城里,给他导航去往朱迪丝角,那里是罗得岛的角落,不毗连任何陆地。操纵这辆汽车实在令人激动,零星遇上红绿灯就放慢速度,然后在这条废弃的海滨道路上再次加速。

他开车穿过加利利,那里渔船来来往往;经过泥滩,那里男人穿着橡皮靴涉水采收蛤蜊。经过关门歇业的窝棚,外墙上涂鸦似的喷涂着油炸海鲜的菜单。他们来到一个青草丛生的山丘,上面是一座灯塔。黑色的岩石披着海藻,天空中一面旗帜像火焰一样翻滚着。

他们来得正是时候,赶上了观看灯塔后面的日落,海浪把白色泡沫倾泻在岩石上,旗帜和起伏的蓝色海水闪着光亮。他们走出去抽一根香烟,感觉到烟雾喷洒在脸上。

他们谈起了美莱村屠杀①。细节刚刚披露。许多关于集体屠杀的报道,沟渠中的尸体,接受调查的美国中尉。

波士顿将举行抗议活动。我有朋友可以接待我们一个晚上。何不跟我一起去?

我不想去。

你对这场战争不愤怒?

这不该由我来反对。

苏巴什发现他可以对理查德说实话。理查德倾听他的意见,但不和他对抗。他甚至没有尝试一下改变他。

---

① 越南战争期间美军在越南美莱村进行的屠杀。

他们开车回村里时,理查德问苏巴什有关印度的事情,它的种姓制度,它的贫穷。应该责怪谁?

我不知道。这些日子,大家都互相指责。

但是有没有解决方案?政府在哪里呢?

苏巴什不知道如何对一个美国人描述印度难以控制的政治,以及复杂的社会。他说印度是一个古老的地方,同时又很年轻,依然在努力认识自己。你应该跟我弟弟聊一聊,他说。

你有个弟弟?

他点点头。

你从没提起他。他叫什么名字?

他停了一下,然后说出了乌达安的名字,这是他来到罗得岛以后的第一次。

好吧,乌达安会说什么?

他会说,建立在封建制度之上的农业经济就是问题的根本。他会说,这个国家需要一个更加平等的结构。最好实行土地改革。

听起来像中国模式。

就是。他支持纳萨尔巴里。

纳萨尔巴里?那是什么?

几天后,在系里的邮箱里,苏巴什看到乌达安寄来的一封信。用孟加拉语写的几段话,深蓝色的字迹写在浅蓝色的航空邮简上。信是十月份寄出来的;现在是十一月了。

阅后即毁。没有必要连累我们任何一个。但鉴于信件是我入侵美国的唯一机会，我无法抗拒写给你。我刚从另一次外地旅行回来。我见到了桑亚尔同志。我得以同他坐在一起，跟他说话。我必须戴上眼罩。另找机会细说。

为什么没有消息？无疑，世界最大资本主义强权的花花草草俘获了你。但是，如果你受得了把自己撕裂出去，那就尽量变得有用一些吧。我听到那里的反战运动正如火如荼。

这里局势的发展令人鼓舞。红卫兵正在组建，他们走村串寨，传播毛泽东的语录。我们这一代是先锋队；学生的斗争是农民武装斗争的一部分，马宗达说。

你将回到一个已经变革的国家，一个更公正的社会，我对此有信心。家里也会改变。爸爸贷了一笔款。他们正在扩建现有的房舍。他们似乎认为这是必要的。如果房子保持现在这个样子，我们将不会结婚，不会在同一屋檐下养家糊口。

我告诉他们这是浪费，是奢侈，考虑到你甚至没有住在这里。但是他们不听，现在已经太迟了，建筑师来了，脚手架搭起来了，他们声称能在一两年内完工。

没有你，日子好沉闷。虽然我拒绝原谅你，因为你不支持只会改善千百万人民生活的运动，但希望你能原谅我使你难堪。不管你在做什么，你能快一点吗？来自弟弟的拥抱。

他用一句语录收尾。战争必将带来革命;革命必将结束战争。

这封信苏巴什读了好几遍。好像乌达安就在现场,对他说话,逗弄他。他感觉到他们彼此之间的忠诚、他们的感情,被拉伸跨过了半个世界。被如今站在他们之间的一切拉伸到了断裂点,而同时却拒绝断裂。

跟他在罗得岛的个人物品放在一起,这封信也许是安全的。信是孟加拉语写的,苏巴什本来可以保留。但他知道乌达安是对的;信的内容,其中提到桑亚尔,如果落到坏人手里,可能会威胁到他们两人。第二天,他把信带到实验室,下班时找了个借口在那里晃悠,等着所有人离开。他郑重其事地将信放在黑石柜台上,擦了一根火柴,看着信的边缘慢慢变黑,他弟弟的言语消失。

我一直在研究河口特有的化学过程,在低潮时氧化的沉积物。滨外沙埂的走向与大陆平行。硫化亚铁在沙滩上留下宽阔的黑色污迹。

听起来很奇怪,当天空阴沉、云层低垂的时候,这里的海岸景观、水和草地、走上泥滩时细菌的气味,把我带回老家了。我想起了低地,稻田。当然,这里没有水稻。有的只是贻贝和圆蛤,都是美国人喜欢吃的贝类。

他们把沼泽里的草叫作大米草。我今天才知道它有排泄盐分的特殊腺体,因此常常覆盖着一层晶体残留。草茎上蜗牛爬上爬下。它已经在这里生长了数千年,在泥炭沉积之上。它的根系稳固了海岸。你知道它是通过散布根状茎来繁衍的吗？有点像托利冈吉曾经非常繁盛的红树林。我得告诉你。

校园四方院的草坪现在好像覆盖着一片锈色的海洋，落叶在风中疾驰、翻卷。他在齐脚踝深的积叶中跋涉。叶子有时会在他周围升起，仿佛有什么活物藏在下面，定要露一下脸才又安顿下去。

他拿到了驾驶执照，而且手上有了理查德的车钥匙。理查德乘坐公共汽车回家过感恩节去了。校园已经关闭，没地方可去；有几天甚至图书馆和学生中心都要关掉。

下午，他上了车，漫无目的地瞎转。他开车上了去詹姆斯敦的大桥，一路开到纽波特才返回。他在收音机上听流行歌曲，陆上和海上的天气状况。北风十到十五节，午后转东北风。浪高二至四英尺。能见度一到三海里。

天黑得早，五点钟就得打开车灯。一天晚上吃晚餐的时候，他决定去一家意大利餐厅吃焗烤千层茄子，这家馆子他时常和理查德一起去吃。他坐在吧台边，喝着啤酒，吃着这道分量很大的菜，一边看电视上的橄榄球比赛。他是店里仅有的几个客人之一。付账单时他们告诉他，感恩节那天餐厅不开。

那一天道路空空如也，整个镇上一片安静。节日期间无论发生什么，不管它是怎样庆祝的，全都看不出一丝迹象。没有他听说的游行，没有公开的庆祝活动。除了校园里一场足球赛聚集了一群人以外，没有任何可看的事情。

他开车穿过住宅区,一些教职员工就住在这些区域。他看到烟囱里冒着轻烟,挂着不同州车牌的汽车,停靠在落叶满地的街道两旁。

他继续往远处开,来到查尔斯敦的出海渠口,那里的大米草已经变成了浅褐色。太阳已经低斜,炫目的光亮太强烈。靠近一个盐池,他把车停到了路边。

一只苍鹭融在草里,它离苏巴什很近,琥珀色的眼珠都可以看见,蓝灰色的身体染上一抹向晚的光线。它的颈子定格为S形,喙又尖又长,就像离开印度时父母给他的铜制拆信刀。

他摇下车窗。苍鹭一动不动,可是随后那弯曲的颈子伸展又缩回,好像它意识到了苏巴什正在凝视。托利冈吉的那些白鹭,捕猎时搅动着泥浆水,显得干瘦一些。从来没有这样有型,这样气派。

他惬意地观察着:苍鹭一头扎下水里时,朝后弯折的长腿慢慢走过时,胸部的羽毛向下低垂。

他只想坐在车里,看着那只鸟站在那里,凝望大海。但是这条狭窄的土路,平素都是空荡荡的,这时却有一辆汽车从后面靠近,想要过去,迫使苏巴什往前开。等他掉头回来,鸟已经不见了。

第二天下午,他又回到这个地方。他沿着沼泽的边缘走,寻找那只鸟的踪迹。他站在那里,望着地平线,看光线变成金黄色,太阳就要落山了。他猜想也许鸟已经飞走避寒了。这时他突然听到一阵尖厉、持续的嘎嘎声。

就是那只苍鹭,它正掠过水面,巨大的翅膀缓慢而从容地扇动着，显得既有阻碍又自由自在。它长长的脖子收了起来，黑色双腿悬在后面。在夜幕低垂的天空，这幅剪影是黑色的，主要羽毛的尖端清晰可辨，脚趾的分岔部分也历历在目。

第三天他又回去，但是已经到处找不到它了。他平生第一次感受到了无助的爱。

1970年，新的十年开始了。冬天，当树木光秃秃的，僵硬的地面还覆盖着积雪的时候，乌达安的第二封信来了，这一次是装在信封里。

苏巴什撕开信，发现里面有一张小小的黑白照片，是一个年轻女子的立像。她修长的手臂折叠在胸前。

她很放松，却也有点犹疑。她的头略微转向一侧，她的嘴唇抿着却又不失俏皮，她的微笑还有那么一点歪斜。她梳了一条大辫子，垂在一边肩头。她的肤色很深。

她不算漂亮，却很吸引人。完全不像他们上大学时母亲在婚礼上指给乌达安和苏巴什看的那些端庄女孩。这是一张偷拍的照片，背景就在加尔各答的街道上，一幢他不认识的建筑物前面。他好奇是不是乌达安拍的。是不是他逗起她脸上的俏皮表情的。

我以这封信代替正式介绍，也算一个正式宣布吧。现在是见过她的时候了。我认识她好几年了。我们没有声张，但你知道是怎么回事。她叫高丽，很快就会在总统大学拿到一个哲学专业的学位。一个来自北加尔各答康沃利斯街的女孩。她的父母都死了，她跟她哥哥——我的一个朋友——和一些亲戚住在一起。她喜欢书籍，胜过珠宝和纱丽。她和我一样有信仰。

像毛主席那样，我拒绝包办婚姻。我得承认，就这件事上我还是羡慕西方。所以我娶了她。别担心，除了跟她私奔以外，没有任何丑闻。你并不是要做伯父了。还没到时候呢，至少。太多的孩子成了我们充满缺陷的社会结构的受害者。这一点需要首先纠正。

你要是在这里就好了，不过你没有错过任何庆祝活动。这是一个民事登记。事后我告诉了妈妈和爸爸，我也正在跟你说。我告诉他们，要么你们接受她，我们一起回托利冈吉，要么我们作为夫妻在别的地方生活。

他们的震惊还没缓过来，对我很生气，也没理由地嫌弃高丽，但我们现在和他们住一起，学习相互容忍。他们不想告诉你我做了什么。所以我自己告诉你。

在信的结尾，他要求苏巴什为高丽买几本书，说这些书在美国容易买到一些。不要邮寄，只会丢失、被人偷走的。你带回来吧。过些日子你会回来当面向我道贺的，不是吗？

这一次他没有重读。一次就够了。

乌达安虽然有份工作，但养活自己都不够，更不用说一个家庭了。他还不到二十五岁。虽然房子很快就会够住，但在苏巴什看来，这个决定感觉还是太冲动了，是对父母的过分要求，太草率。他感到困惑,乌达安如此热衷于他的政治,如此蔑视传统,居然会突然之间娶老婆。

乌达安不单在苏巴什之前结了婚,而且他娶的女人还是自己选的。他自作主张地做了一件苏巴什相信应该由他们父母决断的事情。这是乌达安冲到苏巴什前头,否认他是老二的又一个例子。随心所欲的又一个例子。

照片的背面有乌达安手写的日期。一年多以前的 1968 年。苏巴什还在加尔各答的时候,乌达安就已经认识她,爱上她了。高丽的事,乌达安一直没有透露半点口风。

苏巴什再一次毁掉了这封信。那张照片他保留了,放在一本教科书的后面,以证明乌达安做过什么事。

他不时抽出照片看看。他不知道什么时候会见到高丽,会怎么看待她,既然他们已经有了关联。他隐隐感觉到又一次被乌达安彻底打败了,因为他找到了这样一个女孩。

贰

1

她哥哥和乌达安一边学习一边抽烟喝茶的时候,她通常待在阳台上读书,或者留在邻近一个房间。马纳什和乌达安在加尔各答大学结识,他们都是物理系的研究生。很多时候,他们只要谈论起纳萨尔巴里的影响,开始评论时事,他们关于液体和气体行为的书籍就会被扔在一边。

他们扯远了,讨论起印度支那和拉丁美洲国家的叛乱。乌达安指出,就古巴来说,这甚至不是群众运动。只是一个小群体,在攻击正确的目标。

世界各地的学生正在积聚力量,反抗剥削制度。这是牛顿第二运动定律的又一个例子,他开玩笑说。力等于质量乘以加速度。

马纳什表示怀疑。他们这些城市学生,怎么能够声称了解农民的生活?

完全没有,乌达安说。我们需要向他们学习。

穿过一扇敞开的门,她看着他。高瘦的个子,二十三岁但显得略老些。衣服松松地垂在身上。他穿着宽松长衫,却又很不恭敬地穿着欧式衬衫,上面的扣子开着,底部也没扎起来,袖子卷到了肘部以上。

他坐在他们听收音机的房间里。他把床当沙发坐了，而那架床是晚上高丽睡觉的地方。他的手臂细瘦，手指太长，都不方便拿起她家给他奉上的小瓷茶杯了，那杯茶他几大口就喝掉了。他的头发是波浪卷，浓眉，眼睛倦怠而深邃。

他的双手似乎是声音的延伸，总是在动，装饰着他说的话。即使在争辩的时候，他也很容易笑。他的上牙稍微有些重叠，好像多了一颗。从一开始，就很有吸引力。

高丽偶尔过来一下，他从来没有对她说过什么。从来没有瞟她一眼，从来没有打个招呼，说知道她是马纳什的妹妹，直到有一天家里的男仆有事出去了，马纳什问高丽能否给他们泡点茶。

她找不到托盘放茶杯。她端着茶杯进来了，轻轻用肩膀推开房间的门。乌达安抬头，看了她好一会儿，这才从她手里接过杯子。

他的嘴唇和鼻子之间的凹槽很深。胡子刮得干干净净。还在看着她，他提出了第一个问题。

你在哪里读书？他问。

她上的是总统大学，加尔各答大学就在隔壁，所以只要和朋友一起去那里，她就在大学四方院、书报摊、咖啡屋搜寻他。她察觉到他不像她那样定时去上课。外祖父母的公寓阳台十分宽敞，绕过两面外墙，俯瞰着康沃利斯街起始的路口，她开始在阳台守候他。这成了她要做的事情。

于是有一天,她发现了他,惊讶于自己居然知道那几百颗黑色脑袋中哪个是他。他正站在对面的角落,买了一包香烟。然后,他要穿过大街,肩上搭着一个布书包,两边都瞥了一眼,朝他们的公寓走来。

她在雕花栏杆后面蹲下来,头上是绳索上晾晒的衣服,担心他会一抬头看见她。两分钟后,她听到脚步声爬上楼梯间,然后是公寓大门上铁门环的响声。她听到门打开了,男仆让他进来了。

这个下午,每个人,包括马纳什,都碰巧出去了,而她一直在阅读,就一个人。她不知道马纳什不在,他会不会转身就走。可是,稍后,他走上了阳台。

这儿没别的人?他问。

她摇摇头。

那你会跟我说话吗?

晾晒的衣物还很潮湿,晾衣绳上夹着她的几件衬裙和衬衫。衬衫是依照她的上身、她的乳房的形状裁剪的。他松开了一件衬衫,顺着绳子把它移开,好腾出空间。

他做得很慢,手指的轻微颤抖迫使他比别人更加专注。站在他身边,她感觉到了他的身高,微微有点驼的肩膀,还有侧脸的角度。他在火柴盒的侧面擦亮一根火柴,点燃一支香烟,他把烟送上嘴唇的时候,整个手掌像杯子似的扣住嘴巴。男仆送上来饼干和茶。

他们站在四层楼高,俯瞰着十字路口。他们并肩站在一起,都倚靠在栏杆上。他们一起欣赏那些沿街排列的石建筑,破旧却又富丽堂皇。欣赏它们疲惫的柱子、摇摇欲坠的檐口和污迹斑斑的窗帘。

她的手托着脸，矜持地避着人。他的手臂悬在栏杆外，手指夹着点燃的香烟。他的旁遮普衬衫[①]的袖子卷起来了，露出从手腕到肘弯处的静脉。静脉十分显眼，其中流淌着绿灰色的血液，就像皮肤底下一道尖锐的拱门。

这么多人同时在移动，有一点是最基本的：步行，坐在公共汽车和电车里，拉或者坐人力车。街道的另一边是一溜好几家金银首饰店，装有镜面墙壁和天花板。镜面无休止地反映着前来订购婚礼珠宝的家庭，他们永远把店面挤得满满的。街上有收取衣服熨烫的压烫机。有高丽买墨水和笔记本的商店。有狭窄的甜品店，那儿成盘的糕点上叮满了苍蝇。

卖槟榔的盘腿坐在一个角落里，头上一颗赤裸的电灯，正在给好几叠蒌叶抹上白色石灰膏。一名交通警站在路中央的小盒子上，戴着头盔。他吹口哨，挥舞着双臂。这么多的马达，这么多摩托车、货车、巴士和小汽车的喧闹充盈着他们的耳朵。

我喜欢这风景，他说。

从这个阳台，她告诉他，她观察世界，看到了生活的一切。政治游行，政府检阅，要人来访。每天黎明时分就开始的庞大车流。这座城市的诗人和作家死后要从这里经过，他们的尸体掩盖着鲜花。雨季行人在街上齐膝深的水中跋涉。

---

① 旁遮普人为南亚地区的一个族群，主要集中于印度西北部，这里指旁遮普人的传统服饰。

秋天来的是“难近母”杜尔嘎①的塑像，冬天则是“辩才天女”萨拉斯瓦蒂②的塑像。人们打着鼓、吹着号将她们宏伟庄严的黏土形象迎入这座城市。她们由卡车拉着进来，之后在节期结束时又被带走，浸入河中。这些日子学生们正从学院大街那边游行过来。一些声援纳萨尔巴里起义的群体举着旗帜和标语，在空中挥舞拳头。

他注意到她一直坐着的折叠椅，给人坐的部分是一块松垂的条纹织物，就像吊索一样。旁边落下了一本书。是一卷笛卡尔的《第一哲学沉思集》。他把书拿了起来。

你在这里读书，下面都是车水马龙？

这有助于我集中注意力，她说。

她学习时，睡觉时，都习惯了喧闹；那是她的生命、她的思想持续不断的伴奏，那恒久的喧闹，比静默更令人心安。室内没有她自己的房间，要困难一些。但阳台一直是她的地方。

她告诉他，当她还是一个小女孩的时候，有时会夜里跌跌撞撞下床出去，第二天早上，外公外婆会发现她在阳台上呼呼大睡，脸靠着黑色雕花栏杆，身体枕着石头地板。完全听不见隆隆过往的车流。她喜欢在户外醒来，没有墙壁和天花板的保护。第一次看到她不在床上的时候，他们以为她失踪了。他们派人沿街搜寻她，呼喊她的名字。

然后呢？乌达安问道。

---

① 印度教神话中所传湿婆的妻子雪山女神的多种形象之一。

② 印度教神话中大神梵天之妻（一说是女儿），被誉为智慧的化身。

他们发现我在这里,还睡着呢。

你外公外婆禁止你再做这种事了吗?

没有。只要不是太冷或下雨,他们就给我留一床小被子。

所以这是你的菩提树,你在这里达成觉悟。

她耸耸肩。

他的目光落在她正在阅读的页面上。

关于世界,笛卡尔先生告诉我们什么?

她告诉他她所了解的。关于知觉的局限性和一块蜂蜡的实验。近火受热,蜂蜡的本质仍然还在,即使其物理形态发生了变化。她说,是精神,而不是感官,才能理解这一点。

思考胜于观察?

在笛卡尔看来,是的。

你读过马克思吗?

一点点。

你为什么学习哲学?

它有助于我理解事物。

但是它的重要性在哪里呢?

柏拉图说哲学的目的是教我们如何死亡。

除非活着,我们没有什么要学的。在死亡里人人平等。它有那种压倒生命的优势。

他把书交还给她,合上书页,让她找不到读到哪里了。

今天在这个国家,学位已经毫无意义了。

可你即将获得物理学硕士学位,她指出。

那是我父母的期望。对我无关紧要。

那什么对你重要呢？

他低头看着街道，打着手势。我们这个让人受不了的城市。

他改变了话题，询问与她和马纳什同住的其他人：两个舅舅，他们的妻子，两家的孩子。她的外祖父母曾经拥有这套公寓，他们已经去世，她的父母也都过世了。她的几个姐姐住在别处，她们都已经出嫁，分散在不同的地方。

你们都是在这里长大的吗？

她摇摇头。她的父母和几位姐姐曾经在东孟加拉、库尔纳、法里德普尔住过各式各样的房屋。她的父亲是一名地区法官，她的父母和姐姐们每隔几年就搬一次家，到美丽的乡村，住进政府支付的漂亮平房。这些房子配备了厨师和开门的仆人。

马纳什出生在这些房子中的一幢。他几乎不记得了，但她的姐姐们仍然谈起她们成长的那个阶段，她们共同的过去。谈起上门给她们教授跳舞和唱歌的老师们，她们吃饭的大理石桌子，她们玩耍的大阳台，房子里专门给她们放洋娃娃的独立房间。

1946年，这些派驻工作都结束了，全家又回到了加尔各答。但是几个月后，她的父亲说不想在那里过完他的退休生活。在外面跑了一辈子，他已经受不了城市生活了，尤其是在市民相互屠杀，整个社区就要付之一炬的时候。

骚乱期间的一天早晨，从高丽和乌达安所在的同一个阳台上，她的父母目睹了这样一幕：一群暴民把那个骑自行车给他们送牛奶的穆斯林男子团团围住。暴民在寻求报复；据报道，送奶工的一个表亲在该市其他地区参与了对印度教徒的袭击。

他们看着一名印度教徒把一把刀插入送奶工的胸口。他们看着那天一家人本来要喝的牛奶洒在街上,混合着他的血变成粉红色。

于是全家搬到了加尔各答西边的一个村庄,只有几个小时的路程。这里平安无事,远离亲戚,避开动乱,她的父母更喜欢在这样的地方建立自己最终的地盘。有一个池塘可以钓鱼、涉水,有几只鸡下蛋,有一处她父亲喜欢照管的花园。这里只有农田、土路、天空和树木。最近的电影院在二十英里以外。每年举办一次书展。夜晚黑暗得彻底。

到高丽出生的时候,1948 年,她的母亲已经是一心扑在安排几个姐姐的婚姻上了。她的姐姐们几乎属于另一代人:她还是婴儿时,她们就是十几岁的女孩了;她还是孩子,她们已是年轻女人了。她成了同龄孩子的阿姨。

你在乡下住了多久?

直到我五岁。

那个时候,她的母亲已经卧床不起,她得了脊柱结核。高丽的几个姐姐很有用,可以帮助做家务,但她和马纳什只会添麻烦。所以他们被送到城里,由外祖父母照顾,跟阿姨和舅舅们做伴。

她的母亲病愈之后,他们还是留在城里。马纳什已经就读于加尔各答男孩学校,而高丽不想离开马纳什。轮到她上学的时候,考虑到这个城市的学校比较好,所以留下来是有道理的。

回到她父母村庄的选择一直都在。尽管她探访过,假期坐火车去看望过他们,但农村生活对她没有任何吸引力。她觉得,她并不因为父母没有养育她而怨恨他们。这是许多大家庭的处理方式,而且考虑到实际情况,这不是很奇怪。真的,她感激他们让她走自己的路。

那是他们给你的礼物,乌达安说。自主权。

他们丧生于山路上发生的一起车祸。当时天气恶劣,他们正前往一处山中避暑胜地,只为了换个环境。高丽已经十六岁了。房子卖了,那个安静的地方没有留下她家的一丝痕迹。突然失去他们是一个巨大打击,但是最近她外祖父母的去世,却令她更加伤心。她在他们家里长大,睡在他们中间的一张床上。她每天都去问安,眼看着他们慢慢生病,越来越虚弱。她的外祖父在梵文学院担任过教授,死的时候胸口还放着一本书,他曾激励她主修现在的专业。

她看到,她那段并不起眼的生活旅程正让他着迷:出生在乡下,愿意与父母分居,与大多数家人疏远,从而展现出她的独立性。

他又点燃一支香烟。他告诉她,他的童年与此不同。就他和哥哥两弟兄。就他们两人和父母住在托利冈吉的一所房子里。

你哥哥是做什么的?

这些日子他说要去美国。

你也要去吗?

不,他转身看着她。你呢?你结婚的时候,会想念这一切吗?

她发现他的嘴唇从来不会完全闭合,中间总有一个菱形的孔。

我没有要结婚。

你的亲戚不催你?

我不是他们的责任。他们有自己的孩子要管。

不结婚,你打算做什么呢?

我可以找所大学或学校教授哲学。

并且留在这里?

为什么不?

那很好。我是说,对你。为什么要为了一个男人,离开你喜欢的地方,终止你爱做的事情?

他在和她调情。她感觉到他在揣度她,形成对她的看法,即使站在那里看着她,跟她说话的时候。她的某个方面,在他的头脑中,已经被他占有了。他未经许可就将它从她那里摘了下来,这是一个其他男人从未尝试过的交易,一个她无法反对的交易,因为是他。

过了一会儿,他指着十字路口,说:

假如你嫁给住在那三个街角之一的某个人,如果你只需要搬去另一个阳台,你觉得可以吗?

她忍不住笑了,先是用手遮住嘴笑。随后笑着,转头看着别处。

他们开始在他的校园约会,有时也去她那里。但是现在,即使没有安排见面,他们也总是彼此碰到。他会穿过好几道大门来到总统大学,看着她下课之后走下大楼台阶。他们沿着柱廊坐下,那里悬挂着学生会竖起的旗帜。四方院里有人发表演讲的时候,不管是关于持续上涨的食品价格,还是人口增长、就业不足的问题,他们都一起倾听。当学院街发起游行时,他带她一起参加。

他开始给她一些材料阅读。他从书摊上给她买了马克思的《宣言》和卢梭的《忏悔录》。还有费利克斯·格林①关于越南的一本书。

她看到他对自己刮目相看,因为她不但阅读他给的材料,而且与他谈论。他们就政治自由的界限,自由和权力是否等同交换了看法。讨论了个人主义,如何导致等级制度的。现时社会碰巧形成的状态,以及可能发生的变化。

她感觉她的头脑正在变得敏锐、专注。正在与这个世界的具体机制搏斗,而不是在怀疑它的存在。没有见到乌达安的日子,她思考他关心的事情,感觉与他更接近了。

起初,他们试图瞒着马纳什,却发现他一直在悄悄策划这件事情,他知道他们两人会相处得来的。他为高丽和乌达安在一起提供方便,家里有人问起高丽去了哪里,他帮着敷衍。

他们的分别总是很突然,他给予她的关注刹那之间结束,因为他必须去一个地方。某个聚会,某个学习讨论会,他从来没有充分解释。他从不回头看她,却总是在一个她肯定能看见他的地方停下来,举手告别,然后捧着手点上一支香烟,于是她眼

① 费利克斯·格林(Felix Greene,1909—1985),英国记者,以报道六七十年代的共产主义国家而闻名。

看着他的长腿把他从她身边带走，穿过校园，或者横跨宽阔而繁忙的街道。

他有时候谈到了旅行，去一个村庄，如果她没有逃离，也许就是在这种地方长大的。就她所知，纳萨尔巴里事件之后，那里的生活已不再那么安静了。

他想去看看印度更多的地方，他说，就像切①游历南美洲那样。他想了解人民的境况。他想有一天去看看中国。

他提到一些朋友，他们已经离开加尔各答，住到农民中间去了。如果有一天我需要做这样的事情，你会理解吗？乌达安问她。

她知道他正在考验她。知道如果她感情用事，不情愿面对某些风险，他就会失去对她的尊重。因此，虽然她不想让他离她远去，也不想让他遭受任何伤害，却还是告诉他，她会理解。

没有他，她才又想起自己。一个有书相伴便最为自在的人，可以在总统大学图书馆高天顶的凉爽阅览室里整下午地记笔记。但是这样一个人，在遇到乌达安之后，她开始有所质疑了。这样一个人，乌达安正在用他不稳定的手指坚定地推开、扫净。于是，她开始更清晰地认识自己，好像一层薄薄的灰尘从玻璃上被擦去了。

在儿童时代，意识到她的到来是个意外之后，她不知道自己是谁，属于哪个地方、哪个人。除了马纳什，她不能通过与兄弟姐妹的关系来定义自己，无法把自己看作他们的一部分。她

---

① 切·格瓦拉（Che Guevara，1928—1967），古巴革命的领导人之一。

从来没有单独和母亲或父亲相处片刻的记忆,即使是在这种偏远地方的一所房子里。她总是排在队列的尽头,藏在别人的阴影里,相信自己没有重要到可以投下自己的影子。

在男人周围,她感觉像是透明人。她知道自己不是他们在大街上回头去看,或者在堂兄婚礼上老远就注意到的那种类型。她至今没有被人打听是否随后几个月内嫁出去,她的一些姐妹就是那样的。在这一方面,她对自己感到失望。

除了她的肤色深得足以被看作一个缺陷以外,也许她没有任何别的问题。不过,每当她停下来思考是什么使她的外貌与众不同时,她就否定了这个看法,认定是她的脸型太长,五官太严肃。她希望能够改变自己,相信任何其他面孔都会更受欢迎。

但是在乌达安眼里,城里其他女人根本就不存在。高丽从不怀疑,他们在一起的时候,她对他有一种魔力。站在她旁边他就会很兴奋,把脸转向她,而目光从不迟疑。她改换头发分路的那一天,他就注意到了,说很适合她。

一天,他送给她一本书,里面夹着一张便条,约她到电影院见面。下午场电影,影院靠近公园大街。

她又害怕去,又害怕不去。在柱廊或咖啡厅与他交谈,或走到学院广场观看泳池中的泳者,这些都没什么。他们还没有走出过那片最近的社区,在那里他们只是同学,而且作为同学总是合理的。

看电影那个下午,她拿不定主意去还是不去,最后迟到得一塌糊涂,直到电影中场人才来,慌慌张张的,担心他改变主意或干脆放弃了,而那几乎是她激他这样做的。但是他也把她激了出来。

他在剧院外面抽着烟,站在一边,远离那些已经在讨论电影前半部分的成群的人。阳光正是灼热的时候,当她走近时,他举起手,头朝着她的脸倾斜,在他们头上搭了个小小凉棚。这个姿势让她感觉掩蔽在那一大群人中间,是跟他单独在一起的。感觉有别于周围的行人,感觉漂浮在城市的浪涌之上。

他认出她的时候,她没有在他的表情里看到一丝恼火或者不耐烦。她只看到他见到她的快乐。仿佛知道她会来;甚至知道她会故意迟到,而且迟到得像这样可笑。她问现在电影放到哪里了,他摇了摇头。

我不知道,他说着,把票递给她。他这么久一直站在人行道上,等着她。一直在等,直到他们走进剧院的黑暗中,他牵住她的手。

2

攻读博士学位的第二年,苏巴什是自己住的,因为理查德在芝加哥找到一份教职,已经走了。

春季学期,苏巴什同一群学生和教授登上了一艘考察船,开始了三个星期的考察。随着考察船驶离,水面劈开一道泛着泡沫的痕迹,泡沫甚至正在形成的时候就消失了。海岸线退去,平静地横躺着,像水面上一条细长的棕色小蛇。他看到地球的质量在缩小,变得疲弱。

耀眼的阳光下,他们加速前进,这时他感觉到风扫过脸上,那是大气狂野的动荡。他们首先停靠在秃鹫湾。两年前,一艘驳船在法尔茅斯海岸触礁,搁浅在大雾弥漫的夜晚,泄漏了近二十万加仑燃油。海风把油料推进了外尔德港。这种碳氢化合物杀灭了沼泽的野草。招潮蟹来不及藏到沙下,结果就冻结在原地。

他们放网下去捕捞鱼类,用咖啡罐提取沉积物。他们了解到污染可能会无限期持续下去。

他们继续考察乔治滩,那里浮游植物正是繁盛的时候,硅藻数量暴涨,形成巨大的孔雀蓝漩涡。但在阴天,大海看起来很晦暗,黑得像焦油一样。

他观看考察船周围的生命,有脑袋呈乳白色、翅膀黑白分明的塘鹅,有成对跳跃的海豚。座头鲸呼吸时喷出一团团薄雾,在水里嬉游,它们有时悄无声息地从船底下游过,在另一侧冒出来。

稍微向东航行一点点,就已足够提醒苏巴什离家多远了。他想着横渡地球表面哪怕一个极小部分所需的时间。

船上同科学家、别的学生和船员一道与世隔绝,他倍感孤独。无法探测他的未来,却又切断了与过去的联系。

一年半了,他没有见过家人。没有跟他们一起坐下来,在一天结束的时候,共享一顿晚饭。在托利冈吉,他的家人没有电话。他发过一封电报,让他们知道他到了。他正在学着习惯听不到他们的声音,仅仅从信里获取他们的消息。

乌达安的来信不再提到纳萨尔巴里,也不再以口号结尾。他完全不提政治了。相反,他谈论起足球比赛的得分,或者邻里的鸡毛蒜皮——哪家商店关门大吉了,哪户他们认识的人家搬走了。谈起莫利奈·森①最新的电影。

他问苏巴什研究工作进展如何,在罗得岛日子是怎么过的。他想知道苏巴什什么时候会回到加尔各答,在其中一封信中,他问他是否打算结婚。

这些信件苏巴什保存了几封,因为看来再也没有必要把它

① 莫利奈·森(Mrinal Sen,1923—2018),印度电影导演,20 世纪 70 年代“新浪潮”运动在印度最早的发起人之一。

们都扔掉了。但这些信件的平淡使他感到困惑。虽然笔迹还是一样，但内容简直像是出自另一个人。他疑惑加尔各答正在发生什么事，乌达安要掩盖什么。他想知道他和父母相处得怎么样。

父母的来信只是拐弯抹角地提到高丽，只是作为一个不要做什么的例子。我们希望，到时候，你会相信我们能够安排你的未来，为你选择妻子并出席你的婚礼。我们希望你不要像弟弟那样无视我们的愿望。

他回信，向父母保证他的婚姻将由他们来安排。他寄去一部分津贴，帮助支付房子的扩建费用，并写道他很想见到他们。然而，日复一日与他们隔绝，他不理他们了。

乌达安并不孤单；他留在了托利冈吉，依恋这个地方，这是他熟知的生活方式。他激怒了他的父母，却仍然受着他们的保护。唯一的不同是他已经结婚了，而苏巴什也失踪了。而且苏巴什怀疑那个女孩高丽是否已经取代了他。

* * *

一个阴晦的夏日，他下到校园脚下的海滩。起初，除了一位垂钓者在码头尖端钓鲷鱼以外，他没看到那里有人。只有细小的波浪扑打着灰色、黄色的石头。随后他注意到一个散步的女人，带着一个小孩和一条乌黑的小狗。

女人在沙滩上寻找树枝，朝狗扔过去。她光脚穿着网球鞋，披着橡皮雨衣。一条棉裙在她膝盖周围翻动着。

男孩拿着一个小桶,苏巴什看着他们解开运动鞋,踩着岩石摇摇晃晃走进潮水池里。他们正在寻找海星。男孩很沮丧,抱怨说他一个也找不到。

苏巴什卷起裤腿。他脱下鞋子走了进来,他知道它们藏在哪里。他从岩石上撬下一只,让它躺在手中,僵硬但活着。他翻转手腕露出海星底下的部分,指给男孩看腕足尖端的眼点。

如果我把它放在你手臂上一会儿,知道会发生什么吗?

男孩摇了摇头。

它会拉掉你皮肤上的细毛。

痛吗?

不怎么痛。我演示给你看。

你从哪里来?女人问他。

她的脸很平淡但很有吸引力,她眼睛的淡蓝色有如贻贝壳的衬里。她看起来比苏巴什年长一点。她的头发很长,深金黄色,像冬季的沼泽草。

印度。加尔各答。

这里一定是很不一样。

是的。

你喜欢这里吗?

没有人问过他这个问题,直到现在。他远望着水面,远望着横跨海湾的两座桥梁的钢桩:第一座较低的悬臂中心和第二座高耸的钢塔。最近建成的纽波特大桥起伏对称,有拱形的桥门和钢缆,晚上会亮起来。

他从他的一位教授那里了解到这座桥的建造过程。他得知，所有悬挂钢缆如果首尾相接，将跨越八千英里出头。这是美国和印度之间的距离，现在把他与家人分开的距离。

他看到站在荷兰岛的尖端的那座小小的方形灯塔，灯塔有三个窗户，就像一件衬衫门襟上的三颗纽扣。还有一座木制码头，端头是间有顶盖的小屋，船就在此停泊，码头从海滩的一端伸出去。远处有一些帆船，就像深蓝色海面上点缀的白色斑点。

有时候我觉得已经发现了地球上最美的地方，他说。

他不属于这里，但也许这无关紧要。他想告诉她，他是等待了一生才发现罗得岛的。就是在这里，在世界这个微小但雄伟的角落，他才可以呼吸。

她的名字是霍莉。男孩叫约书亚，九岁，暑假刚刚开始。狗的名字叫切斯特。他们住在马塔纳克，靠近那些盐湖中的一个。他们隔一段时间就来校园海滩遛遛狗。他们知道这里，是因为霍莉在东格林尼治一家小医院做护士的时候，一位照看约书亚的女士就住在附近。

她没有提到她的丈夫是做什么的。但是约书亚在这个下午提到过他，他问霍莉，周末父亲会不会带他去钓鱼。苏巴什猜测那个钟点他应该在办公室上班。

他下一次注意到霍莉的汽车停在停车场，便大胆出来打招呼。她似乎很高兴见到他，老远就挥手，切斯特在她前面蹦跳着，约书亚在后面跟着。

他们开始一起散步，轻松随意，一边闲聊着，沿着短短的海滩来来回回。海草到处散落，有长着气泡的岩藻，气泡如同橙色有织纹的葡萄，有海莴苣的孤独碎片，还有海浪夹带过来纠缠成团的锈色海带。一只水母从加勒比海漂来，在坚硬的沙砾上摊开，像被压扁的菊花。

当他问起她的背景时，她说她出生在马萨诸塞州，家人是法裔加拿大人，她一生大部分时间都生活在罗得岛。她在这所大学学习过护理。她询问他在那里的学习情况，他解释说，课程学完以后，需要准备一次综合考试，然后进行一项原创性研究，还要提交论文。

需要多长时间？

还要三年。也许更长。

霍莉知道所有关于海鸟的事情。她告诉他如何辨别鹊鸭和针尾鸭，海鸥和燕鸥。她指给他看冲向水的尽头的矶鹞。当他描述他在罗得岛的第一个秋天看到的苍鹭时，她告诉他这是一只羽毛尚未长成的幼年大蓝鹭。

她去车上取来双筒望远镜，向他展示如何放大一群秋沙鸭，它们正在海湾上朝一个固定方向扇动翅膀。

你知道千鸟幼鸟是怎么飞的吗？

不知道。

它们在天空成群结队，因为成鸟总在互相呼唤。它们从新斯科舍一路飞到巴西，只是偶尔在海浪上休息一下。

它们睡在海上？

它们巡航世界，比我们做得好。好像指南针就装在它们脑子里似的。

她对印度的鸟类很好奇，于是他描述了那些她可能没见过的。八哥把窝建在屋墙上,春季开始的时候,城里到处都是噪鹃的叫声。花斑小猫头鹰在托利冈吉的暮色中鸣叫,一边撕开壁虎和老鼠。

你呢?她问。完成学业后,要回加尔各答吗?

如果我能在那里找到工作。

因为她是对的;他的家庭、他本人都认为,他在这里的生活是暂时的。

你想念它什么呢?

那是我出生的地方。

他告诉她,他有父母,还有一个弟弟,只比自己稍微小一点。他告诉她,他现在有弟媳了,一个他还没有见过的女人。

他们既已结婚,你的弟弟和妻子现在住在哪里?

跟我的父母同住。

他解释说,女儿出嫁后住在婆家,儿子结婚则留在家中。两代人并不分开,不像在这里。

他知道,对于霍莉,也许对任何美国女人来说,都不可能想象得了那种生活。但她还是想了想他所描述的。

在某种意义上,这样听着更好。

一天下午,霍莉铺开一张床罩,从包里拿出奶酪三明治、切成条的黄瓜和胡萝卜、杏仁和切片水果。她与他分享了这份简单的食物,并且因为天光徘徊,这也成了他们的晚餐。谈话过程中,约书亚在远离他们的地方玩耍,她提到她和约书亚的父亲是分开居住的。这样已经差不多有一年了。

她眺望着水面,双腿折叠,手指松松地抱着弯曲的膝盖。那天,她的头发梳得像个女学生,两条辫子搭在肩上。

他不想窥探究竟。可是还没等他发问,她就说,他现在和另一个女人在一起。

他明白她正在把一些事情向他说明白。明白尽管她是母亲,但她不属于任何人。

约书亚总是和他们在一起,总是在他们之间,正是他的存在一直激励着他去努力找寻霍莉,并控制着他们之间的友谊。在宽阔的天空下,和她一起在沙滩上,他的思绪得以清空。到目前为止,他晚上和周末都在不间断地工作,没有休息。就好像他的父母正在监督他,监控他的进展,而他正在向他们证明自己并没有浪费时间。

一个特别暖和的日子,她穿了一件极薄的纽扣衬衫,这时他看到了她身体一侧的轮廓。她的腋下曲线。

当她解开并脱下衬衫时,露出了穿在里面的泳装上衣,他看见她的腹部很柔软。她圆润的乳房分开很远,稍微有点背向彼此。她的肩膀上散布着雀斑,那是许多个夏季的阳光晒出来的。

他和约书亚在水边玩耍时,她躺在沙滩上。像霍莉那样,约书亚也叫他苏巴什。他是一个脾气温和的男孩,别人跟他说话的时候他才会开口,他被苏巴什吸引,却也对他有些疑惑。

他们跳石头,和切斯特一起玩耍——切斯特跳进水里洗澡,抖干它的皮毛,叼着网球蹦跳着回来——从而形成了一种暂时的联系。霍莉趴在那里透过太阳镜观看他们,有时闭上眼睛,稍微打个盹。

当苏巴什回到她身边,擦干他特别容易晒黑的皮肤时,她照常读着书,眼皮都不抬一下;他在毯子上和她并排趴下,近得彼此裸露的肩膀差一点碰上,她也没有挪一挪身子。

他清楚地意识到将他们分开的巨大鸿沟。这不仅仅因为她是美国人,而且可能比他大十岁。他二十七岁,而他猜想她大概三十五岁。还因为她已经坠入爱河,结了婚,生了一个孩子,然后心碎了。他还没有经历过任何这些事情。

随后的一个下午,他去海滩见她,发现约书亚不在那里。那是个星期五,男孩将要和父亲一起过夜。约书亚继续与他保持联系是很重要的,她说。

苏巴什感到烦躁不安,因为他想到霍莉要对约书亚的父亲谈话,制定这个计划。想到霍莉要面对一个伤害过她的男人而举止适宜。也许甚至在送约书亚过去的时候会看到他。

毯子铺开后不久就下起了小雨,于是霍莉邀请他到家里吃晚餐。她说冰箱里还有一些炖肉,应该足够他们两个人吃了。他不想和她分手,便接受了。

雨势平稳下来,他驾驶理查德的车,跟着她朝马塔纳克开去。尽管理查德搬去芝加哥的时候,苏巴什已经从他那儿买下了这辆车,但他还是这么想。

下了高速公路,风景变得更为平坦、更为空旷了。他沿着一条芦苇夹道的土路前进。然后,他抵达了沙滩、海和天空的简单调色板。

他紧随她把车开上了车道，减速停车时，颜色发白的贝壳在轮胎下面碎裂作响。小屋的后面俯瞰着一个盐池。前方没有草坪，只有一排倾斜的栅栏，用生锈的铁丝绑在一起。周围零星还有其他一些单层小屋，建得都很简单。

为什么那些窗户用木板封了？他问道，注意到离她家最近的那所房子。

以防风暴。现在那儿没人住。

他注视其他看得见的房屋，所有这些房屋都面朝大海。谁拥有这些房子？

有钱人。现在是夏天，他们周末从波士顿或普罗维登斯下来。有的人会住上一两个星期。到秋季他们全都会走。

空着的时候，没有人租房吗？

有时候学生会租，因为他们没钱。在春天，我是这里唯一的人。

霍莉的小屋特别小：前面是一间厨房和一间会客区，后面是一间浴室和两个卧室，天花板很低。即使他从小长大的房子也感觉宽敞些。她没有插钥匙就打开了门。

他们进门的时候，收音机开着，正在报告天气。晚间有阵雨，有时会很大。切斯特用叫声迎接他们，摇着尾巴，身子往他们的腿上挤靠。

你忘了关掉吧？她关小收音机音量时，他问。

我特意让它开着。我讨厌回到安静的房子。

他记起了他和乌达安一起安装的短波收音机，把世界各地的信息收集到另一个与世隔绝的地方。他意识到，在某种意义上，霍莉比他更孤独。她没有丈夫，周围没有邻居，她似乎完全孤立无援。

小屋的房顶薄得像一张膜，噼噼啪啪的雨声像沙砾崩塌下来。到处是沙土，沙发的垫子之间、地板上、壁炉前切斯特喜欢坐的圆形地毯上都是。

她匆匆忙忙把沙土扫出去，就像人们在加尔各答一天两次扫除灰尘一样，然后关上了窗户。壁炉上方的炉架上堆满了石头和贝壳，还有漂流木；房子似乎没有别的什么装饰。

他从窗户望出去，看着乌云覆盖的海面和水边暗黑的沙滩。

你有这个，为什么还要去校园的沙滩呢？

就是换个场景吧。我喜欢到那个山脚下去。

她自己在厨房里忙着。她忙着打开烤箱，把水灌满水槽，浸泡生菜叶。

你去烧上壁炉好吗？

他去壁炉边，看了看。壁炉的一边放着一些木材，还有一套铁制工具。炉内有些灰烬。他取下栅屏。他注意到炉架顶上有一盒火柴。

我来演示一下，她说，没等他转身询问，她就已经在他旁边了。

她打开里面的通风口，然后摆放了一些原木和较细的树枝。递给他一件工具的时候，她告诉他等火苗点燃后，将它们轻轻推到一起。他坐在那里守着火，但她点得特别好。除了让火焰温暖他的脸和手之外，没有什么可做的；而霍莉正在准备晚饭。

他怀疑这里是不是她和约书亚的父亲住过的地方，是不是他留给她居住的房子。看着好像不是。这里只有霍莉的东西，还有约书亚的。他们的两件雨衣和夏季夹克挂在门上的挂钉上，他们的靴子和凉鞋排列在下面。

你能帮忙检查一下约书亚床头的窗户吗？我想我没关。

男孩的房间就像船舱，狭窄而低矮。他看见窗户下面的床，铺着一床格子花被子，枕头给雨淋湿了。

书柜下方的地板上，是一副还未完成的马匹在草地上吃草的拼图游戏，看起来像画丢失了，只留下空空的画框。他蹲下来，手伸进盒子里，翻看着那些似乎完全相同却各有区别的单片。

他站起来的时候，注意到放在约书亚衣柜上的一幅快照。苏巴什马上就知道这是约书亚的父亲，霍莉的丈夫。一个男人穿着短裤，赤着脚，在某个地方的沙滩上，肩膀上托着年纪小一些的约书亚。

霍莉叫他吃晚饭。他们吃了几块用蘑菇和葡萄酒烹煮的鸡肉，配上烤箱温热的面包，而不是米饭。味道很复杂，可口但是没有任何辛辣成分。

他捡出她放入的月桂叶。他说，这些我家后面的一棵树上有。只是尺寸要大一倍。

你去拜访他们时，可以给我带一些回来吗？

他告诉她会的，但是这里有她相伴，他真的会回到托利冈吉和他的家人在一起吗，感觉很不真实。更加不真实的是，他回来后，霍莉仍然愿意与他共度时光。

她告诉他，自从去年九月以来她就住在这间小屋里。约书亚的父亲曾提议从他们共有的老房子搬出来，搬离部长路，但她不想住在那里。这间小屋曾经属于她的外祖父母。她小时候在这里住过。

吃完肉汤，还有一片苹果蛋糕和一大杯柠檬茶。雨下得更大了，雨点猛烈敲打着窗玻璃，这时霍莉谈起了约书亚。她担心离婚会影响他。自从他父亲走了以后，她说，他就变得内向，以前不害怕的东西如今也怕了。

什么东西？

他害怕独自睡觉。你看我们的房间多近。但他晚上总是爬到我的床上来。很多年他都没这样了。他一直喜欢游泳，但今年夏天他在水中很紧张，害怕海浪。而且他不想在秋季回到学校。

那天在海滩他游了泳的。

也许是因为你在那里。

切斯特开始吠叫，霍莉起身，把皮带拴在它的脖子上。她穿上雨衣，在门口拿起一把雨伞。

你留在干爽的地方。我只要一两分钟。

等待她回来的时候，他到水槽边把碗碟洗了。他惊叹她的生活如此自立自足。她独自一人住在这样偏僻的地方，连门都不费心锁上，他倒为她感到有些紧张了。除了她上班时照顾约书亚的保姆，没有人帮助她。虽然她的父母还在，虽然他们就住在附近，罗得岛的另一个地方，但他们没有过来照顾她。

然而他自己并不觉得是完全单独和她在一起的。陪伴他们的有切斯特，还有约书亚的衣服和玩具。甚至还有她曾经爱过的那个男人的照片。

很长时间了，这是我第一次晚餐以后不用收拾盘子，她说，再次加入他。盘子和玻璃杯已收起，洗碗巾晾在了挂钩上。

我不介意。

这种天气开车回家，你行吗？需要借给你一件夹克吗？

我没事儿。

让我打伞送你去车上。

他把手放在门把手上。但他不想走；他还不想离开她。他站在那里正犹豫不决，就感觉到她的脸隔着衬衫轻轻地贴在了他的背上。然后，她的手，搁在了他的肩上。她的声音，问他是否愿意留下来。

她的卧室跟约书亚的正好左右对调。但是因为床比较大，实际上已没有空间放下别的什么了。在这个房间里，他可以忘记父母的想法，以及他即将做的事情的后果。他忘记了一切，除了和他一起躺在床上的这个女人的身体；她将他的手指引导到她喉咙的凹陷处，越过她的锁骨脊，向下去往双乳更柔软的皮肤。

她的皮肤表面令他着迷。所有那些小印记和缺陷，雀斑、痣和斑点的花样。还有她所包含的色泽和浓淡范围，不只是晒黑形成的反转阴影，突出着他正第一次看到的身体部位，而且是一种固有的、更微妙的混合物，如同一把沙子那样静静地斑驳多变，他只能在此刻、在灯光下辨别出来。

她让他触摸她腹部松弛的皮肤，她两腿之间手感粗糙的小丘,比她的头发更黑。当他停下来,显出犹疑的样子,她抬头看着他,不敢相信。

真的吗?

他转过脸去。我本该告诉你的。

苏巴什,没关系。我不在乎。

他感觉到她的手指紧紧握住他的勃起,给它定位,把他拉近。他既窘迫又兴奋。他感受并做了他迄今为止只能想象的事情。他在她里面运动,紧靠着她,用他身体的每一根神经,没有意识到却也充分意识到他在哪里。

雨已经停了。他听见水的声音,从铺散在屋顶之上的那棵树的叶间滴落,像一阵阵爆发的掌声。他躺在她身旁,打算在第二天开始之前回到他的公寓,但是几分钟后他才意识到,霍莉并不仅仅是很安静。没有任何征兆,她已经睡着了。

唤醒她或者干脆不告而别,总感觉不对。所以他留下来了。躺在留着他们身体温热的床上,起初他无法入睡。尽管他们刚刚分享了亲密关系,他还是因她的存在而分心。

早晨,他醒来时听到切斯特呼吸的声音,闻到它皮毛的气味,感觉到它绕着床的三个侧边,爪子轻轻地刮擦着。狗很有耐性地站在霍莉身旁,喘着气。房间温暖而明亮。

她一直是背对着苏巴什睡的,光着身子偎依在他身上。她从床上起身,拉上头天晚上穿的牛仔裤和短衫。

我来煮咖啡,她说。

他很快穿好。他走出去用卫生间时,看到约书亚的房间开着门。男孩的缺席使这件事成为可能。他在这里是因为约书亚不在。

霍莉带切斯特外出回来，提议做早餐。但是苏巴什告诉她，他还有工作要赶。

约书亚下次去他父亲那里的时候，我应该让你知道吗？

他不能确定；他看到，昨天晚上的相遇可能是一个开始，而不是结束。与此同时，他渴望再次见到她。

如果你喜欢。

打开门，他看到潮水上涨了。天空明亮，大海平静。除了沙滩上像空巢一样被冲刷上岸的海藻之外，看不见风暴留下的任何痕迹。

3

他想告诉乌达安。不知何故,他想向弟弟坦白他走出的这意义深远的一步。他想描述霍莉是谁,她长什么样,她是如何生活的。讨论他们现在分享的关于女人的知识。但这不是他可以用书信或电报传达的东西。即使电话可以接通,他也无法想象能够在电话上谈。

星期五晚上:这是他能够去小屋拜访霍莉并在此过夜的时间。余下的时间,他保持一段距离,有时候在海滩上见见她,吃个三明治,但仅止于此。一周的大部分时间里,如果他需要,他可以假装不认识她,他的生活没有任何变化。

但是一到星期五晚上,他便开车去她的小屋,下了高速公路,驶入那段很长的蜿蜒于盐沼之中的林荫道。他待到星期六,有时甚至是星期天早上。她绝不苛求,一切总是随他的意。相信他们每次分手后都会再次见面。

他们沿着沙滩漫步,沙质紧实,留着潮汐刻画的条纹。他们一起在冷水里游泳,嘴里品尝苦咸的滋味。冷水似乎要进入他的血液,进入每个细胞,净化他,把沙子留在他的头发里。他仰面躺在水里,双臂伸展,轻盈地漂浮着,而世界沉寂了。

只有大海低沉的嗡嗡声，以及灼热的阳光，就像想象中烧红的炭火。

有一两次他们做了一些普通的事，好像他们已经是夫妻了。一起去超市，把食物装满推车，把购物袋放在汽车的后备厢里。在加尔各答，他不会结婚之前与一个女人做这些事情的。

在加尔各答，当他还是一名学生时，就已经能够感觉到某些女性的吸引力了。他太害羞，不敢追求她们。他没有追求霍莉，却看到过大学的朋友努力打动他们感兴趣的女人，而这些女人最后几乎都成了他们的妻子。就像乌达安肯定追求过高丽。他没有带霍莉去看电影或者下馆子。他没有给她写条子约她在这里或那里会面，条子是要找朋友帮忙传递的，这样才不会引起女孩父母的怀疑。

霍莉超越了这类事情。唯一合理的见面地点就是她的家，在家最方便，他也喜欢待在那里，而她在那里照料他们的需求。他们一聊就是几个小时，谈他们的家人，他们的过去，虽然她没有谈起她的婚姻。她永远不会厌倦于问他关于他成长的问题。他生活中最普通的细节，这些细节不会给加尔各答的一个女孩留下什么印象，却使他在她眼里显得与众不同。

一天晚上，他们在杂货店买了玉米和西瓜准备庆祝七月四日，一起开车回来的路上，苏巴什描述他的父亲每天早晨都去市场，手里拿着一个麻袋。购买那天买得到又买得起的东西。如果他们的母亲抱怨说他没有买回足够的食物，他会说，宁可吃一条小而有味的鱼，也不要大而无味的。他曾亲眼目睹一场毁灭性的饥荒，觉得每顿饭都来之不易。

苏巴什告诉她,有些早晨,他和乌达安一起陪父亲去买菜,或者去领取定量供应的大米和煤炭。他们陪着他一起排长队,太阳毒辣的时候,他们躲在父亲的阳伞底下。

他们帮助他提回鱼和蔬菜,还有他们的父亲细细嗅过、用手指戳过的杧果,他有时还会放在床底下让它们继续成熟。星期天,他们从屠夫那里买肉,从一只悬挂的山羊尸体上切下来,在磅秤上称重,用一包干叶包裹。

你跟你的父亲亲近吗?霍莉问他。

出于某种原因,他想到了约书亚房间里的照片,约书亚骑在父亲的肩膀上。苏巴什的父亲并不是非常慈爱,但他是前后一致的。

我敬仰他,他说。

那么你的弟弟呢?你们相处得好吗?

他停了下来。也好也不好。

经常是这样,她说。

* * *

在她狭窄的卧室里,抛开自己的罪恶感,他越来越蔑视父母的期望了。他意识到自己可以逃避这一切,意识到只不过是由于巨大的物理距离,他的反抗才得以坚持下去。

他现在把纳拉西姆汉视为盟友了,纳拉西姆汉和他的美国妻子。有时候,他想象跟霍莉过一种相似的生活会是什么样子。在美国度过余生,不理会父母,与她一起建立自己的家庭。

同时他也知道这是不可能的。倒不是因为她是美国人,这反倒最不重要。她的处境,她的孩子,她的年龄,她在理论上曾是另一个男人的妻子的事实,这一切对他的父母来说都是不可想象的,是不可接受的。他们会用这些事情来判断她。

他不想让霍莉经历这些。然而到星期五他继续去幽会她,打造着这条新的秘密之路。

乌达安想必会理解的。也许甚至会因此尊敬他。但是乌达安能说什么,苏巴什都已经知道;他是在与一个他不打算结婚的女人纠缠。这个女人的陪伴,他是越来越习惯了,但是她本人,或许因为他自己的矛盾心理,他并不爱。

所以他没有向任何人透露关于霍莉的一丁点风声。这件情事仍然隐藏着,无人知晓。他父母的不赞成很可能要破坏他所做的事情,像一个守门人无声地驻守在他的脑海里。然而他的父母并不在那里,因此他能够不断地推开他们的反对,越推越远,就像从一艘船上期待地平线的允诺,却永远不会到达。

一个星期五,他不能去看她;霍莉打电话说,计划最后一分钟出现了变化,约书亚这次不去他父亲那里了。苏巴什明白这些都是说好的。然而,那个周末,他发现自己竟然希望计划发生改变。

接下来的周末,他再次拜访她,正在吃晚饭的时候,电话铃响起。她开始说话,拖着电话线,好独自坐在沙发上。他意识到这是约书亚的父亲。

约书亚发高烧了,霍莉告诉丈夫让他泡个温水澡。解释给他吃多少药。

她能够冷静地对他说话而没有言辞尖刻，苏巴什对此既惊讶又困扰。线路另一端的人仍然对她非常熟悉。他看到，因为有约书亚，尽管他们已经分开，他们的生活却永久地联接在一起。

他背对着她坐在桌边，不吃东西，等待着谈话结束。他看着霍莉电话机旁边挂在墙上的日历。

明天是八月十五日，印度独立日。全国放假，政府建筑打上灯光，升旗、游行。在这里，一个平常日子。

霍莉挂了电话。你看着很沮丧，她说。哪里不舒服吗？

我只是想起了一件事情。

什么事情？

这是他最早的记忆，1947 年八月，尽管有时候他怀疑这不过是头脑予人安慰的伎俩而已。因为这是整个国家声称要记住的一个夜晚，而他自己的追忆总是因父母的重述而鲜活饱满。

那个晚上，他父母脑海里只有这一件事情，当时德里烟花齐放，部长们在宣誓就职。当时甘地在为加尔各答带来和平而禁食，这个国家诞生了。乌达安刚满两岁，苏巴什快到四岁。他记得一名不熟悉的医生触摸他的前额，轻轻拍打他的手臂和脚掌。记得他全身寒战时被子的重量。

他记得转头看他的弟弟，他们两个都在颤抖。他记得乌达安呆滞无神的眼睛，他脸上的红晕，他的胡言乱语。

他告诉霍莉，我的父母担心这是伤寒。一连好几天，他们担心我们会死，就像我们社区最近死掉的一个小男孩那样。即使现在,他们谈论起这件事,声音里还满是恐惧。好像他们还在等着我们退烧。

做了父母就会是这样,霍莉告诉他。他们一旦受到威胁,时间就停止了。时间的意义就消失了。

4

九月的一个周末，约书亚去了他父亲那里，霍莉建议他们两个去看看罗得岛他没有见过的地方。他们从加利利乘渡轮前往布洛克岛，往海里航行十多英里，然后一起从港口走到一家旅店。

有人最后一分钟取消了预定，所以他们得到了顶层的一个房间，比霍莉预订的房间还好，有海景，还有一张四柱床。他们来看红隼，现在红隼开始越过小岛向南飞。打开周末要用的物品时，她送给他一份礼物，是一副双筒望远镜，装在棕色皮套里。

这倒用不着，他说，一边爱不释手。

我想老是把我的传来传去，也不是办法。

他吻了她的肩膀、她的嘴。他没有别的可以给她作为回礼。他研究了一番贴在镜片之间的小罗盘，然后将皮带挂在脖子上。

这个岛很快就要季节性关闭，游客都会消失，只剩下一两家餐馆，为那些永远不离开的一小群人开放。紫菀花正在盛开，毒藤叶慢慢变红。但阳光普照，空气澄静，一个完美的夏末的日子。

他们租了自行车，骑着到处转。他花了一点时间重新找到平衡。自从跟乌达安在托利冈吉宁静的小道上学会骑自行车以后,他就再没骑过了,当时他还是个小男孩。他记得前轮摇摆不定,他们一个坐在座位上,另一个使劲蹬着共骑的那辆沉重的黑色自行车。

他的口袋里折叠着一封乌达安的信。信是前一天收到的。

今天一只麻雀进了房子,进了我们曾经同住的房间。百叶窗开着,它一定是从缝里跳进来的。我发现它在四处扑腾。于是想起你了,我想这类小麻烦会让你多么激动啊。就好像你已经回来了。当然,我刚走进来,它就飞走了。

满了二十六岁,到现在感觉还不错。你呢,再过两年,就到三十岁了。我们两个都进入了生活的新阶段,五十岁已经过半了!

我已经感觉很无聊了,还在教书、辅导学生。让我们希望他们将来能够成就比我更好的事业。一天中最好的时光是回家,跟高丽在一起。我们一起阅读,我们听收音机,晚上就这么过去了。

你知道卡斯特罗被囚禁时就是二十六岁吗?到那时,他已经领导了对蒙卡达兵营的袭击。你知道他的兄弟跟他同时关进监狱吗?他们被隔离关押,禁止互相见面。

说到沟通,我前几天在读马可尼。他坐在纽芬兰,倾听从康沃尔传来的字母S的时候,才不过二十七岁。他位于科德角的无线电台好像很靠近你的位置。在一个叫作韦尔弗利特的地方。你去过那里吗?

这封信是苏巴什的安慰,同时也使他困惑。乌达安搬出了电码和信号,过去的游戏,他和苏巴什分享的奇特纽带。征引了卡斯特罗,却又描述在家与他的妻子度过的安静夜晚。苏巴什怀疑乌达安是否已经将一种激情换成了另外一种,而他的承诺现在给了高丽。

他跟随霍莉,沿着弯曲狭窄的道路前行,经过了那片将该岛一分为二的巨大盐池和冰川沟壑。经过了起伏的草坪和塔楼式建筑物。牧场都是一片荒芜,零星散落着一些大石头,由石墙部分地圈起来。他注意到这里几乎没有任何树木。

他们很快从岛的一侧走到了另一侧,横穿只有大约三英里远。红隼从峭壁上方滑翔而过,飞向大海,它们的翅膀一动不动,风大的时候,它们的身体似乎在向后飘移。霍莉指给他看长岛顶端的蒙托克,那天隔水可见。

下午,他们下海解暑,走下一段陡峭而摇晃的木台阶,脱到只剩泳衣,在汹涌的海浪里游泳。尽管天还温暖,白昼又开始变短了。他们开车赶到另一个海滩去看日落,只见太阳像一片正在融化的猩红色污迹慢慢沉入水中。

回镇的路上,他们看见路边有一只箱龟。他们停了下来,苏巴什捡起箱龟,仔细察看它的纹理,然后将它放回草丛里去。

我们得告诉约书亚了,苏巴什说。

霍莉什么也没说。她变得阴郁起来,暮色映在脸上,她的情绪显得怪异。他怀疑是不是提到约书亚让她感到不安。晚餐时她很安静,吃得很少,只是说晒了一天的太阳,有点头疼。

他们第一次互相吻了晚安,仅此而已。他躺在她身边,听着大海的涛声,看着一轮盈月升上天空。他渴望睡眠,而睡眠却不肯淹没他;那天晚上,他寻求休憩的水域只够涉足其中,却不够畅游。

早晨,她显得好些了,坐在早餐桌对面,起劲地吃着烤面包、炒鸡蛋。但是他们在等待渡轮返回大陆时,她告诉他有话要说。

我很高兴认识你,苏巴什。享受一起度过的时间。

他感觉转变突如其来地发生了。就好像她把它们捡起来,从他们摇摇晃晃走来的路上挪走了,正如他昨天把乌龟从路上移开那样。让他们彼此的关系脱离危险的道路。

我希望我们妥善结束这一切,她继续说道。我想我们可以。

他听她说,她一直在和约书亚的父亲沟通,他们将试着解决他们之间的问题。

他离开了你。

他想回来。我认识他十二年了,苏巴什。他是约书亚的父亲。我已经三十六岁了。

如果你不想再见到我,我们为什么一起来这里?

我想你也许会喜欢这次出游。你从来没有期望这会有什么结局,是吧?你和我?带上约书亚?

我喜欢约书亚。

你还年轻。总有一天你会想要自己的孩子。几年后你会回印度,和家人一起生活。你自己这么说的。

她说出他的心事,让他陷在自己挖的坑里。他意识到他再也不会去她的小屋了。双筒望远镜做礼物,意味着他们不再需要分享;他也理解这个原因。

他不能责怪她;她结束这段情,是帮了他一个忙。然而,他对她感到愤怒,因为她是决定者。

我们可以保持朋友关系,苏巴什。你会用得上朋友的。

他告诉她,他已经听够了,他对保持朋友关系不感兴趣。他告诉她,当渡轮抵达加利利的港口时,他会等一辆公共汽车回家。他告诉她不要打电话了。

他们在渡轮上分开坐。他拿出乌达安的来信,又读了一遍。但是读完以后,他站在甲板上,把信撕成了碎片,任其随风飘散。

1971 年,到了他在罗得岛的第三个秋季。

再一次,树叶失去了叶绿素,取代的是他早已抛在身后的色调:每天早晨在厨房新鲜捣碎的、给他母亲准备的食物做调味品的辣椒、姜黄和生姜的鲜艳色泽。

再一次,这些颜色仿佛被越洋传送了过来,出现在他的小径两旁的树梢上。这些颜色在数周之内增强,直到树叶开始减少,叶子零星地聚集在枝条之间,好像一群一同进食的蝴蝶,之后慢慢坠落地上。

他想到加尔各答又要过杜尔嘎节了。他最初开始认识美国的时候,少了这个节日他倒没觉得怎么样,但是现在他想回家了。过去的两年里,每到这个时候,他都会收到父母寄来的一个破损的包裹,装着给他的礼物。宽松长衫太瘦,在罗得岛大部分时间不能穿，还有几块檀香皂、一些大吉岭茶。

他想到全印度广播电台播放的马哈拉亚[①]。在整个托利冈吉，加尔各答和西孟加拉邦各个地方，人们在黑暗中醒来，聆听清唱；这时阳光慢慢爬上天空，他们在杜尔嘎带着四个孩子降临大地时向她祈求。

每年这个时候，印度教孟加拉人相信，她来跟她的父亲喜马拉雅团聚。在节日期间，她放弃了丈夫湿婆，之后再次回到婚姻生活中。赞美诗叙述了杜尔嘎形成的故事，以及为她十只手臂提供的那些武器：剑和盾，弓与箭。斧头，狼牙棒，海螺壳和铁饼。因陀罗的霹雳，湿婆的三叉戟。燃烧的飞镖，蛇的花环。

今年他的家人没有寄包裹来。只有一份电报。报文就两句话，毫无生气，漂流在海面上。

乌达安被杀。尽可能回来。

---

① 马哈拉亚：杜尔嘎节前七天的欢庆节日，宣告杜尔嘎的降临。从 20 世纪 30 年代开始，全印度广播电台播放一档与此相关的晨间节目。

叁

1

他抛下短暂的冬日，他一个人哀悼的无名之地。那里，又一个圣诞节即将到来，十二月间小商店和住家的大门和窗户都装饰着串珠般的彩灯。

他乘坐巴士前往波士顿，登上夜间飞往欧洲的航班。续接航班要在中东短暂停留。他在航站楼等候，从一个登机口走到另一个登机口。终于在德里降落。从那里他登上一趟开往霍拉站的过夜火车。

穿越印度的火车走到半途，从车上同行的旅客之间，他听到一些在他离开的那段时间里加尔各答发生的事情。乌达安和父母都没有在信中提到过的信息。苏巴什在罗得岛任何报纸上都没有读到过，也没有在他的汽车调幅收音机上听到过的事件。

到 1970 年，人们告诉他，事情发生了转变。那时纳萨尔武装分子已经转入地下。成员仅仅在实施巨大攻击时现身。

他们洗劫整个城市的学校和大学。在深夜他们举着红旗，烧毁档案和污损肖像。他们在加尔各答到处涂抹毛的画像。

他们威胁选民，企图破坏选举。他们在街道上开枪。他们把炸弹藏在公共场所,这样人们就会害怕坐在电影院里,或者在银行排队。

随后他们的目标变得具体。繁忙交叉路口没有武装的交通警,富有的商人,某些教育家,竞争对手印共(马)的党员。

杀人事件是虐待性的、恐怖的,意在造成震撼。法国领事的妻子在睡梦中被谋杀。他们暗杀了贾达普大学副校长戈帕尔·森。他们是在校园里杀害他的,那个傍晚他正在散步。这是他按计划退休的前一天。他们用钢棍猛击,还刺了他四刀。

他们控制了某些社区,称之为红色地带。他们控制了托利冈吉。他们建立临时医院、安全屋。人们开始避开这些社区。警察开始将他们的步枪拴在腰带上。

而随后通过了新的立法,一项旧法律也恢复了。法律授权警察和准军事人员无需搜查令即可入室,可以在没有指控的情况下逮捕年轻人。该旧法是英国人为了对付独立运动而设立的,使之无法开展。

之后,警方开始封锁并搜查该市的各个社区。封锁出口,敲门,审问加尔各答的年轻人。警方杀害了乌达安。这一点苏巴什能够推测到。

他忘记了在一个空间里可以容纳这么多人。这么多生命浓缩的臭味。他欣然接受照在皮肤上的阳光,没有了刺骨的寒冷。但那毕竟是加尔各答的冬天。挤满站台的人群,有乘客、苦力以及车站对他们只是一个庇护所的流浪汉,都被捆扎在羊毛帽子和围巾里。

只有两个人来接他。他父亲的年轻表弟比伦·卡卡和他的妻子。他们站在一个水果摊旁边，看见他的时候都笑不出来。他理解这种降格的迎接，但是不明白，他赶了两天多的路，离开家门也已两年多了，为什么父母甚至不愿走这么点路，来承认他的回归。他离开印度的时候，母亲答应过给予他英雄般的欢迎，在他走下火车时，脖子上挂着花环。

就是在这里，在这个火车站，苏巴什最后一次见到乌达安。苏巴什离开的那天晚上，乌达安来晚了；他没有和苏巴什、他的父母以及其他亲戚组成的小型旅行队一起从托利冈吉乘车过来，但保证会到站台上与他们见面。苏巴什已经坐在火车上，已经跟大家道了再见，这时乌达安的脑袋出现在车窗外。

他伸手穿过铁栏杆，够到苏巴什的肩膀，按了按，然后轻拍他的脸。无论如何，在这最后时刻，他们在那么大的人群中找到了对方。

他从书包里拿出一些绿皮橙子，留给苏巴什在旅途中吃。别把我们都忘光了，他说。

你会照顾他们吗？苏巴什问道，提及他们的父母。发生任何事情，你会让我知道吗？

还会发生什么事？

那好吧，如果你需要什么呢？

有一天你能回来，就行了。

乌达安依然靠得很近，身体向前倾斜，手搭在苏巴什的肩膀上，别的什么也没说，直到引擎响起。他的母亲开始哭泣。火车启动时，甚至他父亲的眼睛也湿润了。但乌达安站在他们之间微笑，他的手高高举起，凝望着，而苏巴什后退着离开他们越来越远。

他们通过霍拉大桥时，天光仍然是灰色的。河对面，市场刚刚开放。人行道上放满了篮子，展示着早晨的蔬菜。他们穿过宽广的市中心，朝达尔豪西驶去，然后沿着乔林基街一直向南。一无所有、一切都有的城市。等他们接近托利冈吉、穿过安瓦沙王子路的时候，这一天变得热闹而明亮了。

街道一如他记忆中那样。人力车拥挤不堪，喇叭嘶鸣，他听着像一群躁动不安的鹅。堵塞导致了一种不同的秩序，是小城镇而非大城市的秩序。建筑物更低矮，间隔更远。

他看见电车总站出现在视野里，还有一些摊位在售卖装在玻璃罐里的饼干，以及铝水壶烧的热茶。电影制片厂和托利俱乐部的外墙上贴满了口号。让1970年代成为解放的十年。步枪带来自由，自由即将到来。

他们在巴布拉姆·戈什路旁的小清真寺前转弯时，苏巴什感觉他的漫长旅途结束得太快了。出租车还进得了巷子，但很是勉强，随时要剐擦到两边的墙壁。邻里弥漫着一种酸臭的气味，他童年的气味，令他有些反胃。那是死水的气味。开放水渠里藻类的臭味。

他们行近那两个池塘时，他看到他离开的小屋已经被某种硕大而难看的东西取代了。部分脚手架还在，但建筑物看起来已很完整。他看到房子后面的棕榈树长了起来。但是，那株深色枝叶遮蔽老屋顶的杧果树已经消失了。

他踩过盖在排水沟上的一块石板，排水沟是他家地产与街道的分界。穿过一对摇摆门就是庭院。墙上覆盖着霉菌。但这里仍不失为一个温馨的所在，一个角落有口管井，陶罐里盛着大丽花，还有他母亲用来祈祷的万寿菊和罗勒。这个季节，一株葡萄藤正开着花，黄色枝条缠结着。

这是他和乌达安小时候玩耍的地方。那里，他们用煤块或碎土块写画，练习加法。父母要求他们待在屋里那天，乌达安跑了出去，从木板掉到了没干透的水泥上面。

苏巴什看着那些脚印，走了过去。他望着房子上头的部分，那是在老房子基础上扩建的。长长的台阶像通风的走廊一样，在房子一侧从前面通到后面。走廊的围栏是锻造成三叶草式样的格栅。翠绿色的油漆光泽明亮。

透过格栅，他看见父母坐在顶楼。他紧张地看着他们的表情，但什么也没看出来。现在他已走得这么近，却不由自主想要回到正在慢慢退出去的出租车。他想告诉司机把他带到别的地方去。

他按下乌达安安装的蜂鸣器。它还没坏。

他的父母没有站起来，没有叫他的名字。他们没有下楼迎接他。相反，他的父亲将钥匙拴在绳子上，穿过铁艺围栏放了下来。苏巴什等着，拿到钥匙，在房子一侧打开一把沉重的挂锁。最后他听到父亲清了清嗓子，似乎要松除长时间沉默的分泌物。

随手锁门，他收回钥匙之前，指示苏巴什。

苏巴什上了楼梯，两边是光滑的黑色扶手和天蓝色的墙壁。比伦·卡卡和妻子跟在后面。看到一起站在露台上的父母时，他弯下腰去触摸他们的脚。在他生命的头十五个月，他是唯一的儿子，可那段经历没有留下任何印象。如今这种情况又将正式开始了。

他的父母初看跟从前没有什么不一样。母亲头发上的油光，苍白的皮肤。父亲细瘦、弯曲的身架，纯棉的无领长袖衬衫。他的嘴唇向下弯曲，按说传达了某种失望，但相反却暗示着一种不变的和蔼。差异在于他们的眼睛。因为悲伤而呆滞，因为任何父母都不应看到的事情而变得麻木。

尽管父母的新房间里挂着弟弟的照片，他们带他去看了，但他仍然无法相信乌达安已经不在。然而这就是证明。照片是差不多十年前一位有相机的亲戚拍的，是兄弟俩仅存的几张合影之一。那天他们收到高中会考的成绩，父亲说那是他一生中最骄傲的一天。

他和乌达安在院子里并排摆姿势。苏巴什看到自己的肩膀还露出一点，紧挨着乌达安的肩膀。他的其余部分，为了制作死亡肖像，都被剪掉了。

他站在遗像前哭泣，头枕在胳膊上，一种拥抱自己的笨拙姿势。但他的父母，除了震撼之外，观看他就像观看台上的演员，等待着那一幕结束。

从露台上，他和乌达安生长的地方可以一览无余。较低的铁皮或瓦片屋顶上，牵着西葫芦的藤蔓。墙壁的顶部，点撒着白色的乌鸦粪便。巷子对面是两个长形的池塘。低地，在他眼里像潮水过后的泥滩。

他下楼,来到底楼,房子没有改变的部分,走进他和乌达安曾经分享的房间。他惊讶于房间居然那么黑,那么小。窗户下面的书桌,嵌在墙上的书架,他们挂衣服的简单架子,都还在。他们一起睡过的床已经换成了折叠床。乌达安一定是用这个房间来辅导学生了。他在书架上看到教科书、测量仪器和钢笔。他疑惑短波收音机哪里去了。所有的政治书籍都没有了。

他打开他的随身物品,洗了个澡,水是每天两次从自来水公司的水箱泵过来的。水中铁质太多,闻起来一股金属味。弄得他的头发僵直,皮肤摸起来黏黏的。

有人叫他去楼上吃午餐。那是厨房现在的地方了。在他父母的卧室,乌达安遗像所在的地方,地板上铺开了为他的父亲、比伦·卡卡和妻子,还有苏巴什准备的碟子。他的母亲会伺候他们吃完之后再吃,她一直这样。

他背对着那幅肖像坐下。他不忍再看到它。

膳食虽然简单,他吃得狼吞虎咽:小扁豆和苦瓜片,米饭和炖鱼。河里出产的甜巴卜达鱼,煮熟的眼睛像黄色鹅卵石。

又用上了厚重的黄铜大餐碟。用手指吃饭显得自由自在。饮用水是从房间角落一个黑色黏土罐里倒出来的。水杯在手里很沉重,喝水时边缘稍嫌太宽。

她在哪里?他问。

谁?

高丽。

母亲把小扁豆舀到他的米饭上。她在厨房吃饭,她说。

为什么?

她喜欢这样。

他不相信。他没有说出脑子里的念头。因为隔离她,因为遵从这类习俗,乌达安会记恨他们的。

她这会儿在那里吗?我想见见她。

她正在休息。她今天感觉不舒服。

你给医生打电话了吗?

他的母亲低头垂目,专注于给大家备办食物。

这倒没有必要。

严重吗?

终于,她做了解释。

她要生孩子了,她说。

午饭后他出门,走过了那两个池塘。低地到处是水葫芦丛,积水尚未退尽,零零散散还有一些水坑。

他注意到一块小小的石头标记,是以前没有的。他走过去。上面是乌达安的名字。名字下面,是他的生卒年份:1945—1971。

这是一块为政治烈士竖立的纪念碑。就是选在这里,水来了又去、聚集又消失的地方,他弟弟的党内同志为他安放了纪念碑。

苏巴什想起一个下午,他和乌达安跟几个邻居男孩在低地另一边的球场上踢足球。比赛中他扭伤了脚踝。他告诉乌达安继续比赛,他自己会处理,但乌达安坚持要陪伴他。

他记得一只手臂吊在乌达安的肩膀上,靠在他身上一跛一跛回家，肿胀的脚踝因疼痛而变得沉重。他记得，乌达安甚至那个时候都在取笑他那个导致扭伤的笨动作，说他们那边本来一直赢着的。而同时支撑着他，引导他回家。

他回到房子里，打算短暂休息一下，却深陷于睡眠中。他醒来时，天色已经很晚，过了他的父母通常吃晚餐的时间。他睡过了那顿饭。风扇不转了；停电了。他在床垫下找到了一只手电筒，拧亮，然后上楼。

父母卧室的门关着。他正要去厨房看看还有没有剩下什么吃的，却看见高丽坐在地板上，身边点着一支蜡烛。

从乌达安寄来的快照中，他立即认出了她。但她已不再是那个轻松的大学女孩，为他的弟弟而微笑。她的那张照片是黑白的，然而现在色彩的缺失却更为深刻，即使在蜡烛温暖的光线下。

她的长发收回到了脖子以上。她低头坐着，手腕裸露，穿着一件挺括的白色纱丽。她很瘦，完全看不出怀着孩子。她戴着眼镜，这是照片没有透露的细节。当她抬头看他的时候，尽管隔着眼镜，他看到了照片没有完全传达的另一件事。她的眼睛美得毫无遮掩。

他带她进了厨房，却没有对她说话，只是看着她吃了一些扁豆和米饭。她本来可以是任何人，一个陌生人。然而，她现在成了他家庭的一员，是乌达安孩子的母亲。她正在用食指从盘子边缘的小盐堆里捡起几粒，混入食物中。他发现，他午餐时吃的鱼肉并没有给她一些。

我是苏巴什，他说。

我知道。

我不是故意打扰你。

他们试过叫醒你吃晚饭。

我现在清醒极了。

她要站起来。我给你盛一盘。

把你的饭吃完。我自己来。

他用手电筒扫描厨架时，身上感觉到了她的目光。他取出一个盘子，揭开给他留的锅盘。

你的声音跟他一模一样，她说。

他在她身旁坐下，蜡烛在他们之间，面对着她。他看见她的手搁在盘子上，指尖粘着食物。

你不吃鱼是因为我的父母吗？

她忽略了他的问题。你们的声音是一样的，她说。

在他的白色蚊帐里醒来，他很快变得被动享受。早晨等待他的茶送到身边，等待他扔出的衣服让人浆洗折叠，等待他的饭菜送上来。他从来没有冲洗过一个盘子或杯子，知道男仆会来拿走它们。他的早餐烤面包撒上了粗糖晶，他只管用热的太甜的茶吃下去，而小蚂蚁会赶来把面包屑拖走。

房子的布局叫人摸不着方向。墙壁上的粉刷非常新鲜，他摸了摸手上就擦下好些。尽管是新建筑，房子却感觉不舒服。虽然有了更多空间可以放松、入睡、独处，却没有一个专门供大家聚会的地方，也没有接待客人的家具。

顶楼的露台是他父母喜欢闲坐的地方,房屋唯独这一部分似乎是他们完全拥有的。他父亲下班以后,就是在这里,他们坐在一对简单的木椅上,喝掉他们的晚茶。这个高度蚊子很少,停电的时候,就这里还有些微风。他的父亲懒得打开报纸。他的母亲腿上也没有针线活。透过三叶格栅的图案,他们望着这片邻里,一直到天黑;这似乎成了他们唯一的消遣。

如果男仆跑腿去了,就由高丽端茶上去。但她从未加入他们。帮助他的母亲做完早上的家务之后,她就一直躲在二楼自己的房间里。他注意到父母并不跟她说话;她进入视野时,他们极少跟她打招呼。

给他的杜尔嘎节礼物总是姗姗来迟。有做裤子的灰色面料,做衬衫的条纹面料。每一种都有两套,因为他也得到了乌达安的那一份。不止一次,给他一块饼干、问他是否还要添点茶的时候,他的母亲叫他乌达安,而不是苏巴什。他不止一次地答应,并不去纠正她。

他努力与他们互动。他问父亲办公室的日子过得如何,他的父亲回答说跟从前一样都是老样子。他问母亲那年为裁缝店绣制纱丽的订单是不是很多,她说眼睛再也承受不住这种压力了。

他的父母不问任何关于美国的问题。面对面的时候,他们避免和苏巴什目光接触。他不知道父母会不会要求他留在加尔各答,放弃在罗得岛的生活。但是这一点从未提到。

他们为他安排婚姻的可能性也没有提及。他们无从计划婚礼,考虑他的将来。他们常常一个小时一言不发。共享的静默笼罩着他们，把他们紧紧联系在一起，是任何交谈都不能相比的。

再一次，他们假定他不会要求什么，他会以某种方式看顾自己的需求。

傍晚，总是在同一时间，他的母亲从院子里的花盆里采集几朵鲜花，然后离开房子。他在露台上看着她走过池塘。

她在低地边缘的石头标志处停下来，从一个小黄铜罐里倒出水来，把石头冲洗干净。他和乌达安小时候，她就是用这个小罐给他们洗澡的。之后，她把花放在石头上面。不用问，他知道这就是那个时刻了；这就是每天的问安。

在家庭无线电广播中，他们收听经过十三天的战争东巴基斯坦变成孟加拉国的消息。对于孟加拉穆斯林来说，这意味着解放，但是对于加尔各答来说，冲突意味着来自边境的又一波难民。查鲁·马宗达仍然躲藏着。他是印度的头号通缉犯，头上悬着一万卢比的巨额奖金。

他们静静地听着报道，但他的父亲似乎并没有注意。尽管突袭搜查已经结束，但他的父亲睡觉时仍然把房子钥匙放在枕头下。有时候，坐在锁得好好的房子顶上，他随手拿起手电筒晃晃楼梯格栅，看看那里是否有人。

他们没有谈到乌达安。好几天他的名字都没有从他们唇间逃出来。

于是一天晚上，苏巴什发问了。事情是怎么发生的？

他父亲的脸毫无表情，就好像没有听到一样。

我想他已经退党了，苏巴什强调。他已经离开了它。对吧？

我在家里，他父亲说，没有应答他的问题。

你什么时候在家？

那天。我给他们开的大门。我让他们进来的。

谁？

警察。

他终于了解到一些情况。一些解释，一些确认。现在他的怀疑已被证实，而同时，他感觉更糟了。

你为什么不告诉我他有危险？

告诉你也没有用。

那么，现在告诉我。他们为什么杀了他？

他的母亲立刻有了反应，瞪着苏巴什。她的脸很小，空间刚够容纳五官。她仍然年轻，黑色的头发装饰着一排明亮的朱砂，表明她是有丈夫的人。

他是你的弟弟，她说。你怎么可以问这样的事情？

第二天早上，他去找高丽，敲她的房门。她刚刚洗过头发。她就这么披散着，让它自己干。

他手里拿着一本平装书，是应乌达安的要求为她买的。《单向度的人》，赫伯特·马尔库塞[①]著。他把书递给她。

这是给你的。乌达安送的。他要我买的。

---

① 赫伯特·马尔库塞（Herbert Marcuse，1898—1979）是法兰克福学派左翼代表人物，这本书是他最负盛名的著作，揭示发达工业社会的极权主义特征。

她低头看看封面，然后看看封底。她打开书，翻到第一页。一时间，她似乎已经开始阅读了，她的脸沉浸在一种专注的平静之中，忘记了他还在那里。

站在她的门口，他觉得他在非法侵入。他转身准备离开。

难为你带来这本书，她说。

一点也不麻烦。

他想和她说话。但是房子里没有地方可以单独聊聊。

要不要出去走走？

现在不行。

她让到门边，指着房间里的一把椅子。

他犹豫了一下，然后进了房间。房里很暗，高丽推开两扇百叶窗，让一道雪白的光亮射进来。一方阳光洒落在床上，一片平静的亮斑里包含着窗棂的垂直阴影。

床面很低，床柱细长。房里还有一个矮矮的衣橱，以及一个带凳子的小梳妆台。台上放的不是化妆粉和梳子，而是笔记本、钢笔和墨水瓶。房间里弥漫着扑鼻的柚木香味，是从家具散发出来的。他可以闻到她刚洗过的头发的香味。

光线很好，他说。

只是现在。再过几分钟，太阳就会太高，照不进来了。

他瞥了一眼嵌在一面墙上的一排书架，那里藏着她的书。那台短波收音机也楔在其中。他把它拉了出来，没有费心打开它，只是本能地摆弄着一个调谐钮。

我们一起装的。

他告诉过我。

你用它收听吗？

他是唯一能够让它响起来的人。你想修好它吗？

他摇了摇头，把它放回书架上。

她坐在床沿。他看到另外一些书摊开来，倒扣着，包着光滑的牛皮纸。她在中间亲笔写下了书名。他看着她取来一张老报纸，开始把他给她的书的封面包起来。他和乌达安买了一年的新教科书之后，常常一起做这件事。

那边没有人包书。

为什么不？

我不知道。也许封皮更耐用。或许他们不介意书看起来很旧吧。

很难找到牛皮纸吗？

不是。

你在哪里买？

校园书店。

离你住的地方远吗？

就在附近。

你可以走路过去？

可以。

报纸感觉不同。光滑。

他点了点头。

你住大学宿舍吗？

我在一幢房子里租了个房间。

有食堂吗？

没有。

那谁为你做饭?

我做。

你喜欢一个人生活吗?

他突然想到了霍莉,还有在她的厨房餐桌上吃过的晚餐。他生活中那段短暂波动现在感觉已微不足道。他让她离开了,就像他在罗得岛停下脚步收集的石头那样,当他沿着海滩漫步的时候,会短暂地握在手里,然后扔回大海。

尽管如此,此刻他还是好奇她会如何看待这座悲伤而空荡荡的房子,如何看待加尔各答南部养育他的这片低湿的聚居区。他好奇她会怎么看待高丽。

他询问高丽的学习情况,她告诉他,今年早些时候完成了哲学学士学位。花的时间比预想的长。因为骚乱,念这个学位十分困难。她说,她一直在考虑读硕士,那还是在乌达安遇难之前。在她得知自己怀孕之前。

乌达安知道他要做爸爸了吗?

不。

她的腰身仍然很窄。但是乌达安的幽灵可以在她身上感觉到,还保存在这个她度过所有时间的房间里。她谈起他来,就像是在向他招魂。不像他的父母,她还没有垮掉。

孩子什么时候出生?

夏天。

你在这里,这幢房子里,过得怎样?跟我的父母在一起?

她没说什么。他等待着,然后意识到自己正盯着她,被脖子一侧的一个小黑痣分散了注意力。他移开了目光。

我可以带你去别的地方,他建议道。你想去探访你的家人一段时间吗?看看你的婶婶和叔叔?

她摇摇头。

为什么不?

第一次,她脸上几乎露出了微笑,这个不大均衡的微笑他记得在照片里见过,略微偏向一侧嘴角。因为我是和你的弟弟私奔结婚的,她说。

即使现在他们也不想见你?

她耸耸肩。他们很紧张。我不责怪他们。我可能会危及他们的安全,甚至你父母的安全,谁知道?

但肯定有人想见你吧?

事情发生后,我哥哥来看过我。他来参加葬礼。他和乌达安是朋友。但这事不由他决定。

你能告诉我一点别的吗?

你想知道什么?

我想知道我弟弟发生了什么事,他说。

2

那是杜尔嘎节前的一个星期。阿什文月，盈月的第一相。

在电车总站，高丽和婆婆雇了一辆三轮人力车送她们回家。她们在人力车的长椅上坐下来，大包小包放在腿上，堆在脚下。她们买了一天的东西，正在回家路上，比她们计划的时间晚了一些。

购物袋里是买给大家庭的礼物，还有给她们自己的。给高丽和她婆婆的新纱丽，给她公公的旁遮普服和睡衣，给乌达安第二年做衬衫和裤子的布料。新床单，新拖鞋。擦干身体的毛巾，梳理头发的梳子。

当他们靠近拐角处的清真寺，她的婆婆叫车夫慢行，向左转个弯。但是车夫停住了踩蹬，告诉她们他不愿意骑下主道。

她的婆婆指着所有的大包小包，说愿意多付钱。但车夫还是拒绝了。他摇摇头，等着她们下车。于是她们只好提着买来的东西，徒步走完最后一程。

小路向右转了个急弯，经过她们这片聚居地的神棚，里面的神像都装饰好了，却无人值守。没有人家在这里走动。很快她们房子对面的两个池塘就出现在视野里。

在第一个池塘的岸边，高丽看见一辆隶属于中央后备警察部队的面包车。四下零散站着一些警察和士兵，都穿着卡其布制服，戴着头盔。人数并不多，却足够形成一个她到处看到的松散小队了。

她们穿过摇摆木门进入庭院，没有人阻止。她们看到位于房子一侧的铁门被打开了。钥匙还在挂锁上摇晃，显然开得很匆忙。

她们脱掉上街穿的拖鞋，放下手里的购物袋。她们开始爬上第一组楼梯。上到一半的时候，高丽看到公公下来了，双手高举过头顶。他每下一步楼梯都犹豫着，好像害怕失去平衡。好像他以前从来没有下过楼梯似的。

一名军官跟着他。端着步枪指着他的后背。高丽和她婆婆被指示转身，退回楼下去。所以她们根本没有机会走进房子，去看看被翻了个底朝天的房间。沿着露台安装的晾衣绳上，早晨晾晒的衣服被打了下来，衣柜门被粗暴地掀开。枕头和被子被扯下床，煤炭从煤筐中倒出来，厨房里扁豆和谷物从葛兰素铁皮罐里扔掉。就好像他们在寻找一张纸而不是一个人。

他们三人——高丽和她的公公、婆婆——被勒令离开房子，穿过庭院，跨过石板回到街道。他们被告知排成单行，经过两个池塘，到低地去。先前降雨很厉害，低地又一次淹了洪水。水葫芦遮蔽着水面，像一件被虫蛀漏的披风。

高丽觉得周围住家的人们正在观看事情的发生。他们透过百叶窗的缝隙观望着，一动不动地站在拉黑的房间里。

他们被排成一列。他们紧紧站在一起,肩膀互相靠着。那支枪仍在对准她的公公。

她听到一只海螺在吹响,铃声响起。声音从另一个街区传来。在某个地方,某座房子或者寺庙里,有人在祈祷,在又一天结束时献上供品。

我们正奉命搜查并逮捕乌达安·米特拉,这名士兵说,他似乎是在指挥其他人。他拿着扩音器宣布道。有谁知道他藏在哪里,有谁窝藏他,你必须马上走出来。

没有人说话。

我儿子在美国,她的婆婆低声说。一句谎言,但也是事实。

军官不理她。他走到高丽面前。他的眼睛是比皮肤更浅的棕色。他研究她,将枪指着她,慢慢逼近直到她再也看不到它。她感觉到了枪口,喉咙底部一个冰冷的吊坠。

你是这家的妻子?乌达安·米特拉的妻子?

是的。

你丈夫在哪里?

她没有声音。她说不出话来。

我们知道他在这里。我们跟踪过他。我们搜查了房子,我们堵住了各个出口。他在浪费我们的时间。

高丽意识到腿肚子上一股痛苦的热流在上下蹿动。

他在哪里?军官重复道,顶着她喉咙的枪加大了一些力道。

我不知道,她总算说出话来。

我想你在撒谎。你一定知道他在哪里。

低地的洪水里,水葫芦底下:这就是乌达安告诉她,如果这片区域遭到突袭,他将藏身的地方。他告诉她,有一处水葫芦长得特别茂密。他把一个煤油罐放在房子后面,帮助他翻越后墙。即使手受了伤,他也能逃出去。深夜里,他练习过几次。

我们觉得他可能藏在水里,士兵继续说道,并没有把目光从她身上移开。

不,她对自己说。她的脑海里听到了这个词。但她随即意识到她的嘴是张开的,就像白痴的嘴。她说了什么吗?低声说的?她无法确定。

你说什么?

我没说什么。

枪口仍然稳稳顶着她的喉咙。但突然之间被移开了,军官歪着头朝低地看了看,走开了。

他在那里,他告诉其他人。

这个军官再次通过扩音器讲话。

乌达安·米特拉,出来,向我们投降,他说,话一出口,立刻变得扭曲和刺耳,整个聚居区都能听到。如果你不按我们说的做,我们已经准备好消灭你的家人。

他顿了一下,然后补充说,顽抗一次杀一个。

起初,什么也没有发生。只有她自己的呼吸声。一些士兵端着步枪,开始涉水。其中一人开了一枪。然后,从低地的某个地方,她听到水面破裂的声音。

乌达安出现了。在水葫芦中间,在齐腰深的水中。弯下腰,咳嗽,喘气。

他的右手缠着绷带，被层层纱布遮住了。他的头发粘在头皮上，穿的衬衫紧贴着皮肤。他的胡子需要修剪了。他双臂举过头顶。

好。现在朝我们走过来。

他分开水葫芦，走出水面，一直走到几英尺远的地方站定。他浑身颤抖着，努力调匀呼吸。她看到了那从来不曾完全合拢的嘴唇，中间留着一个小小的菱形缝隙。嘴唇是蓝色的。她看到一条条水藻覆盖着他的脖子、他的前臂。她分不清是水还是汗水，从他的两颊滴落。

他被告知弯腰触摸他父母的双脚。他被告知请求他们原谅。他不得不用左手做这件事。他站在他母亲面前，弯下了腰。原谅我，他说。

我们要原谅什么？当乌达安在他面前弯下腰时，她公公声音沙哑地问道。他向军官们求情。你们搞错了。

你的儿子背叛了国家。是他犯了错误。

高丽腿上的热流越来越强烈，一路辐射到她的脚上。她感觉到一股刺痛从脖子底部蔓延到头皮。她觉得她的双腿就要弯曲变形，一点力量也没有了。她彻底没有了支持。但她继续站着。

他的双手被一根绳子捆了起来。他们捆绑他时，她看到他畏缩、受伤的手因疼痛而抽搐着。

这边，军官用枪指着说。

乌达安停顿了一下，瞥了她一眼。他像往常一样看着她的脸，好像第一次那样吸收着细节。

他们把他推进面包车，砰地关上了门。高丽和她的公婆被责令回家。其中一名士兵护送他们。她想知道他们会带他去哪个监狱。他们会在那里对他做什么。

他们听到面包车启动。但是，它并没有掉头开往聚居区之外的主路方向，而是压着低地边缘潮湿的野草行进，轮胎留下深深的痕迹。朝低地另一侧的空球场开了过去。

进了房子，他们一路爬到三楼，上了露台。他们可以分辨出面包车和站在车旁的乌达安。邻居不大可能有人看得见正在发生的事情了。但是这幢新近扩建的房子的顶层为他们提供了这个视点。

他们看到一名士兵解开了他手腕上的绳索。他们看到乌达安穿过球场，远离那些准军事人员。他双臂高举过头顶，正向低地走着，朝房子走回来。

高丽记得每一次在加尔各答北部她外祖父母的阳台上看着他，穿过繁忙的街道，过来看望她。

一时间，好像他们放他走了。但随即是一声枪响，子弹瞄准他的背部。枪响很短促，毫不含糊。接着是第二枪，然后第三枪。

她看着他的手臂摆动着，他的身体向前一扑，直挺挺地倒在地上。清脆的枪响之后，响起一片乌鸦的噪声，它们粗厉地叫着，四散飞逃。

不可能看见他哪里受了伤，子弹到底打中了哪里。太远了，看不到多少血飞溅出来。

士兵们拽着他的腿倒拖回去，把他扔进了面包车的后备厢。

他们听到车门关闭,引擎再次起动。面包车载着尸体,开走了。

* * *

在他们的卧室里,床垫下,遗忘在他们没有费心扔掉的一叠报纸里,是一本日记,被警察发现了。日记里有他们需要的所有证据。在方程式和常规配方与实验的笔记中间,是一页说明,讲解如何制作莫洛托夫鸡尾酒,一种自制炸弹。以及甲醇与汽油效果差异的注释。氯酸钾与硝酸的比较。防风火柴与煤油灯芯的比较。

日记中还有一份乌达安绘制的托利俱乐部布局图。有建筑物的位置和名称,马厩,看守的小屋。车道的布置,人行道的分布。

日记中匆忙记录下来一天的某些时刻,守卫巡逻的时间表,员工上下班的时间表。餐馆和酒吧开门打烊的时间,园丁剪草浇水的时间。一个人能够进入和离开俱乐部的各个地点,可以投掷爆炸物或者留下定时装置的目标。

几个月前,他已经被带去问话了。到那时候,对城里的年轻人,这已经成为常规。当时,他们相信他说的话。他是一名高中老师,已婚,住在托利冈吉。与印共(马列)没有关系。

他被传去问话,问是否知道学校图书馆发生的故意破坏事件:某天晚上是谁闯入图书馆,划破了挂在墙上的泰戈尔和维迪亚萨加的肖像。当时他们对他的回答很满意。他们认定他与此事没有关系,也就没有再问什么了。

随后一天晚上,大约在他遇害前一个月,他没有回家。他第二天一大早回来了,却没有走庭院,也没有按铃。他绕到房子后面,翻过齐肩高的院墙。

他藏在花园里,等在堆满烧炉子的煤和碎木的棚子后面。他拾起一只破碎花盆的陶片,不停地往上扔,直到高丽打开卧室的百叶窗向下看。

他的右手包扎起来了,手臂还吊着三角巾。他和他的小队成员一直在试验组装铁管炸弹,用爆竹做爆炸物。乌达安手指的轻微震颤从来没有完全消失,本来就不应该让他来试爆的。

爆炸发生在一个偏远的地点,一个安全屋里。他成功地逃脱了。

他告诉父母,在学校进行一项常规实验的过程中发生了点意外。一点氢氧化钠溅到了皮肤上。他告诉他们不用担心,他的手几星期内就没事了。但他告诉了高丽真实发生的事情。协助他的两位同志及时走开了,但乌达安没能做到;在他的绷带下面,现在已经是一只没用的手掌了。绷带最终会除去,但手指却没有了。

到那时,在托利冈吉的突击搜查过程中,警方在电影制片厂发现了弹药。在化妆室,在编辑室。他们随机进行搜查,骚扰街头的年轻人。逮捕他们,折磨他们。填满停尸房、火葬场。到了早晨,把尸体扔在街道上,以示警告。

乌达安消失了两个星期。他告诉父母,他只是在采取预防措施,尽管到那时,他们一定也知道实情了。他对高丽说他很害怕,手上的伤使他十分显眼,现在警察可能会把一切都联系起来了。

高丽不知道他藏在哪里,是一间安全屋还是好几间。偶尔,她会从主道上的文具店取回一张便条。表明他还活着,要求送来干净衣服、他的甲状腺药丸。邻里间还可以找到渠道来安排这件事。两周结束时,他因为再也没有别的地方藏匿,于是回到了他们的聚居区。

一旦又回到家里,他就无法离开了。他的父母渴望他回来,宁愿他待在家里,哪里也不要去。他们确信没有人看见他。没有邻居,没有工人,没有客人到家里来。他们要求男仆发誓保密。他们扔掉他的东西,仿佛他已经死了。他的书藏了起来,他的衣服存放在床下的一口箱子里。

他一直躲在后面的房间里。绝对不在露台或窗户上露脸。说话声永远不高于耳语。他唯一的自由是在深夜上到屋顶,靠坐在护墙上,在星空下吸烟。因为手伤,他需要人帮助穿衣和洗澡。他就像一个孩子,需要喂食。

他的听觉有问题,要求高丽重复她的话。他的一边鼓膜因为爆炸受到损害。他抱怨头晕,总是听到高频的吱吱声。他说听不见短波收音机的声音,而她却听得十分清楚。

他担心如果蜂鸣器响起,或者一辆军用吉普车开来,他可能无法听到声响。尽管他们都在一起,但他抱怨感到孤单。感到被彻底隔绝了。

差不多一个星期过去了。也许警察还没有把线索连接起来,也许他们已经失去他的踪迹。也许他们会因为即将到来的节日而转移注意力,他说。是他劝说高丽和他的母亲那天出门的,去把她们推迟的事做了。去散散心,在邻居眼里显得一切如常,买一些节日用品。

尸体没有归还给他们。没有人告诉他们尸体在哪里火化。她的公公去警察局询问,寻求解释,他们声称对这个事件完全不知情。光天化日之下夺走了他,捕捉者却没有留下任何痕迹。

他死后十天之内,有些规矩需要遵守。她没有洗衣服,不穿拖鞋,不梳头。她关上门和百叶窗,好保留空气中飘浮的他的任何无形微粒。她睡在床上,枕着乌达安用过、几天之内还会继续散发他的气味的枕头,直到被自己的体味、她油腻的皮肤和头发的味道所取代。

没有人打扰她。她意识到需要保持身体静止不动,就好像为一张从未拍过的照片摆出姿势。尽管身体静止,有时候她感觉自己好像正在坠落,床似乎支撑不住。她无法哭泣。早晨睡醒,聚集在眼角而有时流下来的,只有与感情脱节的泪水。

法会的日子到来又开始过去:太阴日初六,初七,初八,初九。整个城市敬拜和庆祝的日子。在家里哀悼和隐居的日子。她头发上的朱砂洗净了,她手腕上的铁质手镯除去了。这些饰物的缺失标志着她是一个寡妇。她二十三岁。

十一天后,一位祭司来完成最后的仪式,还有一位厨师来准备礼仪餐。房子里,乌达安的肖像镶嵌在玻璃镜框中,装饰着晚香玉花环,靠在墙上。她不能看照片中他的脸。她坐着参加仪式,手腕裸露着。

他曾经告诉她：如果我有什么不测，不要让他们浪费金钱给我办葬礼。但葬礼还是办了，这座房子里满满都是认识他的人，家人和党员，他们来向他表达敬意。吃为了纪念他而制作的菜肴，他喜爱的那些食物。

哀悼期结束后，她的公婆又开始吃鱼和肉了，但高丽没有。他们给她白色纱丽穿，收起了彩色纱丽，这样她就显得与家族中其他寡妇相似。年纪三倍于她的女性。

初十到来了：法会结束，杜尔嘎回到湿婆身边的那一天。晚上，竖立在他们邻里小神舍里的神像被带到河边，在水中浸没。今年浸神像没有吹号角，这是出于对乌达安的尊重。

然而在北加尔各答，他们第一次互相讲话的阳台下面，游行将持续整整一通宵。人们排在人行道上等待最后看一眼，如此喧闹，睡觉几乎是不可能的。她会回来，她会回到我们身边，人们吟唱着在街上游行，陪伴女神到河边去，向她道别，祝愿平安又一年。

第一个月过去之后的一天早上，她没能如人们期待的那样，再次去厨房帮助婆婆备办这一天的食物。她感觉精力枯竭，试图站起来时头晕目眩，只得躺在床上。

五分钟过去了，又过去十分钟。她的婆婆走进房间，告诉她已经很晚了。她打开百叶窗，低头看了看高丽的脸。她手里拿着一杯茶，但没有马上递给高丽。好一会儿，她只是站在那里，盯着她。高丽慢慢坐起来，从她手中接过茶水。

我马上就上楼。

今天就算了,她的婆婆说。

为什么?

你帮不上忙了。

她摇摇头,有点困惑。

一个聪明的女孩。他跟你结婚后就是这样告诉我们的。可是,简单的事情不明白。

我没有明白什么?

她的婆婆已经转身离开了房间。她在门口停了一下。从现在起要小心,不要在浴室或楼梯上滑倒。

从现在开始?

你要做妈妈了,高丽听见她说。

从他们结婚一开始,每个月他都有一个星期不碰她。他让她在日记中记录月经周期,告诉他什么时候是安全的。

革命成功后,他告诉她,他们将把孩子们带到这个世界。只是那个时候。但在他死前最后几个星期,他藏在房子里时,他们都忘记了日子。

她生来脑海里就有一幅时间的地图。她还想象其他抽象概念,数和字母表的字母,既用英语也用孟加拉语。数和字母就像链条上的环。月份排列起来,好像沿着太空轨道运行一般。

每个概念都存在于它自己的拓扑结构中,三维的、物质的拓扑结构。以至于从小时候起,如果不从她脑海某个特定的位置检索到这个概念,她就没办法计算总和,没法拼出一个不很确定的单词,甚至没法搜寻记忆或者等待几个月内到来的事情。

她头脑中最强大的形象永远是时间,有过去也有未来;这是一个紧迫的时间范围,既引导她又牵制她。在无尽的岁月中,她自己短暂的生命叠加了上去。右边是最近的过去:她遇见乌达安的那一年,以及在那之前,她不认识他而生活过的所有年份。然后是她出生的那一年,1948 年,以及之前作为开场白的所有年代与世纪。

左边是未来,她死亡的那一点,不知道在哪里但肯定存在,是一个终点。在不到九个月的时间里,婴儿会来到世间。但是它的生命已经开始了,它的心脏已经在跳动,由一条单独向前爬行的线条代表着。她看到了乌达安的生命,不再像她想象的那样陪伴她自己的生命,而是在 1971 年 10 月戛然而止。在她意识的眼里,这就形成了一座坟墓。

只有当前这一刻,由于缺乏任何视角,逃出了她的控制。这就像一个盲点,就在她的肩膀之上。她视野中的一个洞。但未来是可见的,像卷轴一般渐渐展开。

她不想看到。她只希望她前面的日子即刻终结。然而她的余生却在继续呈现,时间无休止地增殖着。她被迫违心地期待它。

她有某一天不会跟随另一天而来的焦虑,混合着它定会到来的确信。这就像屏住呼吸,正如乌达安在低地试图做的那样。然而不知怎的,她还是在呼吸。就像时间停驻却仍在流逝,她的身体意识不到的某些部分正在吸入氧气,迫使她活着。

3

跟高丽说话后的第二天，苏巴什独自一人出门，第一次到城里去。他把父母给他的布料，他的那一份加上乌达安的，带到一家男士裁缝店。他不需要新衬衫、新裤子，但他觉得有种义务，不想让布料浪费掉。他说，在罗得岛找不到裁缝定做衣服，美国服装都是成衣，他的父母对此感到很惊讶。这是他在那边的生活中，他们公开有所反应的第一个细节。

他乘坐电车来到巴利冈吉，走过那些向他叫卖的小贩。他找到远房亲戚开的那家小店铺，每年一次，他永远和乌达安一起去量尺寸。一张长长的柜台，角落里的试衣间，挂着成品衣服的杆子。他下了订单，看着裁缝在笔记本上很快画出图样，剪下布料一角，订在每张收据的角上。

此外他什么也不需要了，这座城市他什么也不想要。听过高丽的讲述，他想象那些情景以后，再也无法专注于其他事情了。

他上了一辆公共汽车，没有想好要去哪里，开到滨海区附近便下了车。他看见大街上很多外国人，穿着宽松长衫、戴着珠链的欧洲人。探索加尔各答，经历一番。尽管他看起来跟任何别的孟加拉人没什么两样，但他现在感觉和那些外国人是一路的。他与他们都有另一个地方的知识。将回归另一种生活。具有离开的能力。

他本来可能住进城市这一带的酒店的，喝一杯威士忌或啤酒，与陌生人攀谈。忘记父母的行为方式，忘掉高丽说的事情。

他停下来点燃一支香烟，威尔斯牌，是乌达安抽的牌子。他站在一家出售绣花披肩的小商店前，感觉有点累了。

你想看看什么？店主问。他来自克什米尔，白皙的脸色，浅色的眼睛，一顶棉帽戴在头上。

不看什么。

进来看看吧。喝杯茶。

他已经忘记了店主们的这种好客态度。他进门，在一张凳子上坐下，看着店主把羊毛披肩一条一条铺在地板一个白色大垫子上。推销之卖力，其中隐含的真诚，触动了他。他决定为母亲买一条，这才意识到没有从美国给她带点东西回来。

这条我要了，他说，指着一条深蓝色的披肩，觉得她会喜欢羊毛的柔软、针迹的繁复。

还要什么？

就这条，他说。但随即想到了高丽。他记起了她讲述乌达安的事情时的侧影。她直视前方，盯着虚空，一边说着他想知道的情况。

多亏了高丽，他知道发生了什么：她和他的父母都曾眼看着乌达安死去。他现在知道他的父母曾在邻居面前羞愧难堪。

无法帮助乌达安，无法最终保护他。以一种难以想象的方式失去他。

他过滤了一遍脚下的多种选择。象牙色，灰色，比给他喝的茶更浅的棕色。他觉得这些现在都很适合她。但一条生动的青绿色带细小绣边的披肩吸引住了他的目光。

他想象披肩围绕在她的肩膀，在一侧垂下。照亮她的脸。

这条也要，他说。

他的父母都在露台上，等着他。他们问他干什么去了这么长时间。他们说现在仍旧不安全，不能这么晚在街上游荡。

他们的担心虽然有道理，却惹得他很烦。我不是乌达安，他差点冲口而出。我绝对不会让你们经受那种事。

他拿出为母亲买的披肩，给了她。然后他让母亲看看送给高丽的。

我想给她这个。

你应该明白，她说。不要试图和她交朋友。

他不作声。

昨天我听见你们两个说话了。

我不应该跟她说话吗？

她告诉你什么？

他没有说。相反，他问，你为什么从来不和她说话？

现在轮到他母亲沉默了。

你们已经拿走她的彩色衣服，她盘子里的鱼和肉了。

这是我们的习俗，他母亲说。

这是不光彩的。乌达安绝对不希望她这样生活。

他不习惯与母亲争吵。但是一股新的能量流过他，他无法克制自己。

她就要给你生孙子了，难道一点意义也没有？

它意味着一切。这是他留给我们的唯一东西，他母亲说。

那么高丽呢？

这里有她一个位置，如果她愿意。

你是什么意思，如果她愿意？

她可以去某个地方继续她的学业。她也许更喜欢。

你怎么会这样想？

她太孤僻、太冷淡，做不了母亲。

他的太阳穴一阵悸动。你有没有和她讨论过这个问题？

现在让她担心这个没有意义。

他已经冷冷地看到，坐在露台上，他的母亲已经策划好了一切。但他对他的父亲感到同样震惊，因为他一言不发，因为他接受这个计划。

你不能分开他们。为了乌达安的缘故，接受她。

他的母亲失去了耐心。她也对他发怒了。给我住嘴，她说，语气侮慢。不要告诉我该如何尊重我自己的儿子。

那天晚上，在蚊帐里，苏巴什无法入睡。

也许他永远不会完全了解乌达安做了什么。高丽已经把她的版本传给他，而他的父母却拒绝讨论。

他推测他们对乌达安一直十分宽容，他们总是这样。凭直觉知道他已经不能自拔,但从来没有正面阻拦他。

乌达安为一场被误导的运动献出了生命,这场运动造成的只有破坏,已经被平息了。他唯一改变的,就是他们的家庭被改变的。

他有意瞒着苏巴什,极可能也瞒着他的父母。他陷得越深,就变得越发闪烁其词。信写得好像这场运动对他无关痛痒似的。希望借此甩掉苏巴什的追问,而他却装配过炸弹,勾画过托利俱乐部的地图。他还炸飞了他的手指。

高丽是他信任的人。他将她插进他们的生活,只是为了将她束缚在那里。

就像一个方程式的解一点一点浮现出来,苏巴什开始看到事情可能会发生的转变。他已经急于离开加尔各答。他完全帮不到他的父母。他无法安慰他们。虽然他回到了他们面前,但说到底他来不来其实并不重要。

然而高丽却不同。在她身边,他同样感觉到了他们都爱过的那个人的存在。

他想到她留在父母身边、按他们的规则生活的情景。母亲对高丽的冷漠是侮辱性的,而父亲的无所作为也同样残酷。

而这并不是简单的残酷。他们这样对待高丽是故意的,就是要把她赶出去。他想到她就要做母亲了,不料竟会失去对孩子的控制。他想到孩子将在一幢没有乐趣的房子里长大。

阻止这个结局的唯一方法是带高丽远走。为了帮助她,这是他所能做的一切,是他能够提供的唯一选择。而把她带走的唯一方法就是娶她。取代他的弟弟，养育他的孩子，像乌达安那样爱上高丽。跟随他，以一种感觉有悖常情，却是上天注定的方式。感觉既对也错的方式。

他离开的日期即将到来；很快他又要在飞机上了。罗得岛那边没有人在等他。他厌倦了孤身一人。

他试图否认感觉到了高丽的吸引力。但它就像夜里游向房子的萤火虫的光亮，随机的光点围绕着他，闪亮之后再悄无声息地隐去。

他没有向他的父母提起这事，知道他们只会劝阻他。他知道他想到的解决方案会让他们震惊。他直接去找她。他曾经害怕他的家庭会对霍莉如何反应。但他已不再害怕了。

这是给你的，他说。站在她的门口，把披肩给她。

她掀开盒盖看了看。

我想要你披上它，他说。

他看着她走进房间，打开衣柜。她把依然折叠在盒子里的披肩放了进去。

当她转身再度面对他时，他发现一只蚊子正好落在了她的额头边缘，靠近发际线。他想伸手把它赶走，但是她站在那里，不以为意，可能都没意识到。

我讨厌父母这样对你，他说。

她默不作声。她坐到书桌前，那里是摊开的书和笔记本。她在等着他离开。

他失去了勇气。这个想法太可笑了。她不会披上那件青绿色披肩的，她绝对不会同意嫁给他，去罗得岛的。她在为乌达安哀悼，怀着他的孩子。苏巴什知道在她眼里他什么也不是。

第二天下午，这个时候没有人来访，而蜂鸣器响了。苏巴什正坐在露台上，阅读报纸。他的父亲在工作，他的母亲出门去了。高丽在她的房间里。

他走下楼梯看看是谁。他发现三个男人站在大门外。两名携带枪支的警察，一名情报局调查员。调查员自我介绍了一下。他想和高丽说话。

她在睡觉。

去叫醒她。

他打开门，把他们带到二楼。他让他们在楼梯口等着。然后他沿着走廊来到高丽的房间。

她打开门时，没有戴眼镜。她的眼睛显得很疲倦。她的头发蓬乱，纱丽有点起皱。床也没有收拾。

他告诉她谁来了。我跟你在一起，他说。

她系好头发，戴上眼镜。她重新收拾了床铺，告诉他准备好了。她很镇定，一点也没有露出他那种紧张。

调查员首先走进房间。警察紧随其后，站在门口。他们抽着烟，任由烟灰落到地上。其中一个人的眼睛斜视，好像在同时看着高丽和苏巴什。

调查员在观察四周墙壁和天花板，记录一些细节。他拿起高丽桌子上的一本书，翻阅了几页。他从衬衫口袋里拿出记事本和笔。他做了一些笔记。他的几根手指指尖失去了色素，好像是漂白斑。

你是他哥哥？他问道，都懒得抬头看一眼苏巴什。

是。

在美国那个？

他点点头，但调查员已经专注于高丽了。

你是哪一年遇到你丈夫的？

一九六八年。

当时你是总统大学的学生？

是。

你同情他的信仰？

开始的时候。

你现在是任何政治组织的成员吗？

不是。

我想给你看一些照片。你丈夫认识的一些人的照片。

好吧。

他从口袋里拿出一个信封。他开始把照片递给她。都是小快照，苏巴什无法看清。

你认识这些人吗？

不认识。

你从未见过他们？你丈夫从未向你介绍过他们？

没有。

请仔细看。

看了。

调查人员将快照放回信封中，很小心怕弄脏了它们。

他提到过一个名叫尼尔摩·迪的人吗？

没有。

你确定?

是。

戈帕尔·辛哈?

苏巴什咽了一口口水,瞥了她一眼。她在撒谎。连他都记得在他参加过的会议上,有医学生辛哈。乌达安肯定对高丽提到过。

或者他没有?也许,为了保护她,他也对她不诚实。苏巴什无从知晓。尽管她对乌达安最后日子和时刻的描述非常生动,某些细节却依然十分模糊。

调查员又做了一些笔记,然后用手帕擦了擦脸。可以麻烦你给我点水喝吗?

苏巴什拿起倒扣在房间角落水瓮旁的不锈钢杯,从瓮中倒了一杯,递给他。他看着调查员喝干了杯子,把它放在高丽的桌子上。

如果还有其他问题,我们会回来的,调查员说。

警察踩灭了他们的香烟,然后一群人转身朝楼梯走去。苏巴什紧随其后,看着他们走出房子,在他们身后锁上大门。

你什么时候回美国?调查员问。

几个星期之后。

你主修什么?

化学海洋学。

你完全不像你的兄弟,他说,然后转身离去。

她在露台，坐在一张折叠椅上等他。

你还好吧？他问。

还好。

他们多久还会回来？

他们不会再来了。

你怎么能确定？

她抬起头，然后抬起她的眼睛。因为我没有别的可以告诉他们了，她说。

你确定？

她继续看着他，表情镇定，不带感情色彩。他很想相信她。但即使她还有别的可说，他明白，她也不会愿意说。

你在这里不安全，他说。即使警察不来打扰你，我的父母也会。

你的意思是？

他顿了顿，然后把他所知道的告诉她。

他们想把你赶出这所房子，高丽。他们不想照顾你。他们想把孙子留在身边。

等她消化了这些，他说出了他唯一能想到的事情，最明显不过的事实：在美国没有人听说过这场运动，没有人会骚扰她。她可以继续她的学业。这将是一次重新开始的机会。

因为她没有说话打断，他继续解释说孩子需要一个父亲。在美国，可以抚养孩子长大，不用担心所发生的这一切。

他告诉她，他知道她仍然爱着乌达安。他告诉她不要去想人们会说什么，他的父母会如何反应。如果她跟他一起去美国，他向她保证,这一切都没有关系。

其实她认出了照片中的大部分人。他们都是乌达安的同志,本社区的党员。她记得在她去过的一次聚会上见过他们中的一些人,当时聚会还不是太危险。她认出了钱德拉,一个在裁缝店工作的女人,还有文具店那个男人。她假装没有认出来。

在调查员的逐个询问的名字中,乌达安从未提及的只有一个。只有一个,她真的不知道。尼尔摩·迪。然而有些事告诉她,她并非对这个男人一无所知。

你不必这样做,第二天早上她对苏巴什说。

这不仅仅是为了你。

他不会想要这个的。

我明白。

我不是在说我们结婚。

那是什么呢?

最终他并不想要一个家庭。他在去世前一天告诉我的。然而——

她停下脚步。

什么?

他曾经告诉我,因为在你前面结了婚,他希望你是第一个生小孩的人。

肆

1

他在那里，站在机场一根绳子后面，等着她。她的大伯子，她的丈夫。她在两年内嫁的第二个男人。

相同的身高，相似的身材。一个模子做出来的，同甘共苦的伙伴，虽然她从未见过他们在一起。苏巴什是较为温和的版本。与乌达安的相比，他的脸就像刚才移民局那人在她的护照上加盖的印，表示她已入关，不过略有缺失，于是第二次加盖以示强调。

他穿着灯芯绒裤子、格子花衬衫、拉链夹克和运动鞋。迎接她的那双眼睛善良却很柔弱；她怀疑，他就是因为这点柔弱而娶了她，帮了她这个忙的。

他就在这里，接纳她，从现在起陪伴她。他的一切都没有改变；在她航程的终点，迎接她的，除了她做了那个决定的事实，别的什么也没有。

但是她看到，她的明显变化正引起他的注意。怀孕已五个月了，她的脸和臀部更加饱满，腰也粗了，在她披在身上保暖、他送的青绿色披肩下面，孩子的存在十分明显。

她进了他的车，坐在他的右边，她的两个行李箱套着帆布套,堆放在后座上。他启动发动机,让它转了一会,她等着。他剥了一根香蕉,又从烧瓶里倒了些茶。他递给她的时候,她嘴唇碰到盖子的另一侧,吞下一股烫热而无味的液体,感觉像湿木头。

你觉得怎么样?

累了。

还有他的声音,也是乌达安的。几乎是同样的音高和说话方式。这是他们兄弟关系最深刻和最令人吃惊的证明。一时间,她允许乌达安的这个孤立的特征,保存和复制于苏巴什的喉咙,向她传送回来。

我的父母怎么样?

老样子。

加尔各答热起来了吗?

有点儿。

局势总体如何?

有人说好些了。有人觉得更糟。

这是波士顿,他告诉她。罗得岛在南面。他们从一条河下面的隧道出来,经过一个海港,于是城市慢慢抛在了后面。他开得比她所习惯的更快,比在加尔各答街道上更平稳。持续的运动令她恶心欲吐。她宁愿坐在飞机上,离开地面,好有静静坐着的幻觉。

沿路都是灰色和白色树皮的树,看起来根本不能长叶或结果。树枝很多,却很细,形成密集但可以看穿的网络。一些树上仍然留着几片树叶。她好奇为什么没有像别的树叶那样落下。

树间,零零星星的是小块的积雪。她将记住平坦的道路、平直而有棱角的汽车。以及物件之间和周围的所有空间——在两个方向行驶的汽车、不时出现的建筑物。不结果实却茂密生长的树木。

他瞥了她一眼。这是你所期望的吗?

我不知道要期望什么。

胎儿又一次挪动身体调换位置。它不知道已经换了新环境,不知道业已走过的惊人距离。高丽的身体仍然是它的世界。她不知道新的环境会不会以什么方式影响它。它能不能感觉到寒冷。

就像乌达安那样,她感觉自己好像容纳着一个幽灵。孩子是他的一个变体,因为它既存在又不存在。既在她的身体里,又在遥远的地方。她带着一种怀疑的眼光来看待它,就像她仍然不真正相信乌达安已经离去一样,不仅仅是从加尔各答消失,也是从她刚刚飞过的地球的其他任何角落消失。

飞机在波士顿降落时,她曾一度担心他们的孩子会溶化消失,把她遗弃。她担心它会莫名其妙地察觉到,那个错误的父亲正在等着迎接她们。担心它会抗议,并停止成形。

进入罗得岛后,她期待看到海洋,然而仅仅是高速公路在继续。他们来到一个名叫普罗维登斯的小城市。她看到了多坡的街道,紧靠在一起的建筑物,高耸的屋顶,一个装饰华丽的白色圆顶。她知道普罗维登斯这个词意味着先见之明,未来在经历之前就先看到。

现在是中午,太阳正在头顶。明亮的蓝天,透明的云彩。一天中缺乏神秘感的时刻，仅仅是白天本身的一个明确肯定。就好像天空并不准备变黑，白天也不要结束一样。

在飞机上，时间是无关紧要的，但也是唯一重要的事情；她意识到穿过的是时间，而不是空间。她坐在那么多乘客中间，被禁闭着，等待他们的目的地。他们中的大多数人，像高丽一样，都在一种不属于自己的环境中获得自由。

苏巴什打开汽车收音机，几分钟之间，听一个人报告当地新闻和天气预报。她接受过英语教育，曾在总统大学上过学，然而她几乎无法听懂广播。

最终她看到了吃草的马匹、站立不动的奶牛。住家都紧闭着玻璃窗阻挡寒冷。形成边界的墙由大大小小的石头砌成，低得可以轻易跨越。

他们来到一组在电线上摇摆的红绿灯前。当他们停下等绿灯时，他指了指左边。她看到一座木塔，就像一座不存在的建筑物的内部楼梯间。越过松树顶端，在远处，终于出现了一条细细的黑线。大海。

我的校园从那边去，他说。

她看着平坦的灰色道路，中间画着两道持续的条带。这就是她可以把事情抛在身后的地方。她的孩子可以懵懂而安全出生的地方。

她以为苏巴什会左转，他告诉过她校园在那边。但是当红绿灯变绿时，他把变速杆向前一推，向右转了。

公寓在一楼，面向前院：一小片草地，一条通道，然后是一段狭长的柏油路。柏油路的另一边是一排匹配的公寓楼,低矮却很长,外墙镶贴面砖。两幢公寓楼的姿态安排得就像营房。路的尽头是苏巴什停放汽车和扔垃圾的地方。停车场里还有一座较小的建筑,是洗衣服的地方。

大门几乎总是敞开的,由两块大石头卡着。公寓套间的门锁很不牢靠,不过是球形把手上的小按钮而已,并非挂锁和门闩。但是她身在这样一个没有人害怕四处走走的地方,这里整夜都有醉酒的学生们嬉笑着跌跌撞撞从山坡上下来,回他们的宿舍去。校园警察局在山顶上。然而没有宵禁或封锁。学生来来去去,爱做什么就做什么。

邻居是另一些研究生夫妇,几个家庭还有幼童。他们似乎没有注意到她。她听到的只是某扇门关了,或者别人电话铃的闷响,或者上楼梯的脚步声。

苏巴什把卧室让给了她,说他会睡在沙发上,沙发展开后就变成一张床。通过关闭的房门,她听着他早晨的例行公事。闹钟的哔哔声,浴室里排风扇的声响。等风扇关掉的时候,她听到一阵轻柔的水流声,一把剃刀刮着他的脸。

没有人来准备茶水,收拾床铺,打扫房间或掸去灰尘。炉子上,他在摁一下按钮就变红的线圈上煮早餐。燕麦和热牛奶。

煮好后,她听到勺子有条不紊地刮着锅底,然后他马上冲水,让锅更容易清洗。汤匙碰在碗上叮当作响,同时在另一只锅里,他煮的鸡蛋嘎吱嘎吱作响,那是他要带的午餐。

她感激他的自立,同时她也感到困惑。乌达安想要一场革命,但在家里他希望有人伺候;他对他的餐饭所做的唯一贡献,就是坐在那里，等着高丽或者她婆婆把盘子摆到他面前。

苏巴什也承认她的自立。他给她留了几个美元，又把他系里的电话号码写在小纸片上留给她。开邮箱的钥匙，开门的第二把钥匙。几分钟后，她起床前等待的声音来了：公寓里侧的安全链，像一条丑陋、破碎的项链，滑开了，然后门在他身后有力地关上。

* * *

在某种程度上，这是对习俗的又一次蔑视，也许乌达安还会赞赏呢。她与乌达安私奔时，她觉得十分勇敢。同意做苏巴什的妻子，与他一起逃往美国，这一决定既是精心策划的，又是冲动草率的，越发显得极端。

然而，乌达安既已离去，似乎任何事情都是有可能的了。曾经维系她生活的各种纽带已经不复存在。它们的缺失使自己与苏巴什的结合成为可能，无论这种结合是多么草率，多么绝望。她想离开托利冈吉。好忘记她过去生活的一切。而他把这种可能性交给了她。在她的脑海深处，她告诉自己，有一天她可能会爱上他，就算只是出于感激。

她的公婆曾经责难高丽，正如她知道他们会这样，骂她令他们的家族蒙羞。她的婆婆严厉斥责她，说她从来就配不上乌达安。说如果他娶的是另一类女孩的话，也许他现在还活着。

他们也指责苏巴什不恰当地取代乌达安的位置。但最终，把两人都谴责一番之后，他们倒并没有禁止这件事。他们没有说不。也许他们还有点感激,像高丽那样,感激他们不再需要为她负责,他们互相摆脱了对方。所以,虽然一方面她更深地潜入了他们的家庭,但另一方面她确保获得了解放。

又一次登记结婚,又是在冬季。马纳什来了。她的公婆,她的娘家人,全都拒绝出席。党也反对这桩婚事。和她的公婆一样,他们希望她守节,以纪念乌达安和他的殉难。由于不知道她怀着乌达安的孩子,高丽也不想让任何人知道这一点,他们断绝了与她的关系。他们认为她的第二次婚姻不纯洁。

她嫁给苏巴什,只是想与乌达安保持联系。但是,正当在她即将经历这件事的时候,她知道这也是没有用的,就像一对耳环丢了一只,保存起来也没用。

她穿着一件普通的印花丝绸纱丽,只戴着她的腕表和一条简单的项链。她自己把头发盘起来。这是她第一次离开社区;自从那次和婆婆购物出行以来,这是她第一次被城市的活力所包围、所鼓舞。

这是第二次,之后没有午餐。没有棉被,像在切特拉的房子里,她和乌达安作为夫妻第一次盖的那条;那个晚上很冷,他们只得相拥而眠,抑制住她欲望的端庄迅速瓦解。

登记以后,苏巴什带她去申请护照,然后到美国领事馆申请签证。申请经办人向他们表示祝贺,以为他们很幸福。

我小时候去罗得岛过了几个夏天,在了解苏巴什居住的地方之后,他说。他的祖父曾在布朗大学教授文学,也是在罗得岛。他向苏巴什谈起了海滩。

你会喜欢那里的,他对高丽说。他将尽量加快高丽的申请。

他祝他们一切顺利。

几天后，苏巴什走了。她又一个人和公婆在一起了。又一次，他们和她住在一起，却不跟她说话，好像她根本不在那里。

她起飞那个晚上，马纳什过来陪她去机场，为她送行。她在公婆面前弯下腰来，从他们的脚上取了尘土。他们在等她走。她走过庭院的摆动木门，跨过水沟，坐进马纳什从拐角处叫来的出租车里。

她离开了托利冈吉，她从来没在这里感觉到受欢迎，这个地方她只为乌达安而来。属于她的那套柚木卧房家具，将立在那间上午阳光强烈的小方房间里，无人使用，在那里他们不知不觉有了孩子。

她对加尔各答的最后一眼看到的是深夜的城市。他们快速经过了她学习过的黑沉沉的校园、关上了卷闸门的书摊、那个钟点睡在街头黑暗中的家庭。她离开了外祖父母公寓下边空无一人的十字路口。

当他们接近机场时，雾气开始在贵宾路上积聚，浓得难以看穿。司机放慢了速度，随后停了下来，无法继续前进。他们似乎被笼罩在烈火的浓烟中，可是没有热度，只有凝结的雾气把他们困在那里。

这就是死亡，高丽想；这水汽，虚无缥缈却不依不饶，令一切都停滞不前。她确信，这就是乌达安现在看到的、经历的。

她惊慌起来，觉得永远不会出去了。他们一点一点地向前移动，司机按着喇叭避免撞车，直到最终机场的灯光进入视野。她拥抱了马纳什并吻了他，说她会想念他，只有他，然后她拿好东西,出示证件并登上了飞机。

没有警察或士兵阻止她。没有人因为乌达安而质疑她。没有人因为她曾是他的妻子而来找她的麻烦。雾消散了,飞机就绪,准备起飞。没有人阻止她升到城市上空,进入没有星星的黑色夜空。

* * *

厨房墙上的日历展示着一张岩礁的照片,礁石上仅够设置一座灯塔。她看到了一个叫作圣帕特里克节[①]的日子。三月二十日,本来应该是乌达安的二十七岁生日的,将是春天正式开始的第一天。

但罗得岛的早晨仍然异常寒冷,她用手触碰窗玻璃时,感觉冷得像冰块,覆盖着一层乳白色的霜。

一个星期六,苏巴什带她去购物。一家宽敞明亮的商店中播放着音乐。没有人过来接待他们,好像并不在乎他们是否花钱。他给她买了一件大衣,一双靴子。厚袜子,羊毛围巾,帽子和手套。

然而这些东西并没有用上。除了那次去百货公司外,她没有冒险出门。她留在室内,休息,阅读苏巴什每天带回家的校园报纸,有时打开电视看看索然无味的节目。年轻女性同想要约

---

① 圣帕特里克节(St. Patrick Day):每年的3月17日,是为了纪念爱尔兰的守护神的节日。

会她们的单身汉面谈。一对夫妻假扮斗嘴,然后一起唱浪漫歌曲。

他建议她参加一些就近的活动:校园电影厅放的电影,某位著名人类学家的讲座,学生会举办的国际工艺品展览会。他提到可以在图书馆阅读的更好的报纸,还有书店出售的杂项物品。比起他刚到的时候,校园里多了几个印度人。有些女性是其他研究生的妻子,她可以交交朋友。等你想去了再说吧,他会说。

与乌达安不同的是,苏巴什的来去是可以预测的。每天晚上他都在同一时刻回到家里。有时她往实验室打电话给他,说牛奶或面包已经吃完,他会拿起电话。他自学了做晚饭,这样她就不用管了。他会在早上把原料从冰箱里拿出来,冰冻的小包会在一天之中缓慢解冻,露出里面装的东西。

烹饪的气味已不再像加尔各答时那样困扰她了,但她还是说受不了,因为这样就有了一个留在卧室的借口。尽管她一整天都在等着苏巴什回到公寓,他不在的时候她心神不安,然而一旦他回来,她又避开他。害怕——既然他们结婚了——结识他,害怕两人的生活融合在一起,越来越亲近。

最终他会敲门,叫她的名字,召唤她去餐桌。一切都准备好了:两个盘子,两杯水,两墩软米饭,佐以他做的任何菜肴。

他们一边吃饭,一边在书桌前观看沃尔特·克朗凯特报道的晚间新闻。报道的总是美国新闻,美国关切的问题和活动。他们要在河内投下的炸弹,他们希望发射进入太空的航天飞机。那年晚些时候将举行的总统竞选活动。

她知道了候选人的名字：马斯基、麦克洛斯基、麦克高文。两党，民主党与共和党。理查德·尼克松的消息传来，他一个月前访问过中国，让全世界看到他与毛泽东握手。完全没有加尔各答的消息。是什么毁灭了这座城市，是什么改变她的生活轨迹并粉碎了它，都没有在这里报道。

一天早上，放下正在阅读的书，她转头望着窗外，看到了天空，灰蒙蒙的毫无光泽。正在下雨。雨持续地下着，沉闷乏味。她整天待在家里，第一次感觉到被禁闭了。

下午雨停后，她在纱丽外再套上冬大衣，穿上靴子，戴上帽子和手套。她沿着潮湿的人行道上了山坡，转过学生会。她看到学生们进进出出，男生穿牛仔裤和夹克，女生穿黑色紧身衣和短羊毛大衣，他们吸着烟，交谈着。

她穿过大学四方院，经过一溜灯柱，铸铁柱身顶端安装着圆形的白色灯泡。天气比她想象的温和，手套和帽子用不着了，雨后空气十分清新。

在校园的另一边，她走进邮局旁边的一家小杂货店。在黄油条和鸡蛋盒中间，她发现了一种叫作奶油干酪的东西，包着银色锡箔纸，看起来像一块肥皂。她以为它可能是巧克力，就买了一块，破开了苏巴什每天留给她的五美元钞票，把找零放进了外套的深口袋里。

包装里面是一种浓稠、冰冷、微酸的东西。她把它分成了几块，站在杂货店的停车场里就这么空口吃掉了。她不知道它本来是抹在饼干或面包上吃的，嘴里却品尝了意想不到的味道和质地，然后把包装纸舔干净了。

她开始探索校园的其他部分，徘徊在各个系的建筑内外，它们围绕着四方院聚集：药学院、外语系、政治科学系和历史系。这些建筑的名字有：沃什伯恩、罗斯福、爱德华兹。任何人都可以进去。

她找到了大厅里的教室和教授办公室。公告牌上除了宣布即将举行的讲座和会议，还设有小橱窗展示大学教授出版的书籍。没有警卫阻拦她，盘问她。没有坐在沙袋上的武装士兵，他们可是在总统大学主楼外据守了好几个月。

纳萨尔巴里起义一年后，就在罗伯特·麦克纳马拉访问加尔各答的那一天，机场的共产主义抗议者迫使他只得乘坐直升飞机进入市中心。他们不让他的车通过。那天她一直在校园里。当直升飞机越过学院大街时，学生们从一幢校园建筑的屋顶投掷石块。他们把加尔各答大学副校长锁在了办公室里。她看到有轨电车被烧毁。

一天，她找到了哲学系。她发现一座大型演讲厅，里面是一排排的阶梯座椅。学生们鱼贯而入时，门仍然开着。她在最后一排找了个座位，地势高得要俯视教授的头顶了。又很靠近后门，需要的话可以溜出去。但是她走了很远的路，感觉沉重，她很感激能够坐下来。

她瞟了一眼旁边学生的教学大纲，看到这是一门本科课程，介绍古代西方哲学。赫拉克利特、巴门尼德、柏拉图、亚里士多德。尽管大部分材料都很熟悉，她还是坐满了一整堂课。她倾听教授描述柏拉图的回忆学说,其中学习是一种重新发现的行为,而知识是一种记忆的形式。

教授很随意地穿着毛衣和牛仔裤。他讲课时还一边抽烟。他蓄着浓厚的棕色小胡子,一头长发像许多男生那样。他没有费心去点名。

她周围的学生也有人在吸烟,或者在编织。一些人闭着眼睛。后面还有一对情侣,他们双腿紧靠在一起,男孩的手臂搂着女孩的腰,抚摸着她的毛衣。但是高丽发现自己在专心听讲。最终,她想要记笔记,于是在包里搜索纸笔。她没有找到纸,只得在随身携带的校园报纸的边缘写下她的笔记。后来,在公寓找到的便签上,她把记下的内容抄写了过去。

她开始每周两次偷偷地上课了。她写下阅读清单上文本的标题,然后去图书馆,用苏巴什的图书卡借出几本书。

她打算保持匿名,不招人注意。但是有一天,当她沉浸在讲座中时,她举起了手。教授正在讲解亚里士多德的形式逻辑规则,讲解用于区分有效思想和无效思想的三段论。

辩证推理呢？这种推理承认变化和矛盾,对立于已确立的现实。亚里士多德考虑到了吗?

他考虑到了。但在黑格尔之前,没有人关注那些概念,教授说。

他回答提问,仿佛高丽就是班上的合法成员。而且在她的问题基础上,他主动改变讲座的进程,加入了她提出的论点。

她慢慢习以为常:下课后跟随一大群学生,到学生会餐厅吃午餐,点了烤架上的炸薯条,还有面包、黄油和茶,有时候点一碟冰激凌犒劳自己。

自助餐厅的一端，一只巨钟镶嵌在砖墙上，俯瞰着整个空间。没有数字，没有秒针，只是几块金属附着在墙面上，一天之间巨大的时针和分针重合又分离。

她落落寡交。她是苏巴什而不是乌达安的妻子。即使在罗得岛，即使在没有人认识她的校园，她也准备着有人质询她，为她所做的一切谴责她。

然而，她还是喜欢在那些围绕她却又忽略她的人的陪伴下度过时光。那些人去露台放松心情，在阳光下聊天、吸烟，或者聚集在室内，在休息室和游戏室里，看电视、打台球。这几乎就像又回到了一座城市。

女厕所里的休息室是一片绿洲：一片超大的私人空间，铺着白色地毯，带有镜面立柱，有沙发可以坐，甚至可以躺下，沙发之间还设有立式烟灰缸。这就像火车站的候车室，或者酒店的接待区，比她和苏巴什居住的公寓更大，更宽敞。在这里，她有时候坐着休息，翻阅校园报纸，观察进来补口红或俯身梳顺头发的美国女性。

报纸时有特殊问题的专题报道，例如身为美国黑人、女性或同性恋意味着什么之类的题目。长篇文章则侧重于剥削的多种形式、个人身份认同这些内容。她很好奇乌达安是否会蔑视这些话题，因为它们自我放任。因为只是关心如何维护和改善自己的生活，甚于改变他人的生活。

宝宝什么时候出生？一天在休息室里，坐在她旁边抽烟的一个学生问她。

再过几个月。

你在我的古代哲学课上,对吧?

她点点头。

我该退掉它的。这门课听得我头大。

这个学生似乎非常放松,戴着长长的银色耳环,穿一件薄纱上衣和一条短至膝盖的裙子。她的身体不受高丽每天早上包裹、打褶并塞进衬裙的长达几码的丝绸材料的束缚。这些是她十五岁时不再穿连衣裙后穿的纱丽。是她和乌达安结婚时穿的,而她现在还要继续穿下去。

我喜欢你的衣服,女孩说,起身要走。

谢谢你。

但是看着女孩走开,高丽感觉自己很难看。她开始希望自己看起来像校园里留意到的其他女人那样了,像乌达安从未见过的女人那样。

四月到了,树木开满白花,学生们喜欢阳光,有的聚集在大学四方院的草地上,有的排坐在学生会的窗台上。星期五下午,她看到本科生在学生会门外排起长队,带着小手提箱或背包,还有成袋的脏衣服。他们登上巨大的银色公共汽车,去远处度周末。他们去波士顿,哈特福德或纽约市。她猜测他们是回家看望父母,或去见男朋友和女朋友,一直待到周日晚上。

虽然她不是在跟谁道别,但她喜欢观察这个仪式性的外出,看着司机把乘客的行李放进公共汽车的腹部,看着学生们在座位上坐定。她好奇他们要去的地方是什么样子。

你要上车吗？一次一个学生问她，愿意提供帮助。

她摇摇头，走到人群以外。

大学的医疗服务部门将她介绍给城里的一名产科医生。苏巴什开车把她带到那里，坐在候诊室里，一位名叫弗林医生的银发男子给她做了检查。他的面色是粉红的，看起来很细嫩，尽管他年纪不轻。一名护士站在房间的角落，于是他很有技巧地在她体内探索。

你感觉怎么样？

还好。

晚上能睡觉吗？

能。

吃两个人的饭还行？成天感觉在踢你？

她点点头。

那只是他们要带来的麻烦的开始，他笑着说，告诉她一个月后回来。

他说了什么？看诊结束，他们又回到车里时，苏巴什问。

她转述了弗林医生的话，说胎儿现在大约一英尺长，重约两磅。它的双手很活跃，眼睛对光很敏感。它的器官将继续发育：大脑和心脏，两肺，为脱离母体的生活做准备。

苏巴什开车去超市，对她说他们需要买一些东西。他要求她一起去，但她告诉他，她要在车里等。他把钥匙留在点火器里，这样她就可以听收音机。她打开手套箱，好奇里面藏着什么。

她找到一幅新英格兰地图,一把手电筒,一个刮冰器,一份汽车使用说明书。这时一件别的东西引起了她的注意。这是女人扎头发用的皮筋,一只红底洒金的弹力圈。她认出这不是自己的东西。

她明白在她之前还有一个人,一个美国人。一个女人,曾经占据过她现在的座位。

也许出于某种原因,这段关系没有成功。或许苏巴什还会去看她,从她那里得到高丽没有给予的东西。

她把皮筋放回原来的地方。她没有冲动向他询问这件事。

她感到宽慰,因为她不是他生命中唯一的女人。她也是一个替代者。尽管她很好奇,却并没有嫉妒。相反,她感激他能够隐藏某些东西。

这就肯定了她走出的那一步,嫁给他。就像经过艰难的考试之后,得了一个高分。这证明了她继续保持与新丈夫的距离是合理的。这表明也许她归根结底不用去爱他。

一个周末,他带她去看大海,向她展示是什么给予他在此生活的焦点。灰色的沙子,比糖还细。当她弯腰触摸它时,沙子立即从她的指间溢出。它就像水,几乎是冲洗着她的皮肤。草在沙丘上稀疏地生长。灰白色的小鸟沿着海岸僵硬地踱步,像老人一样,或者在海水里上下漂浮。

海浪很低,水在破碎的地方显得有点发红。她脱掉鞋子,像苏巴什那样,踏上坚硬的石头,踩过海藻。他告诉她潮水即将来临。他指着突出的岩石说,再过一个小时就将被淹没。

我们散散步吧，他建议道。

但是风大了起来，还是顶风，她走了几步就停下来，感觉太沉重，太冷，走不下去。

海滩上零星有一些孩子，穿着夹克，他们在攀爬岩石，在沙滩上奔跑。天还太冷，无法游泳，但是他们挖坑挖壕沟，平躺下来，双腿展开。他们用石头装饰成堆的泥土。看着他们，她不知道她的孩子是否也会这样玩，做这些事情。

你想好名字了吗？他问。就好像他已经看穿了她的心思一样。

她摇了摇头。

喜欢贝拉吗？

她有些烦恼，倒不是因为这个名字，而是因为他推荐这个名字。但确实如此，她没有想好一个。

也许吧，她说。

我想不出任何男孩名字。

我觉得不是男孩。

为什么？

我不能想象。

有帮助吗，高丽？

什么？

来到这里？这里的一切？

起初她没有回答。然后她说，是的，它帮助了我远离。

你弟弟应该是在这里的，她补充说。这个孩子本来是他的责任，无论他愿不愿意。

我会让它变成我的,高丽。我答应过你。

对于他的承担,她无法表示自己的感激之情。她无法表达他比乌达安更好的诸多方面。她无法告诉他,他正在保护她,出于那些会导致他以不同方式看待她的原因。

她回头看看他们在潮湿的沙滩上留下的脚印。不同于乌达安小时候的脚步,永久留存在托利冈吉的庭院中,他们的脚印已经开始消失,被侵蚀过来的潮水冲洗干净了。

2

新学期开始,他晚了两个星期,忙于赶上他的课程,忙于搬进一套为已婚学生和家人预留的带家具的公寓。他买了双人床垫配套的床单,又打电话给那些在公告板上做广告出售东西的人,就这样他为高丽建立了一个家。他又买到了一些餐盘和平底锅,一盆多肉植物,一台黑白电视,推在一辆摇摇欲坠的购物车上。

她的身体,他只是在她淋浴后从浴室出来时瞥见过几眼。理查德走后,他习惯了与另一个人分享空间,同时保持独处。晚上,他从卧室的抽屉里拿走第二天要穿的衣服,这样就不会在早上打扰她了。

夜里他有时会意识到她在开门。她去了洗手间,给自己倒了一杯水。当她的尿液流下来时,他保持身体不动。在晨曦中,他看到她的头发从惯常的发结中解开,拉伸,像一条大蛇悬挂在树枝上。她走过起居室,仿佛那里空无一人,好像他不在那里似的。

他相信宝宝来了以后,事情会发生变化。孩子会将他们撮合在一起,首先是父母,然后是夫妻。

有一次，在深夜，他听到她被困锁在一场噩梦中。她动物般的呜咽吓了他一跳；这是一种被咬紧的下巴、闭合的嘴唇窒闷的尖叫声。一种清晰而无言的愤怒。他躺在沙发上，听着她忍受痛苦，听着她也许再度经历他弟弟的死。等待她的恐惧过去。

* * *

他偶然遇到纳拉西姆汉，因为纳拉西姆汉询问，他便告知了他的近况。说他几乎修完了课程，春天晚些时候将参加资格考试。又说他弟弟在印度去世了。他现在有了妻子，她要生孩子了。他没有透露与弟弟的妻子结婚这个关节。

他生病了？

他被杀。

怎么回事？

准军事人员射杀了他。他是纳萨尔派。

对不起。这是一个可怕的损失。但现在你要做父亲了。

是的。

听我说，好久不见面了。你和妻子何不哪天过来吃晚饭？

他把路线写在一个信封的背面。他在不熟悉的地方容易迷路。房子在树林里，一条林荫土路的尽头，没有像样的草坪，视野里没有其他房屋。

纳拉西姆汉和凯特邀请了大学里好几对印度夫妇，他们是其中之一。有的人已经有了孩子，他们和纳拉西姆汉的男孩们一块玩去了，沿着一个环绕着房子两面的木制平台跑来跑去。苏巴什和高丽被介绍给其他夫妇，大多是工程、数学专业的研究生，还有他们的妻子。许多妇女带来了她们烹饪的菜肴，小扁豆汤、蔬菜和炸三角饺，作为凯特准备的意大利烤宽面和沙拉的美味配菜。

客人填满了镶嵌木地板的宽敞客厅，有的站，有的坐，说着话，拿着碟子。书籍挤满了书架，植物悬挂在从天花板垂下的编织吊索中，唱片专辑叠放在唱机旁边。窗户都没有窗帘，只有外面树木的景色。墙上挂着抽象画，凯特挥洒的大胆色块。

看到高丽与其他女人混在一起，他松了一口气。她穿着漂亮的纱丽。肚里的孩子开始让她吃不消了。他看到一些女人抚摸她的肚子。他听到她们谈论孩子，食谱，来年在校园里举办排灯节①。他感恩和她一起到来，知道会和她一起离开。感恩他们受到欢迎并被视为一体。

没有人质疑高丽是他的妻子，质疑他很快就会成为她孩子的父亲。一群人祝福他们，他们临走时，收到了纳拉西姆汉的儿子们曾经用过的各种物品，都是凯特给他们单留的：折叠式游戏围栏、毛巾和毯子、似乎专为洋娃娃做的帽子和睡衣。

又回到车里，苏巴什顺原路返回时，高丽一言不发。去那里的路上，她在读她的一本书。但是现在天黑了，她没有什么可以分散注意力的。

女人们似乎很友好。她们是谁？

---

① 排灯节：又称屠妖节，庆祝光明战胜黑暗。

我不记得名字了,她说。

她在他人陪伴下聚集起来的热情被丢弃了。她显得很累,也许有些恼火。他怀疑她并不是真的很开心,她只是在假装。然而,他还在坚持。

改天邀请他们几家到我们这里来玩吧?

随便你。

宝宝生了,他们可能会帮上忙。

我不需要他们的建议。

我的意思是陪伴。

我不想和她们耗时间。

为什么不,高丽?

我和她们没有什么共同之处,她说。

几天后,他回家到了公寓,并没有看到她像通常那个时候坐在起居室里,在沙发上看书,做笔记,喝一杯茶。

他敲了敲卧室的门,没有回答,于是推开一半。房间很暗,但他没有看到她在床上休息。他喊她的名字,疑惑她是不是出去散步了,虽然已快到晚餐时间,天也要黑了,何况几个小时前打电话回来问情况时,她没有提到要外出。

他去炉子上烧水沏茶。他怀疑她是否在某个地方给他留了一张便条。一阵恐慌在他身上闪过,不知道宝宝是否发生了什么事。他检查了浴室。他回到卧室,这一次打开了灯。

梳妆台上有一把剪刀,通常是放在厨房抽屉里的,还有一团团她的头发。在地板的一个角落里,她所有的纱丽,以及她的衬裙和衬衫，都堆在那里，成了各种形状和大小的条带和碎片，仿佛这些织物被动物用牙齿和利爪撕碎了。他打开她的抽屉，看到里面都是空的。她毁掉了一切。

几分钟后，他听到她开锁的声音。她的头发直截了当地顺着颌骨垂下，大大改变了脸型。她穿着休闲长裤和一件灰色毛衣。衣服遮住了她的皮肤，但突出了乳房的轮廓，和肚子坚实的鼓胀。她大腿的形状。他把目光从她身上移开，虽然关于她乳房的想象已经进入他的脑海，显露了出来。

你去哪里了？

我从学生会坐公共汽车，进城去了。买了几件东西。

你为什么剪掉头发？

我厌倦了。

还有你的衣服？

我也厌倦了那些。

他看着她走进卧室，没有为她制造的壮观狼藉道歉，只是把刚买的新衣服收了起来，然后把那些旧东西塞进垃圾袋里。他第一次对她生气了。但是他不敢告诉她，她所做的事情是浪费，或者他觉得令人不安。这种破坏性行为对孩子并不好。

那天夜里，他睡在沙发上，第一次梦见了高丽。她的头发剪短了。她只穿了衬裙和衬衫。他和她一起在餐桌底下。他骑在她身上，光着身子，和她做爱，像过去和霍莉做爱一样。坚硬的瓷砖地板上，他的身体与她的结合在一起。

他醒了，糊里糊涂的，仍然情欲冲动。他独自一人躺在起居室的沙发上，而高丽在一门之隔的卧室里睡着了。他们结了婚，她现在是他的妻子，但他还是感到愧疚。

他知道现在还为时尚早。知道在婴儿出生之前接近她是错误的。他继承了弟弟的妻子；到夏天，他还会继承他的孩子。然而肉体上对她的需要——从梦中醒来，在他们既同居又分居的这套公寓里，他再也不能否认他也继承了这一点。

3

随着夏天临近，她开始在图书馆消磨更多的时间，因为这里有空调。在这个地方，她应该是匿名和勤奋的，专注于她面前的书页，仅此而已。

在她身边是一扇长长的矩形窗户，从地板直通天花板，望出去是校园。阳光越过几周之内就变得绿意盎然的树梢直射进来。坐在桌边，她可以看到周围的树林和田野。四方院现在已由白色绳索划分出界限，里面正在为毕业典礼摆放成排的白色折叠椅。

六月份图书馆就没人了。课程结束后，本科生消失了，这里几乎听不到一点声音。只有校园大钟的报时旋律在它的石塔上响起，提醒她又过了一个小时。图书馆里，木制推车的橡胶轮子吱吱作响，在这里那里停下来，将一本出借的书送回原处。

她常常一个人占据图书馆的一整层楼。这里的氛围有序而又清洁，就像在医院里，对健康只有好处。楼梯间贯穿建筑物的中心。敷有橡胶而易于攀爬的浅台阶，似乎是彼此分离的，却一路通到顶层。

她坐在哲学部附近，随意浏览书架上的书籍，阅读霍布斯、汉娜·阿伦特,记笔记,并总是将书籍归还到原来的地方。日光灯的安静嗡嗡声让她心绪平静,头顶上的荧光板就像冰箱里制冰格的放大版。她腰部以上由阅读小单间的三面墙包围着,面朝着空空的白色小间,而椅子的硬木紧贴着她的腰骶部。宝宝舒适地睡在她的身体里,给予她陪伴,但也同时不管她。

到了七月,回公寓那段短短的步行,在室外走了不到几分钟,她就大汗淋漓,感觉汗水顺着背部中央直往下流。空气十分潮湿,天有时看着要下雨,但就是下不下来。热的纯粹似乎使其他声音都静默了。

她曾在这样的天气里长大。但是这里,仅仅几个月前还冷得她出门就能看见呵出的白气,炎热却令人震惊地到来了,近乎怪异。

因为学期结束,某些校园大楼、某些宿舍和行政办公室已经关闭。她常常能够穿过校园,从图书馆回到公寓,而碰不到任何人。就好像正在举行罢工,或实施宵禁似的。她听到树丛中蚱蜢机械的尖叫声。它们高亢的声音就像间歇性的警笛,是那个平静的地方唯一的紧张因素。

宫缩开始于图书馆,比弗林医生预测的日子早了三天。她的双腿之间感到一股压力,婴儿的头就像一个铅球,突然间增加了十倍的重量。她回到公寓,打好包裹。然后等待苏巴什,她知道他很快就会回家。

痉挛痛得她弯下了腰,她抓着浴室里的毛巾杆,扯得它就要从墙上松脱下来。他一到,马上用手臂搂着她,护送她朝汽车走去，当她因为阵痛而被迫停步的时候陪她站着，让她紧紧抓住他的手腕。

急切地抓住仪表板，好像要把它推开；这是她能够撑住去往医院的旅程的唯一方式，她的身体眼看就要裂开，除非她保持那种姿势。

这时天空下起了一阵热气腾腾的瓢泼夏雨。它迫使苏巴什减慢车速，因为透过车窗，他都无法看清前面几英尺远的情况，尽管挡风玻璃刮水器不停地来回刮刷。她想象着汽车失控，滑进汽车迎面而来的逆向车道。

她想起离开加尔各答的那天晚上，去机场的路上有雾。那天晚上，她一直绝望地盼着穿过它，走出去。如今，尽管身体剧痛，尽管情势紧迫，她还是有一份心思希望汽车停下来。她心里希望怀孕简单地继续下去，让疼痛消退，让孩子不要出生。推延，哪怕是一点点时间，它的到来。

但是苏巴什靠在座位上，俯身向前，继续向前开，滚动的车轮溅起巨大的水花，直到那座位于山顶的小小砖楼医院进入视野。

是个女孩，正如她确信它一定是。她感到欣慰，自己的希望实现了，一个年轻版本的乌达安并没有回到她身边。而且在某种程度上，最好用苏巴什想到的名字给孩子起名，给他这个权利。

在她用力的时候，她咬紧牙关，她的身体痉挛，但她没有尖叫。这是傍晚八点钟，外面仍然很明亮，天已不再下雨。脐带被剪断，于是突然间孩子再也不是高丽的一部分了。其他人正在包裹她，清洁、称重和温暖她。过了一会儿，当苏巴什从候诊室被叫进来时，贝拉放在了他的臂弯里。

她梦见罗得岛海滩上的海鸥，尖厉地叫着互相攻击，血和羽毛飞迸，沙上散落着肢解的翅膀。再一次，因为已经是乌达安去世以后，她对时间、对未来的加速迫近，有了敏锐的意识。宝宝生活的时间，如此微不足道，却已经远远超越了她自己的生命。这就是为人父母的逻辑。

把她带回家后，他们忙着照顾她，苏巴什和高丽各有自己的方式。起初她还有点不肯与他分享贝拉，不愿意把他包含在完全属于她一个人的经历中。他做她的丈夫是一回事，做贝拉的父亲则是另一回事。他的名字出现在出生证上，一个无人质疑的错误，这是另一回事。

贝拉只是从她的身体寻找乳汁，她休息、偎依在高丽的乳房上。她婴孩的头脑里什么也没有。她的心脏只不过是泵血的工具。

她要求得很少，但她却要求了一切。有她在，全部时间和精力都要耗尽。它吸收了高丽身体的每一个粒子、每一条神经。但是医院的护士是对的，她不能事事都自己做。每次苏巴什接手，这样她可以休息一下，洗个澡或喝杯将凉的茶，每次她哭泣时，他把贝拉抱过去好让她不要掉眼泪，她都不能否认获得允许让开一下——无论多么短暂——的那种解脱感。

贝拉睡在两个枕头之间，枕头或左或右放置在她身边。她醒来时，会慢慢扭动脖子，蒙胧的眼睛会专注地搜索房间的各个角落，好像已经知道什么东西丢失了。

她睡觉时，她整个身体都在参与呼吸，就像动物或机器那样。这让高丽着迷，也让她放心不下：耗费巨大努力的每一次呼吸，一次接一次持续一生，吸取世界上所有人共享的空气。

怀孕期间，她感觉自己很能干。但是现在高丽意识到，她的一点点疏忽都会导致贝拉死于非命。带着她走出医院，穿过通向停车场的大厅时，身边络绎不绝的是看也不看一眼的人流，她吓着了，意识到美国绝不比任何别的地方安全。意识到除了苏巴什之外，没有人可以保护贝拉免受伤害。

她开始想象各种场景，不由自主却执着不舍。贝拉的脑袋向后咔嚓一声脖子折断之类的怪诞景象。贝拉靠着她的乳房睡着时，高丽想象自己也睡着了，忘记从她嘴里拔出乳头，结果贝拉窒息而亡。夜里，独自和她睡在卧室里，高丽开始担心贝拉会掉到地板上，或者自己会滚到她身上去，把她压坏。

他们带她去校园散步那天，高丽怀里抱着贝拉，站在学生会的露台上，等着苏巴什买可口可乐。起初她站在露台的边缘，但随后她就退回来了，害怕肌肉失去控制，害怕女儿掉下去。在夏末的闷热中站着，没有一丝微风，她还是害怕突然来一股风，将贝拉从她手中夺走。

那天晚上，在公寓里，知道她不应该这么做，但还想看看会发生什么，她稍微松开一点托着贝拉脖子的手，放松一下自己的肩膀。但求生是贝拉的本能反应。她立刻从沉睡中醒来，表示抗议。

高丽只有一种方法可以把这类想象减至最少，让她从这些冲动中解放出来。少抱贝拉,叫苏巴什替她抱。

她提醒自己,所有母亲都需要帮助。她提醒自己,贝拉是她和乌达安的孩子;苏巴什,尽管很有帮助,尽管熟练地进入了他的角色,却只是在参与而已。我是她的母亲,她告诉自己。我不必那么拼命。

如今,贝拉半夜里醒来哭闹的时候,他不用敲门就进卧室了。把她抱起来,在公寓里四处走动。他没想到她只有这么一点点。她唯一的重量似乎来自包裹着她的毯子,没有别的。

她好像已经认识他了。已经接受他,允许他不理会他只是叔叔、一个冒牌货的现实。她躺在一个平坦的摇篮里时——这是他盘起一条腿,再将脚踝放在对侧膝盖上形成的——她对他的声音有了反应。在他盘曲肢体做成的窝巢里,靠着他的大腿,她满足地躺着,用眼睛寻找他。他抱着她时很有使命感,这对她已经开始的生活特别重要。

一天晚上,他关掉电视,带着贝拉进了卧室。高丽背对着他,睡着了。他坐在另一边的床沿,然后向后靠,让贝拉潮湿的黑头靠在胸前,让她安静下来。他将双腿伸展在床上,好让贝拉伸直。

他一直躺在被子上,在黑暗中睁着眼睛。尽管贝拉憩息在他的身体上,但他对不再怀孕的高丽的意识却越发强烈。他的好奇心,对她的欲望,只是愈演愈烈。眼下,他惊叹她是如何生出这个睡在他身上、信赖而安静、脸颊扭向一边的孩子的。

他睁开眼睛的时候,贝拉已不在他的胸口上,而是在他旁边，在高丽的怀里吃奶。房间很暗，百叶窗放下来了。鸟儿在叽叽喳喳。他的身体很温暖，仍然穿着衣服。

儿点了？

早上。

他睡着了；他们在同一张床上度过了一夜。此时躺在她旁边，共享一张床单，而贝拉在他们中间。

意识到发生了什么事时，他坐了起来，向她道歉。

高丽摇了摇头。她正低头看着贝拉，但随后转过脸看着他。她伸出一只手，不是要抚摸他，而是给予他。

不要走。

她告诉他，房间里有他陪着，让人很安心。她说她准备好了，时间已经够长了。

她改变的外貌使一切变得更容易：她剪短的头发，婴儿出生后她再度憔悴的脸庞，她现在唯一穿的宽松裤子和上衣。还有贝拉出生的影响，她眼睛下方的阴影，她皮肤上的奶味儿，以至于她的身体更多地保留着他们现在分享的婴儿的印记，而非乌达安令她怀孕的事实。

起初她并没有表现出明显的欲望，只是愿意而已。然而，这种漠然和意愿的结合令他兴奋起来。他们给贝拉竖起了婴儿围栏，她在里面睡着时，床就是他们的了。

她趴着，或者侧卧。她背对着他，转过头，闭着眼睛。他把她的睡袍推到腰间。他看到了它逐渐变细的形状，那将她的背部分为两半的长而直的山谷。

在她里面,被她包裹,他担心她永远不会接受他,担心她永远不会完全属于他,即使在他呼吸着她头发的气味,手里紧握着她的乳房时。

她的皮肤光洁,色泽均匀。没有日晒痕迹,不像霍莉身体上到处都是瑕疵或斑点,她一个也没有。她的小腿上没有任何剃毛留下的破口,臀部和大腿也没有他预期发现的多刺纹理。它的柔软度几乎令人不安,软得就像不应暴露在外的小肚子。

然而它并没有因为他的体重而受伤,也没有因他的牙齿或手的压力而变红或肿胀。当他探究她时,她双腿之间咸咸的气味暂时转移到了他的手指上,而第二天早上,他再次寻找它时,这气味已不存在。

她没有和他说话,但是最初几次之后,她开始拿起他的手,放到她需要的地方。她开始转过来,跪在床上,面对着他。她有了这样的时刻,呼吸加快而清晰可闻,皮肤发亮,身体紧绷。

这是他觉得她完全没有抵抗他的唯一一刻。她看着他在她体外最后完事,一边擦拭溢出在她肚子上的东西,或者看着他将他欲望的证明引入窝起来的手心。当他瘫倒在她身上,再没有什么可以给予的时候,她承受着他的重量。

4

到了四岁，贝拉开始记事了。昨天这个单词进入了她的词汇，尽管它的含义是弹性的，与任何不再是这样的情况同义。过去压缩了，没有特别的次序，全都包含在这一个词里。

这是她用过的英文单词。在英语里，过去是单边的；而在孟加拉语里，昨天对应的单词，*kal* 也用于明天。在孟加拉语中，你需要一个形容词，或者依靠动词的时态，来区分已经发生和即将发生的事情。

时间为贝拉向相反的方向流逝。昨天以后的那天，她有时说。

发音略有不同，贝拉的名字，一种花名，本身就是表示一段时间、一天的一部分的单词。*Shakal bela* 意思是早晨；*backel bela*，下午。*Ratrir bela* 是晚上。

贝拉的昨天是她头脑里储存一切的容器。是以前有过的任何经验或印象。她的记忆很简短，内容有限。缺乏时间顺序，随机排列。

所以有一天，高丽正在梳理贝拉浓密头发里一个顽固的发结时，她告诉高丽：

我想要短发,像昨天那样。

贝拉梳短发是在好几个月前。而且最初,这还是高丽告诉她的。她解释说,需要不止一天的时间,头发才会再长起来。她告诉贝拉,她的头发短短的,也许是一百个昨天以前的事,不是一个。

但在贝拉眼里,三个月前和一天前都是一样的。

她因高丽的反驳而感到沮丧。失望就像一片乌云掠过她的脸。小脸没有高丽或乌达安的明显痕迹。她的前额怎么会微微凸起,她的眼内角怎么会下垂一点点?她双眼的位置是与众不同的。高丽意识到自己的太妃糖肤色与贝拉较浅的肤色之间的对比,这是贝拉从高丽的婆婆那里得到的奶油般的洁白。

我的另一件夹克在哪里?又一天贝拉问道,当时高丽正递给她一件新的。她们走在上学的路上。

哪一件?

昨天那件黄色的。

确实如此,前一年春天确有一件黄色的,带着一个毛茸茸的帽兜。现在给她穿太小了,已经捐给校园教堂,他们接收旧衣服。

那是去年的夹克。你三岁穿合适。

昨天我三岁。

她等待着贝拉停止在走廊里扭来扭去地行走。等她站定,高丽才好将她的手臂套进夹克的袖子里,她们才能继续前行。当贝拉抗拒时,她抓住她的肩膀。

好痛。你弄痛了我。

贝拉,我们在赶时间。

现在夹克是穿上了,但还敞着。贝拉想拉起拉链。她笨手笨脚地尝试,越发耽搁了时间,过了一会儿,高丽实在无法忍受,她把贝拉的手指掰开了。

爸爸让我自己做的。

你爸爸不在这里。

她使劲一拉,一直拉到贝拉喉咙的底部,也许有点用力过猛,几乎夹到了皮肤。她责备自己不耐烦。她不知道女儿何时才会明白自己刚才所说的全部含义。

把贝拉送进学校后,她在学生会买了一杯咖啡。每年夏天、冬天,学期开始的时候,常有上百名学生排起长队注册课程。高丽不时捡起遗弃在地板上的课程目录。她翻看哲学系开的课程,把有兴趣的圈起来。她还记得当初来到罗得岛以后,悄悄地溜去旁听古代哲学课。

那个学期,贝拉在校时段没有什么课程。高丽改为走路去图书馆,坐下来阅读。集中精力读书,即使只有一两个小时,也令她忘掉了任何其他义务。不知不觉那几个小时就过去了。

她看到了时间;现在她试图理解它。她的笔记本里写满了问题和看法。时间独立存在于物质世界中呢,还是头脑的理解中?它只是被人类感知吗?是什么原因导致某些时刻膨胀起来像好几个小时,而某些年头却缩短成区区几天?当动物失去配偶或者杀死猎物时,是否感觉到它在流逝?

在印度哲学中,三个时态——过去,现在,未来——据说同时存在于上帝里面。上帝是永恒的,但时间被人格化为死亡之神。

笛卡尔在他的《第三个沉思》中说,上帝在每个连续的时刻重新创造了身体。如此时间便是一种形式的食粮。

在地球上,时间是通过太阳和月亮,通过区分昼夜并催生时钟和日历的旋转标识的。现在是一个不停闪烁的斑点,亮起来暗下去,是既不活着也没死去的东西。它持续了多久?一秒?更短?它总是在不断变化;在思考它的那点时间里,它已溜走了。

她的一本从加尔各答带来的笔记本中,是乌达安手书的关于经典物理学定律的草记。牛顿理论认为时间是一个绝对的实体,一条以它自己的均匀速度流逝的溪流。爱因斯坦的贡献,是把时间和空间交织在一起。

他从粒子和速度的角度描述时间。一个瞬时事件之间关系的系统。所谓时间反演不变性,指的是当粒子的运动被精确定义时,前向和后向之间没有根本的区别。

未来常来困扰她,却又让她活下去;它仍然是她的食粮,同时又是她的猎食者。每一年都开始于一本没有标记的日记。时钟的一个打印、装订好的版本。她从来没有在里面记录过她的印象,而是用它们来写下创作草稿,或者计算总和。即使她还是个孩子的时候,她还没有翻过的日记的每一页,包含着她尚未体验的事件,都会令她充满焦虑。就像在黑暗中爬上一段楼梯。有什么证据证明下一个十二月还会到来?

大多数人相信未来,假定他们喜欢的未来版本将会展现开来。盲目地为它规划，向往并非如此的事情。这是意志的运作。这就是给予世界目的和方向的东西。不是已经存在的东西，而是并不存在的。

希腊人对它没有明确的概念。对他们来说，未来是无法确定的。在亚里士多德的教导里，一个人永远不能肯定明天是否会有一场海战。

在无知和希望中固执任性地期待——这就是大多数人的生活方式。她的公婆曾经期望苏巴什和乌达安在他们为之建造的房子里变老。他们想要苏巴什回到托利冈吉，跟另一个人结婚。乌达安为未来献出了生命，期待社会本身发生改变。高丽原本期待和他一直在婚姻里，不是两年时间都不到，而是永久厮守。在罗得岛，苏巴什正期待着和高丽与贝拉作为一个家庭生活下去。期待高丽做贝拉的母亲，也是他的妻子。

有时候，高丽从贝拉版本的历史中寻求到了安慰。据贝拉的说法，前一天乌达安可能仍然活着，高丽可能还是他的妻子，而实际上他被杀已经过去几乎五年了。她嫁给苏巴什几乎五年了。

那天晚上警察来抓乌达安，她从露台上看到的情景，如今在她的想象中形成了一个空洞。空间比时间更有效地隔离了她：罗得岛和托利冈吉之间遥远的距离。好像她的目光必须跨越海洋和大陆才能看到。这就导致那些时刻慢慢消退，变得越来越模糊，终于看不见。但她知道它们还在那里。奥古斯丁说，存储在记忆中的内容截然不同于特意记住的。

另一方面，贝拉的出生在高丽眼里依然像是昨天的事。那个夏天的晚上形成一幅生动的场景,似乎才刚刚发生。她回忆起去医院路上的雨,站在她身边护士的脸,窗外码头的景色。病号服贴着她的皮肤、一根针插在她手背上的感觉。似乎就在昨天,她第一次抱起贝拉,端详她。她记得怀孕的沉重突然之间消失了。她记得如此长相特别的存在,在她的体内待了这么长时间终于出现的时候,自己的惊讶。

中午她回到幼儿园接贝拉,这个职责一直是她的,从来不是苏巴什的。他在近五十英里外的新贝德福德做博士后。不必说,他在某个时间离开房子,又在某个时间返回,而其中的几个小时都是高丽负责照顾贝拉。

她会看到贝拉坐在她的小房间里,这个圈起来的地方,在高丽看来像一个小小的直立棺材。她穿好了夹克,等着,和她的同学一道排队。她没有冲进高丽的怀抱,像别的一些孩子那样,为他们制作的皱纹纸绘画,为他们收集并粘贴在纸上的树叶寻求赞美。她走过来,脚步谨慎,问高丽中午要给她做什么吃的,有时候问苏巴什为什么没来。她在学校里的活动报告,她的同学一见到父母嘴里就滔滔不绝的细节,她都守口如瓶。

她们一起回到公寓楼。在大厅,高丽打开标有米特拉的邮箱,那是她和苏巴什共有的名字。

在加尔各答,名字是用细毛笔十分仔细地画在木盒上的。可是在这里,却写得匆促潦草,一两个磨损的金属门还是空白。她拿出账单,一本苏巴什订阅的科学期刊。杂货店寄来的优惠券。

很少有寄给她的东西。只有马纳什偶尔来信。知道这些信件会勾起她什么样的回忆,她抗拒阅读它们。马纳什和乌达安一起在外祖父母的公寓里学习,而结果是乌达安和高丽慢慢彼此了解。这段时间她已在指尖之间碾碎,没有留下任何内容,只剩皮肤上一丁点保护性残留。

从马纳什那里,也从图书馆收到的国际报纸上,她得到一些消息。起初,她试图描绘可能正在发生的事情。但这些碎片太破碎了。太多人的鲜血,正在溶解那特定的血迹。

卡努·桑亚尔还活着,但关在狱中。查鲁·马宗达在他的藏身处被捕,投进了拉尔巴扎的监牢里。他死在加尔各答的警察拘留所,就在贝拉出生的同一个夏天。

乌达安那么多的同志仍然在监狱里忍受折磨。驻加尔各答的现任首席部长悉达多·尚卡尔·雷得到了国会的支持。他拒绝对那些死去的人进行调查。

这场运动业已引起了西方一些著名知识分子的注意。西蒙娜·德·波伏娃和诺姆·乔姆斯基曾致信尼赫鲁的女儿,要求释放囚犯。但面对不断加剧的反腐败、反失败的政府政策的抗议活动,英迪拉·甘地宣布进入紧急状态。审查新闻报道,对正在发生的事情封锁消息。

即使现在,高丽心里仍在期待乌达安传来一些消息。让他来认认贝拉和他们本应有的家庭。最起码,来承认她们的生活,不管意识到或没有意识到他,都已经继续了。

5

距离他撰写学位论文，一篇关于窄河中富营养化的分析报告，并完成答辩，已经过去两年了。那是1976年，美国建国二百周年。他来这里七年了。

他已将近五年没有回加尔各答。他的父母现在写信说想见见贝拉，但苏巴什告诉他们，她还太小，坐不了这么久的飞机，而且他的工作压力实在太大。他时常寄照片回去，仍然给父母寄钱，因为他的父亲已经退休。他感觉他们已经有所软化，但还没有准备好再次面对他们。在这件事上，他和高丽是同盟。

然而他还有不为人知的动机。他不愿意身处世上唯一知道他不是贝拉父亲的人周围。他们会让他想起自己的位置，他们会把他看作她的叔叔，他们永远不会认可他还有别的角色。

他正要结束在新贝德福德的博士后研究。他应邀参加一个环境清查项目。为了赚取一些外快，他晚上在普罗维登斯的一所社区学院教授化学。

他考虑过搬到马萨诸塞州南部，离工作地点近一些。但他的研究职位很快就会到期，而且他已经在罗得岛找到一套更大的公寓，仍然可以走路去主校区。位于纳拉甘西特的一个实验室有可能雇用他。既然贝拉正在大学托儿所上学，既然那里的生活他也已经很熟悉了，感觉留下来更简单。

他花了大约一个小时回来，开车经过福尔里弗的磨坊和工厂，经过蒂弗顿，穿过海湾上一系列桥梁。过桥进入大陆后，再走十分钟左右，来到一片安静的绿树成荫的建筑群，在一排兄弟会会所的后面，便是他们居住的地方。每天晚上看到贝拉，她似乎都微微有些改变——在他离开的几个小时里，她的骨骼和牙齿更加坚固，她低沉沙哑的嗓音变得更加有力。

她开始写她的名字，开始把黄油抹在吐司上。她的腿正在长长，虽然肚子还是圆圆的。她的背部长着柔顺的细毛，优美的线条沿着脊椎一路延伸。在背部中央形成一个完美的圆圈，就像她指尖的斗纹，或树皮上的涡旋。睡觉前他在肥皂泡浴缸中给贝拉洗澡，每次追踪它，毛发都会重新排列，而图样也就消融了。

虽然她学会了系鞋带，却分不清左右脚。她婴儿期的其他姿势还保留着——她想要什么东西的时候，伸出小手一抓一抓的样子。比如她够不着的一杯水。

她害怕打雷，即使没有雷声，有时也会在半夜醒来，大声喊他，或者直接走进他和高丽分享的房间，上床挤在他的身边。早晨，快要醒来的时候，她会趴着睡，双腿收进去，像一只小青蛙蹲在那里。

每天晚上，在贝拉的坚持下，他陪她躺着一直到她睡着为止。这提醒着他们之间的联系，这种联系错误而又真实。就这样夜复一夜，帮她刷完牙、换上睡衣后，他关掉灯，躺在她旁边。

贝拉指示他转身面对她,凝视着她,这样他们的呼吸混合在一起。看着我,爸爸,她低声说,话音里带着一种专注,一种天真,让他无法抵御。有时候她把他的脸捧在手里。

你爱我吗?

是的,贝拉。

我更爱你。

比什么更爱?

我比你爱我更爱你。

那不可能。那是我的工作。

但我比任何人爱任何人都更爱你。

他好奇如此强烈的情感,如此极致的奉献,怎么会存在于这么小的孩子身上。他耐心地等待着,直到她低垂眼睑,安静不动为止。她的身体总是稍微抽搐一下;这是深度睡眠在几秒钟内接近的迹象。

每个夜晚,尽管发生的是同样的事情,但它还是带来震惊。几分钟前,贝拉可能还在从床上往下跳,笑声充满整个房间。然而当她合上眼睛,那种活动的休止,感觉就像死亡一样令人不安,一样无法更改。

有些夜晚,他也在贝拉旁边短暂地睡着了。他小心翼翼地将她的双手从他的衬衫衣领上移开,又把毯子好好给她盖上。她的头被推回到枕头上,摆出既骄傲又投降的姿势。他只与另外一个人经历过如此的亲密。与乌达安。每天晚上,从她身边抽身出来,他的心总要停跳一刹那,不知道她了解他的真相那一天,会说些什么。

每到星期六，他和贝拉一起去超市；这是他们在公寓外单独相处的时间，这是一周里他最期待的时光。她已经坐不进购物推车前面的小孩座位，现在是站上去紧抓着推车靠背了，让他操纵推车，不时跳下来帮他挑选苹果，拿上一盒麦片、一罐果酱。

快点儿，她会坚持道；有时候，正巧过道里没有人，他便满足要求，向前冲刺一番，敷衍她一下。从这个意义上说，她有乌达安的典型特征，他给自己留下了一个生气勃勃的复制品。而苏巴什喜欢她这一点；她是如此自由地宣泄着自己的个性。

和他一起站在熟食店，她吃牙签戳起的小块奶酪，摆在托盘上一勺勺的土豆沙拉，粉红色的楔状火腿块。超市后面有一个自助餐厅，在这里，他请她吃一个热狗和一杯杂果潘趣酒，再一起分享一盘洋葱圈。

一天，他们买完东西，推着装满棕色购物纸袋的推车穿过停车场的时候，他看见了霍莉。

贝拉仍然紧抓着推车靠背，面对着他。那是一个很冷的秋日，天空明亮，海风强劲。

这么多年来，他一直小心翼翼地避开可能遇到她的地方，不再去看离她房子最近的盐池，确认她的车没有停在他们最初见面的海滩。

但是现在他看到了她，在这个他每周必来的地方。陪伴她的不是约书亚，而是一个男人。他搂着霍莉的腰。

这个男人是她的丈夫，就是约书亚房间那张照片中的同一张脸。现在更老一些,发际线后退,头发灰白了。

跟这个一度遗弃她、背叛她的男人在一起,她似乎很放松。她没有注意到苏巴什。他们穿过停车场时,他听到了她的笑声,看见她往后轻轻甩了一下头。认识她时,他还是二十几岁。她现在应该四十出头了;约书亚也满了十四岁,可以在他父母出去购物的时候独自待在家里。

他们之间的年龄差距对于苏巴什来说并不是问题。但他想知道她是不是因为这一点与他分手的;因为他曾经很不成熟,完全无法取代现在再次来到她身边的这个男人。

他们开始一起走向超市,霍莉放慢了速度,看着他,随后认出他来向他挥手,继续走近。她的金发剪成了另一种式样,脸周围层层叠叠的。她穿着木底鞋、喇叭裤、套颈毛衣,是更寒冷天气的衣服。此外她没什么改变。

你在看什么,爸爸?

没看什么。

那我们走吧。

他无法前进。现在要避开她为时已晚。

贝拉从推车的后部走下来,站在他旁边。他感觉到她靠在他的髋部。他抚平她的头发,搜索着她脖子底部的温暖。她的脸还很小,他的手可以托住一大半。

苏巴什,霍莉说。你有个小女孩了。

是的。

我一点不知道。这是基思。

这是贝拉。

他们握了握手。苏巴什怀疑基思是否知道他和霍莉一起度过一段时间。霍莉把贝拉搂过来，赞赏她。

你结婚多久了？

大约五年。

你总算决定留下来了。

决定了。约书亚还好吗？

长到我这儿了，她说，用手比画着他的身高。

她伸出手，一瞬间碰到了他的手臂。她看起来真的很高兴见到他，见到贝拉。他记得她特别喜欢听他谈论他的童年，谈论加尔各答。她还记得什么呢？他从来没有告诉她乌达安已经死了。

很高兴遇到你，苏巴什。多保重。

虽然嫉妒本不应该爆发，但当他们从他身边走过，当他推着装满杂货的推车走向他的汽车时，他感觉到了它的控制力。他看到她原谅她的丈夫并不仅仅是因为约书亚。他们仍然彼此相爱。

苏巴什和高丽在晚上共用一张床，他们有一个共同的孩子。大约五年前，他们就已经开始了作为夫妻的旅程，但他还在等着和她一起到达某个地方。在这个地方，他将不再质疑他们所做的一切的结果。

她从来没有表示过任何不快乐，她没有抱怨。但是乌达安寄来的照片中那个微笑、无忧无虑的女孩，已经成为苏巴什对她的第一印象，他也曾希望能够发掘出来——她的这一部分，他从来没有见过。

还有一件事情遗漏了,这件事情令他感到更加困扰而无法承认。他讨厌思考它。他讨厌记住母亲做出的可怕预言。

但不知何故,他的母亲已经知道了。那便是苏巴什对贝拉的深切爱怜,这种爱怜他不可能配给供应或者限定规模,但在高丽那一边却是不一样的。

尽管她妥善照顾了贝拉,尽管她保持贝拉清洁,给她梳头、喂食,但她似乎总是心不在焉。当她端详贝拉的脸时,苏巴什极少看到她微笑。他极少看到高丽不由自主地亲吻贝拉。相反,从一开始,就好像她把他们的角色交换了,就好像贝拉只是亲戚的孩子而不是她的亲生。

带着贝拉去海滩,他意识到很多家庭赶来罗得岛,是为了加强他们的亲密关系。对于这么多人,它就像一个神圣的仪式。

苏巴什和高丽从来没有带着贝拉一起度假。苏巴什从来没有提议,也许是因为他知道这个想法不会吸引高丽。他放假的时间和贝拉一起度过,载着她一天到处跑。他无法想象他们三个人一起探索一个新地方,或者像他的一些同事那样,与另一个家庭同租一幢度假别墅。

他希望到现在高丽已经准备好和他一起生孩子,给贝拉一个伴。有一天他甚至建议说,他不想剥夺贝拉拥有兄弟姊妹的权利。他相信如果他们是四个人而不是三个,定将纠正这种不平衡。定会缩短他们的距离。

她告诉他,再过一两年,她会再考虑的;说她还不到三十岁,还有时间生孩子。

因此,他继续怀抱希望,虽然每个月,在药柜里,都是一包新的避孕药。

他不时担心他唯一的那次反叛行为——与她结婚,已经失败了。他曾预期当时她会更不愿意,而不是现在。他有时怀疑她是不是后悔了。这个决定是不是做错了,做得太匆忙。

她是乌达安的妻子,她永远不会爱你,他的母亲曾告诉他,试图劝阻他。在他勇敢抵御母亲的时候,他确信情况会是另外的样子,他能够带给高丽幸福。他决心证明他的母亲是错的。

为了迎娶高丽,他已经连累了他与父母的关系,也许是永久性的,他不知道。但他现在是父亲了。他再也不能想象他没有迈出那一步的生活了。

6

跟我玩,贝拉会说。

如果苏巴什不在家,她会去寻找高丽的陪伴,要求她坐在贝拉房间的地板上。她要她在棋盘上移动棋子,或者帮她给洋娃娃穿衣脱衣,用力把衣服拉上拉下她们硬挺的塑料四肢。她面朝下摊开几十张相同的卡片,这是一个记忆游戏,她们要找到匹配的对子。

有时候高丽让步了,她还不肯放下正在阅读的一本书,轮到贝拉的时候她偷偷看上几眼。她玩了,但这从来不够。

你没有注意,高丽走神的时候,贝拉抗议道。

她坐在地毯上,意识到了贝拉的责备。她知道,一个弟弟妹妹也许可以减轻她以这种方式陪贝拉玩的责任。她知道,这是人们要一个以上孩子的部分动因。

苏巴什向她提起这个话题的时候,她没有告诉他,她已经想好了:虽然她第二次做了妻子,但再次成为母亲,却是她生命中已下定决心阻止发生的一件事。

她和他睡觉了,因为不这样已经越来越难。她想终结他的期望,那种期望她已经开始从他身上感受到了。还想熄灭乌达安的幽灵。想扼杀萦绕她心头的问题。

他们做爱完全没有让她想起乌达安，以至于到头来，他们曾是兄弟的事实都不那么奇怪了。有的只是寻求快乐的专注，而他们一旦完事，那种酥麻的效果，便除去了她大脑中所有特定的念头。它带来了坚实、无梦的睡眠，而平时她总是失眠。

他的身体是一个不同的身体，多了些犹豫，却也更专注。经过一些时日，她开始回应它了，甚至渴望它，就像她怀孕时渴望食物的奇怪组合。因为苏巴什，她明白了一个意在表达爱情的行为可以跟爱情完全无关。她的心和身体是不同的东西。

她看到学生会贴有临时保姆的广告，有学生和教授的妻子提供服务。她开始写下一些姓名和电话号码。

她问苏巴什他们是否可以雇一个人，好让她有时间听听每周两次的德国哲学概览课程。虽然贝拉现在五岁了，在上学前班，但她还是只去学校半天。高丽说这是一个合理的解决方案，考虑到苏巴什很忙，而他们都知道没有别人可以帮忙。

他告诉她不行。并不是因为要花钱，而是在原则上，不想付钱请陌生人照顾贝拉。

在这里很平常，她说。

你在家陪她，高丽。

虽然他曾鼓励她在空闲时间去逛逛图书馆，不时听听讲座，但她意识到他并不认为这是她的工作。虽然他向她求婚时曾告诉她，可以在美国继续她的学业，但是现在他却说，她应该优先照顾贝拉。

她不是你的孩子,她想说。要提醒他事实真相。

然而这当然不是事实。几个星期前,在贝拉的芭蕾舞表演会上,苏巴什迟到了几分钟,但等他入座向她挥手时,高丽看到了她的变化;贝拉满心装的都是他,她的下巴藏进肩膀,羞怯地只为他表演。

几天后,她再次提起这件事。

这对我很重要,她说。

他愿意妥协,于是告诉她,他会尝试重新安排日程。他开始在某些早晨提早出门,然后一周几天到了半下午就回来。她注册了课程,然后去书店买了一篮子书。《道德谱系学》《精神现象学》《作为意志和表象的世界》。她买了一包钢笔和一本字典。一本带有大学印章的线装笔记本。

和贝拉在一起,她意识到时间并没有流逝;意识到天空还是在又一天结束时暗下来。她意识到公寓里完美的沉静,充满了她和贝拉分享的孤独。她和贝拉在一起的时候,即使并没有互动,她们也仿佛只是一个人,被一种依赖紧紧约束在一起,精神上、身体上都受到限制。有时候,她感到如此紧密相连,却又如此孤独,令她不胜惊恐。

平日,她去校车站接贝拉,带她回家,一到家就直奔厨房,洗完早上还没收拾的碗碟,然后开始做晚餐。她量出每晚如此的一杯米,浸泡在厨台上一只平底锅里。她将洋葱和土豆去皮,再挑选小扁豆,准备又一个晚上的晚餐,然后喂贝拉。她从来无法理解为什么这套相对没有挑战性的家务竟然如此无休无止。

一切都完成后，她不明白为什么这些事让她筋疲力尽。

她等待苏巴什接手，允许她离开，去上课或到图书馆学习。因为在公寓里没有用功的地方，没有可以关闭的房门，没有可以放置她的东西的书桌。

她嫉妒苏巴什上班的时候可以不在家，能够来去自由，不用理会别的。对于他去实验室之前和贝拉享受的一些早晨的时光，她心怀怨恨。

她怨恨他要离开两三天，去参加海洋学会议或到海上进行研究。因为他本人并没有任何过错，等他真的出现时，有时她几乎无法忍受看到他的身影，或者容忍他的声音，而这声音一开始是吸引她的。

她开始和贝拉一起很早就吃晚餐，把苏巴什的饭留在炉子上。所以，几乎是他一到家，高丽就能收起手提袋走人。她的脸上感觉到傍晚清新的空气。在春天是鲜亮的，到秋天暗黑而又寒冷。

起初只是有课的那些晚上，随后就是一周每个晚上都在图书馆度过，远离他们。苏巴什很高兴陪贝拉玩，也就随她去了。于是，她感到被一个没有做出任何惹恼她的事的男人惹恼了，感到被贝拉惹恼了，而贝拉甚至不知道这个词的含义。

然而最严厉的惩罚存在于她的内心。她不但为自己的情绪感到羞耻，而且惊恐于乌达安留给她的最终而长期的任务，把贝拉抚养成人，并没有给她的生活带来意义。

刚开始，她还告诉自己，这就像是东西放错了地方：一枝最喜欢的笔，楔入沙发垫之间，或者凑巧躺在一捆报纸底下，几周以后就出现了。一旦找到,就再也不会丢失。找寻这样一个放错地方的物品只会把事情搞得更糟。如果等待的时间足够长,她告诉自己,它自然就在那里。

然而它并没有出现;五年之后,尽管这么长时间她和贝拉一直在一起,她曾经感受到的对乌达安的爱却拒绝自我重建。相反,她感到越来越麻木,而这种麻木抑制和损害了她爱的能力。

在那件天底下所有女人不用尝试都能做好的事情上,她正在走向失败。这本来不应该是一场挣扎的。即使她自己的母亲没有完全抚养她,也爱过她;那是毫无疑问的。但是,高丽害怕自己已经沉沦到这样的地步,从此再无可能游到贝拉身边,把她抓住了。

她对乌达安的爱也不再是清晰可辨或完整无缺的了。愤怒总是骑在它上面,像一些无助的交配着的昆虫一样歪歪扭扭地穿过。恼怒他本可以活着的时候却死了。带给她快乐,随后又将快乐带走。信任她,结果却是背叛。相信奉献,到头来却是如此自私。

她不再寻找他的征象了。那种他也许会在一个房间里,在她伏案工作时监督着她的一闪念,已不再是一种安慰。在某些日子,已经可以不去想他,不必记起他了。他没有任何方面来到了美国。除了贝拉,他拒绝在这儿加入她。

哲学系的女性只有秘书。教授和她班上的其他学生都是男性。这是一个小团体,连教授在内七个人。他们很快就叫得出彼此的名字了。他们喜欢就反实证主义、就实践展开争论。就内蕴性与绝对性。他们从未征询过高丽的意见，但是当她开始参与讨论的时候，他们倾听，惊讶于她知道很多，有时候足以证明他们是错的。

她的教授奥托·韦斯是个矮个子男人，口音很重，讲话慢条斯理，戴着金丝边眼镜，满头锈色的卷发。他的穿着比其他教授更正式。皮鞋总是擦得锃亮，穿一件夹克，领带用领带夹固定。他出生在德国，小时候进过集中营。

当一个学生问起他何时离开欧洲的时候，他简要讲述了一下这段经历。我从不想它，他告诉全班同学。好像在说，不要怜悯我，虽然他的家人在集中营获得解放之前都已经死亡，虽然他的手臂上还有一个识别号码，一个隐藏在衣服底下的文身。

他也许只比高丽大十来岁，但似乎具备另一种感悟力，像是另一代人。来美国之前，他曾在英国生活过。他在芝加哥大学完成了博士学位。他说，他将永远不回德国。开课第一天点名，他没有任何犹豫地叫出了她的名字。她没有必要纠正他的发音，她容忍大多数美国人对她的婚后姓氏的念法。

他讲课时不看任何笔记。虽然引导他们仔细阅读他所分派的文本，但他似乎对学生们所说的内容更感兴趣，他们讲话时他常在白纸上做几条记录。他读过《奥义书》，谈到这些书对叔本华的影响。她对这个男人感觉到一种亲近。她想要取悦他，想个办法向他致敬。

学期结束时，在写过一篇比较尼采和叔本华的循环时间概念的论文后，她应教授的要求课后来到他的办公室。她花了好几个星期写作这篇论文，先手写出来，然后在厨房餐桌上用苏巴什的打字机打出清样。四周都是厨房电器，头顶上是荧光灯具的线缆。她熬了一个通宵才完成这件任务。

她看到页边挤满了批语，倾斜的评论实际上构成了边框。

这是雄心勃勃的材料。有人也许会说自以为是。

她不知道该如何回应。

你认为你成功了吗？

她还是不知道该说些什么。

我要一篇十页的论文。你写了近四十页。然而，你还是完全没能证明你的观点。

对不起。

不要道歉。我总是很感激教室里有一个知识分子。对黑格尔如此深刻的理解，我还没有在这里的学生中遇到过。

他扫了一下文章的某些部分，一只手指在文字下面游走。它需要修改，他说。

我可以下周改好吗？

他摇了摇头，两只手互相搓着。我已经上完了这门课。我建议你把这篇论文放在抽屉里，几年之内不要再看。

她以为他也要搓搓她的手。她感谢他开了这门课。她站起来准备走。

是什么让你从印度来到罗得岛？

我丈夫。

他是做什么的？

他也在这里学习。

你们在美国相遇？

她转过脸去。

我问了不该问的事情吗？

他很有耐心，坐在椅子上稳稳地凝视着她。他没有强迫她。但他似乎感觉到她还有话要说。

她再次转向他。她看着他身后的书籍，堆在桌子上的论文。她看着他挺括的衬衫，袖口遮住了手腕，就在夹克袖管结束的地方。她想到了他所经历的事情，那时他还不到贝拉的年龄。

我的第一任丈夫被杀了，她说。我看着事情发生的。我嫁给他的哥哥，逃出了那个地方。

韦斯继续看着她。他的表情没有改变。过了一会儿，他点了点头。她知道她说得已经够多了。

他站起来，走到办公室的窗户边。他拉起窗户，开了一个小缝。

你能阅读法语或德语吗？

不能。但我学过梵文。

两种语言你都需要，才能继续下去，但对你来说很简单。

继续下去？

你应该进博士项目，米特拉夫人。他们这里没有提供。

她摇了摇头。我有一个小女儿，她说。

啊，我没有意识到你是一个母亲。你得带她来看我。

他转过办公桌上一个相框，向她展示他的家人。他们站着，背对秋天的山谷，一片绚烂的红叶。一个妻子，一个女儿，两个儿子。

有了孩子,时钟就会重置。我们也就忘了之前的事情。

他回到办公桌前,写下他推荐的几本书的书名,告诉她哪些章节最重要。他从书架上取下自己的阿多诺和麦塔格特著作藏本,其中有他的注释,借给她。他还给了她几本《新德国批评》杂志,指出她应该阅读的一些文章。

他告诉她继续在这所大学选修高级课程,说这些课程可以计入硕士学分。之后,他可以给一些适合她的博士项目打电话,一些她可以通勤的大学。他会负责她获得录取。这将意味着数年之内每周需要旅行几次,但她可以在任何地方撰写毕业论文。到时候,他愿意做她的答辩委员会成员。

他把论文递还给她,然后站起来同她握手。

7

公寓大楼前面是一片宽阔的斜坡草坪。校车停在草坪的另一边。在一年级的头几天,高丽带着贝拉走过草坪,和她一起等校车,把她送走,然后下午再来,接她回家。

接下来的一周,贝拉说她想自己走到校车站,像公寓楼里其他小孩那样。有一两个母亲总是会去,她们告诉高丽,她们很乐意确保每一个孩子都安全上车。

尽管如此,当贝拉沿着公寓楼底下的小路走过草地时,高丽还是留心着。她把读书用的餐桌搬到了窗户旁边。校车总是在同一时刻到来,只需等候五分钟左右。放在人行道上的午餐盒标出了孩子们排队的位置。

她很感激早晨例行程序的这个微小变化。在坐下来学习之前,她不必穿好衣服,不必走出公寓并与其他母亲闲聊,这就很不一样。她在上韦斯教授的一门独立课程,正在读康德,这是她第一次开始领会康德的思想。

一天早上,一夜的倾盆大雨之后,仍在下着小雨,她把贝拉的午餐盒递给她,让她去上学。她还穿着睡袍,一件长袍。这一天都是她自己的,直到三点贝拉放学,校车将把她放下来,她将穿过斜坡草坪返回。

但是今天,才过了一分钟就有敲门声。贝拉回来了。

你忘了什么吗?你想要戴雨帽吗?

没有。

那是怎么回事呢?

过来看。

我正在做事情。

贝拉拉着她的手。妈,你一定要来看。

高丽换下长袍和拖鞋,穿上雨衣和靴子。她走到外面,打开一把雨伞。

外面,空气潮湿,弥漫着一股浓厚的鱼腥味。贝拉指着那条小路。小路覆盖着大量死亡的蚯蚓;他们从潮湿的土壤中钻出来,死在这里。不是两三只,而是成百上千。有的紧紧卷曲,有的被压扁了。它们玫瑰色的身体,它们的五颗心脏,被撕开了。

贝拉紧紧闭上了眼睛。见到这个景象,她退缩了,抱怨着那股气味。她说她不想踩到它们。而且她也害怕走过它们钻出来的草坪。

为什么会这么多?

这个情况有时会发生。地里太湿的时候,他们就出来呼吸。

你抱我过去好吗?

你太大了。

那我可以待在家里吗?

高丽抬头望望其他孩子站立的地方,他们戴着帽兜,打着雨伞。他们好像都过去了,她说。

求求你，贝拉的声音很小。泪水涌了出来，从她的脸上滑下。

若是另一位母亲，可能已经纵容她了。若是另一位母亲，可能已经把她带了回来，让她待在家里，逃掉一天的课。若是另一位母亲，与她共度时光，可能并不认为是浪费。

高丽记得去年冬天那些日子，雪下得特别大，几乎一切都关闭了，当时苏巴什是多么快乐。整整一个星期，他在家里和贝拉一起，这几天便成了他们的假期。玩游戏，读故事，冒着雪带她到校园里玩。

于是她又记起了另一件事。在镇压的高峰期，党员的尸体留在溪流中、留在托利冈吉附近田野里的景象。他们是警察留下来的，为的是震慑人们，让他们反感。为的是明确指出那个党不会幸存。

校车正在靠近。

来吧。

但贝拉摇了摇头。不。

如果你不上校车，我们就要走路去学校了。路上的蚯蚓比这还多。

贝拉仍然不肯动步，高丽一把紧紧抓住她的手，差点让她绊倒，就这样把她拖了过去。贝拉出声地哭起来，非常难过。

聚集在校车站的其他母亲和孩子们都转过头来。校车停了下来，门开了，其他孩子上了车。司机在等她们。

不要出洋相，贝拉。不要做懦夫。

我是看着你父亲在我眼前被杀的，她恨不得说。

我不喜欢你,贝拉哭喊道,从她手里挣脱。我永远不喜欢你,一辈子不。

她跑到前头去了。召唤她的母亲之后,旋即又丢开了她。她不想让高丽陪她走剩下的路。

* * *

这是孩子脾气,装腔作势,华而不实。到了下午,贝拉回家的时候,那段插曲早就忘掉了。但贝拉的话已经像一个预言弥漫在高丽的心里了。

我希望她知道,那天晚上,她告诉苏巴什。这时贝拉已经上床睡觉,她停下手头的论文打字工作,休息一下。苏巴什坐在餐桌旁,正在支票簿上计算余额,支付账单。

知道什么?

我想告诉她乌达安的事。

苏巴什盯着她。她看到了他眼中的恐惧。她记得乌达安躲藏在水葫芦底下,而枪口抵着她喉咙的情景。她意识到武器如今在她手中了。对他来说重要的一切,她都可以带走。

这是事实,她继续道。

他摇了摇头。他的表情发生了变化。他站起来面对她。

她应该知道,苏巴什。

她还太小。她才六岁。

那要等到什么时候?

等她准备好了。现在讲只会伤害大于好处。

她本来打算一定要这么做,把他们生活的虚假外衣剥掉,然而她知道他是对的。贝拉不可能承受它。而且,它也许会损害苏巴什和贝拉之间的联盟,而这是她越来越依赖的。这会导致贝拉以另一种方式看待苏巴什。

那好吧。她转身要走。

等等。

什么?

你同意我的看法?

我说过是。

那你答应我一件事。

什么事?

承诺你不会单独告诉她。承诺我们到时候一起做这件事。

她答应了,但她感受到了它的压力,这压力在她内心沉落。那是维持他是贝拉父亲这个幻觉的压力。总是沉入底部而不是浮出表面的压力。

她意识到,这是他继续有求于她的唯一一件事。他要开始放弃其余的了。

她注意到一个男人在看她,在她经过时微微转过一下头。他的眼光闪烁,虽然他从来没有停下来自我介绍——他没有理由这样做。她知道校园里没有太多女人看着像她那样。大多数印度女性都穿着纱丽。但是,尽管她穿着牛仔裤、靴子和系带开襟衫,或者也许正因为如此,高丽知道自己是十分显眼的。

起初,她发现他没有身体上的吸引力。五十多岁的男人,她猜想,腰部有点臃肿。眼睛很小,高深莫测。苍白的头发有点上翘。一张薄薄的嘴巴,脸部皮肤起了皱纹,似乎有些干燥。

他穿着一件棕色的灯芯绒夹克,下面是一件毛衣。他手里拿着一个破旧的皮制公文包。尽管他们以滑稽的可预测性擦肩而过,互相都知道对方,但她从未见过他的笑容。

她假定他是一名教授。她不知道他是哪个系的。有一天,她注意到他的手指上戴着结婚戒指。她常在去德语课的路上看到他,总是走过同一段小路。

有一天,她回头看着他。盯着他,挑战他停下来,说点什么。她不知道自己会做什么,但她开始想要这种情况发生,希望它发生。看到他时,她感觉到身体有了反应,心跳加速,四肢紧绷,两腿之间开始潮湿。

在床上找苏巴什的时候,她假装是和这个男人在一起,在酒店房间,或者在他家里。感受他的嘴巴,他的性器顶着她自己的。

每个星期三是她看到他的日子,她开始为这场遭遇做准备。上课时间是在上午,这就意味着还有时间。一个小时多一点,跟他走再回来,赶在接贝拉之前。在星期二,她准备了很多东西,超出第二天晚餐之所需,就算她的日程安排中还有潜在疏忽也没问题。

然而,她下一次看到他却是在一个星期一的下午,在校园的另一个地方。她从背后认出了他。半个小时之后她需要接贝拉,现在正在去图书馆借一本书的路上,但她立刻改变了路线,开始尾随他,紧赶几步追上去,同时保持距离。

她跟着他进了学生会。她觉得她的顾忌在溶化。她会走上前去,看着他。你好,她会说。

她跟在他身后,进入那个两室的房间,里面摆满了沙发,四个角落都有电视。他停下来,拿起一份校园报纸,浏览了片刻。然后,她看到他走向一张沙发,靠过去亲吻一个正在等待的女人。抚摸她的膝盖。

她逃到她能想到的唯一地方,那个特大的女厕所。她推开沉重的门,穿过休息室厚厚的地毯,把自己锁在一个隔间里。她独自一人,邻近的隔间里没有人,她情难自禁,她把手伸进衬衫,摸到乳房,爱抚它,另一只手拉开牛仔裤,钩起手指越过骨脊,她的前额靠着门上冰冷的金属。

没过多久,她让自己平静下来,结束这件事。她在水槽里洗手,抚平头发,看见脸上升起了红晕。她大步走过休息室,没有检查那个男人和他的同伴是否还坐在那里。

接下来的星期三,她选择了另一条路线去上课。她确保再也不会遇到他,如果看到就朝相反的方向走开。

一天下午,贝拉正拿着一把剪刀、一本纸娃娃书专心忙碌着。这是七月间,贝拉的学校放长假关闭了;大学校园也一片安静。苏巴什在普罗维登斯教授暑期课程,其余的时间都花在纳拉甘西特的一个实验室里。高丽这些日子都和贝拉一起度过,没有汽车,任何地方都去不了,她没法喘口气。

高丽坐着,旁边放着她自己的书,斯宾诺莎的《伦理学》,她试图读完一个章节。但是事情在开始发生变化:越来越有可能一边读书，一边陪着贝拉了。有可能在一起，各忙各的。

电视机关了，公寓十分安静，除了贝拉的剪刀慢慢切过厚纸片发出的时断时续的声音。

高丽去厨房泡茶，发现她们没有牛奶了。她回到起居室。她看到贝拉的后脖子，弯腰忙着她的任务呢。她正在自言自语，在纸娃娃之间以不同的声音进行对话。

穿上你的鞋子，贝拉。

为什么？

我们要出去。

我很忙，她说，突然间听起来像一个十二岁而不是六岁的女孩。就好像，她的剪刀咔嚓一声，就切掉了对高丽的需要，把她消除了。

她有了主意。商店就在公寓大楼后面，步行两分钟。她可以从厨房的窗户看到它，经过垃圾桶、冷饮出售机以及停在后面的汽车。

我正要下去取邮件。

她没有停下来考虑清楚，就锁上门走了出去。她走下台阶，穿过停车场，走进绿叶婆娑的炎热夏日。

她一溜小跑过去。她的双脚十分轻盈。在商店里，她觉得自己像个罪犯，担心站在收银机后面的老人——他总是对贝拉很好——以为高丽在偷窃她要来买的牛奶。

今天你的女儿在哪里？

和一个朋友在一起。

他微笑着从收银机旁边那只小碗里拿出一块薄荷糖，递给她。告诉她是我给她的。

她很快却又仔细地数出了她的零钱。这笔交易让她不堪重负,就像她第一次来到这里那样。她记得说谢谢你。到达公寓大楼之前,她扔掉了糖果,把牛奶藏在了手提包里。

第二天,她安顿贝拉坐在咖啡桌旁,前面是电视机。她考虑到每一个细节:一杯水以防她口渴,一大盘饼干和葡萄。额外的几支铅笔,以防她正在画的那支碰巧折断了笔芯。半个小时的精心准备,只为了让她离开五分钟。

五分钟翻倍至十分钟,有时候更多一点。十五分钟可以独自一人,清醒一下头脑。现在是时候穿过四方院跑到图书馆还一本书了,这件简单差事她本来可以任何时候做的,但她决心就在那一刻完成。是时候去邮局寄一封信,要求奥托·韦斯建议她考察的博士学位项目中的一个给她寄送申请表。是时候推测,没有贝拉和苏巴什,她的生活可能会是另一个样子。

它变成了一个挑战,一个待解决的难题,让自己保持敏锐。一场秘密赛跑,她被迫一次又一次地跑,确信如果停下来,她表演技艺的能力就将失去。出去之前,她核实炉子关火,窗户关严,刀子放在拿不到的地方。倒不是因为贝拉就是那种孩子。

于是下午就开始成这样了。不是每天下午,但足够经常,太经常了。被自由的感觉弄得晕头转向的,像乞丐吞噬食物那样吞噬那种感觉。

有时候,她只是走到商店然后回来,不买任何东西。有时候,她确实收到了邮件,然后坐在校园的长凳上分类整理。或者她去学生会,拿一份校园报纸。然后回到楼里,冲上楼梯,既得意扬扬,又被自己吓得心惊胆战。她打开门锁,贝拉就在那里,就像她离开时那样。从来不怀疑,从来不问她去了哪里。

然后那个夏季的一天,苏巴什比往常早回家,打算利用这最后的温暖天气,带贝拉去海滩玩。

他发现贝拉隐藏在一个帐篷底下,这些帐篷是她有时候从床上取下毯子,盖在客厅的沙发和咖啡桌上搭成的。她满足于钻进这种结构里面,自己玩耍。

她告诉他,妈妈取邮件去了。但是高丽并没有在楼下。苏巴什知道,因为他自己刚刚取了邮件再上楼的。

十分钟后,高丽带着报纸回来了。她没有注意到苏巴什的车停在停车场。因为他没有打电话说要早点离开,所以没有理由去考虑他已经在家了。

她在那儿,她进门时,贝拉说道。看吧,我告诉过你她总是会回来的。

但是,苏巴什正站在窗口,背对着房间,他过了好几分钟才转过身来。

起初他没有说什么责备她的话。一个星期,他唯一的惩罚就是拒绝说话,拒绝向她打招呼,正如她的公婆在乌达安被杀后无视她那样。和她一起住在公寓里,就好像她是透明人,好像只有贝拉在那里,他的愤怒被遏制着。打破沉默的那天,他说,

我的母亲是对的。你不配做母亲。这个特权在你身上是浪费了。

她道歉,她告诉他这种事再也不会发生了。虽然她怀恨他

侮辱了她，但她知道他的反应是合理的，而且他永远不会原谅她所做的。

虽然继续住在同一栋房子里，他背离了她，就像她曾背离他一样。她一直在他们的婚姻中为自己寻求的宽阔席位，他现在心甘情愿地给予了。他不再想在床上碰她了，他不再提及第二个孩子的可能性了。

第二年春天，她获得波士顿的一个博士项目的录取，而且他们愿意支付她的生活费，他没有表示反对。她开始每周两天搭乘公共汽车去那里，有时安排本科生在她离开的日子照顾贝拉，他什么也没说。他并没有因为她造成中断，或者因为她想在外面度过那段时间而挑剔她。

因为贝拉，他们没有讨论分居的可能性。他们婚姻的核心就是贝拉，尽管高丽已经造成了破坏，尽管她有了新的日程安排，来来往往，但贝拉的事实仍然存在。

此外，她是一名学生，没有收入。像贝拉一样，没有他，高丽将无法生存。

伍

1

水面每天都在缩小：通过露台格栅看过去，水又少了一点点。比卓利看着房子前面的两个池塘，以及池塘后面的大片低地，都被垃圾堵塞得满满的。旧衣服，破布，报纸。妈妈奶品的空袋子。好立克的瓶子，伯恩维塔麦芽饮品和爽身粉的铁罐。吉百利巧克力的紫色箔纸。盛过路边茶水和加糖酸奶的破黏土杯。

垃圾堆在水边形成一道加厚的堤岸。远看有些发白，走近则色彩斑斓。甚至她自己的垃圾最后也扔在了那里：饼干或黄油块的包装纸。又一管挤扁的宝罗兰牌消毒膏。她头上脱落的一丛丛焦脆的头发，从她的梳子上扯下来的。

人们一直都把垃圾扔进这片水体。然而现在垃圾的积聚却是故意的。这种非法活动发生在整个加尔各答的池塘和稻田。它们正在被推动者堵塞起来，好让城市沼泽般的土地干硬起来，从而可以建立新的城区，建造新的住宅。繁育新的一代。

这种情况大规模地发生在北部，在比丹纳加尔镇。她在报纸上读到过报道，荷兰工程师正在铺设管道，从胡格利河引来淤泥，堵塞湖泊，将水面变成陆地。他们已经在那个位置建立了一个规划城市，叫作盐湖城。

很久以前，他们第一次来到托利冈吉时，水是清澈的。炎热天气，苏巴什和乌达安曾下到池塘里凉快一下。穷人在那里洗澡。雨后，洪水将低地变成一个漂亮的地方，到处是水禽，水清得足以反射月光。

剩下的水已经缩小为中央一口绿色的井，深暗的绿色，令她想起军用车辆。冬天，太阳的热度强烈，而大部分低地变回淤泥时，她看到一些水坑里的水就在她眼前蒸发，好像地面冒着蒸汽。

尽管垃圾遍布，水葫芦仍然在生长，顽固地扎根。推动者想要这片土地，必须用火焚烧才能根除，或者用机器挖走。

在某个钟点，她从椅子上站起来。她下楼去院子里摘了几朵万寿菊和茉莉花，握在手心里。今年冬天，她丈夫的大丽花还在盛开，惹得人们从墙外窥视，欣赏花朵。

她走过池塘来到低地的边缘。她的步态发生了变化。她已经失去了将一只脚直接放在另一只前方所必需的协调。相反，她走路要依赖身体左右移换，一个肩膀向内倾斜，双脚在地面试探。

那个傍晚已经过去足够久远，现在可以讲那个故事了。邻居的孩子们出生在乌达安死后，看见她带着鲜花和小铜瓮走过，都会安静下来。

她清洗了纪念牌位，把前一天已经干枯的花扫开，换上刚摘的鲜花。刚刚过去的十月是十二周年。她把手伸进水坑打湿，再把手指上的水洒在花朵上，让它们在夜间保持湿润。

比卓利知道她吓到这些孩子了;对他们来说,她也是邻里一种幽灵般的存在,一个鬼怪,从露台上注视着他们,每天在同一时间现身。她很想告诉他们,他们是对的,乌达安的幽灵确实潜伏在这里,在房子里面、房子周围,在聚居区里面、聚居区周围。

有一天,如果他们问起,她会告诉他们,她看见他走入视野,在大学忙了一整天后走近这所房子。他肩膀上挎着书包,穿过摆动门进入庭院。胡子依然刮得很干净,专注于他的学习,急于在书桌前坐下来。告诉她饿了,想喝茶,问她怎么还没把水壶烧上。

她听到楼梯上他的脚步声,他的卧室里电风扇旋转着。听到短波收音机的静电声,那收音机几年前就坏掉了。火柴擦在火柴盒上的短暂声响,火焰爆燃,随后消退。

他的遗体从未归还,这是他们家庭的最终耻辱。他们甚至被剥夺了向他的弹痕累累的尸体表示敬意的安慰。他们无法为之涂抹膏油,覆盖以鲜花。它没有被他的同志们举在肩上,抬出聚居区,在 *hari bol*①的呼喊声中带进下一个世界。

他去世后,没有法律诉讼。正是因为当时的法律,警察才可以杀死他。有一段时间,她和丈夫在报纸上寻找他的名字。而即使看到了,也需要证实。但没有找到任何通知。没有人承认这件事。他的党内同志想到设立的小石牌是唯一的承认。

---

① 意为吟诵诃利之名。诃利是毗湿奴的一个称号。

他们以太阳给他命名。这生命的赐予者,不求任何回报。

乌达安去世后的第二年,也就是苏巴什将高丽带去美国的那一年,比卓利的丈夫退休了。他在黎明前醒来,乘坐第一趟电车向北来到巴布石阶,在那里他到恒河中沐浴。剩下的时间,吃完早餐,他躲在自己的房间里阅读。他拒绝午餐吃米饭,告诉她切些水果,温一碗牛奶代替。

这种例行公事,这些小小的丧失,构成了他的日子。他不再阅读报纸了。他不再和比卓利一起坐在露台上,抱怨微风过于潮湿,弄得他总是咳嗽。他阅读《摩诃婆罗多》①的孟加拉语翻译,一次读上几页。沉迷于熟悉的故事之中,沉迷于未曾折磨他们的古老冲突之中。当他的眼睛开始带来麻烦,出现白内障云翳时,他并没有费心去做个检查。相反,他使用放大镜。

在某一时刻,他提议卖掉房子,搬出托利冈吉,彻底离开加尔各答。也许搬到印度的另一个地方,去某个宁静的山城。也许申请签证,去美国与苏巴什和高丽一起生活。这个地方,他说,没有什么可留恋的了。房子实际上已经空空如也。他们设想的未来已经渐成嘲弄了。

她略略考虑了一下。旅行,与苏巴什弥合关系,接受高丽,了解乌达安的孩子。

但是,比卓利不可能放弃这所房子,这里是乌达安自打出

---

① 《摩诃婆罗多》:古印度两大著名梵文史诗之一,成书于公元前 3 世纪至公元 5 世纪之间,与另一经典《罗摩衍那》齐名。

生就居住的地方,他离世也是在这个邻里。有她最后一次远远望见他的露台。有低地以外的田野,在那里他们夺走了他。

那片田野已不再空旷。现在建了一片新房子,屋顶上挤满了电视天线。早晨,附近开了一个新市场,迪帕说蔬菜比较便宜。

* * *

一个月前,她的丈夫临睡觉之前,将蚊帐系在墙上的钉子上,然后把手表上好发条,好标记第二天的时间。早上,比卓利注意到,隔壁他房间的门仍然关着。他没有去沐浴。

她没有敲门。她去了露台,坐着看天空,啜饮她的茶。天空有几片云,但没有下雨。她叫迪帕给她丈夫送茶去,唤醒他。

过了几分钟,在迪帕进入房间后,比卓利听见杯子和碟子摔碎在地板上。不等迪帕来到露台找她,报告他死在了睡梦中,比卓利就已经知道了。

她成了寡妇,像高丽那样。比卓利现在穿着白色纱丽,没有图案或花边。她摘下了手镯,不再吃鱼。她的头发分路处已不再涂抹朱砂。

但是,高丽又结婚了,嫁给苏巴什,事态的转变至今让她目瞪口呆。在某些方面,它比乌达安的死更不容易令人想到,更令人震惊。在某些方面,这是一样的灾难性。

迪帕现在什么活都干。一个能干的十几岁女孩,家人住在城外,有五个兄弟姐妹要她帮助供养。比卓利把她的服装珠宝和任何有色彩的东西都给了迪帕,还有她家的钥匙。迪帕梳洗比卓利的头发,悉心排列,使减薄的部分不那么显眼。她和比卓利一起在房子里过夜,睡在比卓利不再祈祷的祈祷室里。

她管理钱款,去市场买菜,做饭,收取邮件。早上,她从管井中抽取饮用水。晚上,她确保大门锁牢。

如果有衣服需要镶边,她便操作缝纫机;以前乌达安常给它上油,用他的工具进行维修,这样比卓利从来不用送修理店。比卓利告诉迪帕,缝纫机可以随便用,于是,给连衣裙和裤子卷边,为邻居女性缝补衬衫,已成为她的额外收入来源,正如比卓利从前那样。

下午,在露台上,迪帕给比卓利读报纸上的文章。从来没有读过整篇,只是几行而已,遇到难字就跳过。她告诉比卓利,一位电影明星做了美国总统。印共(马)又在西孟加拉邦执政了。乌达安曾经痛骂过的乔蒂·巴苏成了首席部长。

迪帕取代了所有的人:比卓利的丈夫,她的儿媳,她的两个儿子。她相信这是乌达安安排的。

她记得他拿着一支粉笔坐在庭院里,教那些为他们干活、没有上过学的男孩女孩们写字、阅读。他和这些孩子结为朋友,一起吃饭,让他们参与他的比赛,从自己的盘子里分肉给他们吃,如果比卓利没有留够的话。她偶尔责骂他们,他会站出来为他们辩护。

等年纪再大一些,他收集破旧物品,旧的床上用品和锅碗瓢盆,分发给居住在殖民地、贫民窟的家庭。他会陪伴一位女仆到她家，走进城市最贫穷的地区，送药去。如果她家有人生病，就去请医生；如果有人去世，就去安排葬礼。

但是警察称他是一个歹徒，一个极端分子。一个非法政党的成员。一个不明是非的男孩。

她依靠丈夫的养老金过活，高丽搬走后，他们开始把楼下的房间租给另一个家庭，也有一些收入。偶尔，苏巴什会寄来一张美元支票，需要好几个月才能兑现。她没有要求他帮助，但也没有道理拒绝。

这些钱合在一起足够给她购买食物、支付迪帕的工钱，甚至还可以买一台小冰箱，安装一条电话线。线路通不通很难预测，但是第一次尝试时，她拿起电话就打通苏巴什的号码，把她的声音传到了美国，传达了她丈夫去世的消息。事发是几天前。事情来得十分突然，是的，但对她又有多深的影响？

十多年来，他们住在不同的房间里。十多年来，她的丈夫没有谈及发生在乌达安身上的事。他拒绝与比卓利、与任何人谈论这件事。每天早上在河里沐浴之后，他在市场买上一些水果，回家的一路上停下来和邻居天南海北地闲谈。他们两人一起吃晚餐，却从来不说话，一起坐在乌达安遗像下的地板上，却从未理会过它。

他们爱过这所房子；从某种意义上说，这是他们的第一个孩子。他们为每一个细节感到自豪，一起照顾它，为每一次变化兴奋不已。

它最初建成时只有两个房间，那时这个地区就要通电，人们点亮灯笼准备晚餐。作为英国城市规划的一个典型例证，他们房子外面的铁制路灯还没有改装。每天日落之前、黎明时分，公司都会派人过来，爬上梯子，手动打开、关闭燃气。

地基二十五英尺宽，六十英尺深。房子本身很窄，跨度十六英尺。建筑物两侧各有一条四英尺宽的强制通道，然后才是界墙。

比卓利贡献了她唯一的财富。她卖掉了出嫁时得到的金饰。因为她的丈夫坚持认为，甚至在生孩子之前就持这种观点——为他们的家庭建造一个住所，拥有无论多么普通的加尔各答房产，比什么都重要。他相信没有比这更大的安全保障了。

屋顶最初用风干的黏土瓦片覆盖，后来改用瓦楞石棉。有一段时间，苏巴什和乌达安睡在一间窗户根本没有窗棍的房间里。因为没有安装百叶窗，所以夜间得用粗麻布钉上。有时雨会吹进来。

她记得丈夫用她的旧纱丽碎片擦亮铰链和闩锁。拍打床垫，散掉灰尘。私人浴室建成后，每周一次，他会在洗澡之前清洁它，将驱蚊剂倒入各个角落，见到蜘蛛网就清除。

各房间内部，比卓利每天都对其所属财产进行细致的盘点。抬起，除尘，更换。准确地知道每件东西在哪里。在她的监视下，床单都铺得紧紧的。镜子没有污迹。茶杯内部绝无环形茶垢。

水是从管井手动抽取的，装满一溜水桶，供一天使用，饮用水则储存在水罐里。在五十年代，他们建了一个化粪池。在那之前,入口处有个厕所,一个男人来把他们的日常垃圾用头顶着带走。

三位纳瓦卜兄弟中的老二,梅约大人,曾经拥有他们聚居区所在的那片土地,而且卖给了他们这块宅基地。他是蒂普苏丹的后裔,苏丹被英国人杀害,王国被分裂,子孙被扣押在托利俱乐部一段时间。比卓利曾经听说,如果去英国访问,就可以看到蒂普的剑和拖鞋,还有帐篷和宝座的残片,作为征服的战利品陈列在伊丽莎白女王的某个行宫里。

在苏巴什和乌达安一生的最初几年,当时加尔各答属于印度还是巴基斯坦仍然不清楚,这些王室血统的家庭就生活在他们中间。他们对比卓利很友好,邀请她走下街道,进入他们有立柱的房子,请她喝冰冻果子露。苏巴什和乌达安抚摸过他们养在庭院笼子里的宠物兔。在爬满九重葛的凉亭下,他们曾一起坐在木板上荡秋千。

到1946年,她和丈夫担心暴力会蔓延到托利冈吉,也许他们的穆斯林邻居会与他们为敌。他们考虑过收拾房子,到城市里印度教徒占多数的地方生活一段时间。但梅约大人的一个侄子仗义执言。他想尽办法保护他们。他说,谁要进入这块聚居区威胁印度教徒,那得先杀了我。

但是印巴分治之后,梅约大人一家和许多人一样,逃离了这里。他们的原生土壤变得有侵蚀性,就像盐水侵入植物的根系。他们宽敞的家园被遗弃,大多数被占领或被夷为平地。

比卓利的家让人感觉同样遭到了遗弃,它的航向同样偏离了。乌达安没有活着去继承它,而苏巴什拒绝回来。他本来应该是一种安慰的;一个儿子被夺走后,还剩下一个。但是,失去了一个,她是无法爱上另一个的。他只是加重了这种损失而已。

乌达安死后他回来见他们那一刻,他站在他们面前那一刻,她感到的只有愤怒。对苏巴什怒火满腔,因为他如此强烈地令她想起乌达安,说话声音像他,仍然是他的备用版本。她曾无意中听到他跟高丽说话,关心她,对她好。

当他宣布要与高丽结婚时,她告诉他,这个决定不是他能做的。当他坚持时,她告诉他,他在冒失去一切的风险,他们将永远不会作为夫妻进入这所房子。

她这么说,只是为了伤害他们。她这么说,是因为一个她一开始就不喜欢,不想要进家门的女孩,将不止一次成为她的媳妇。她这么说,是因为子宫里有一小块乌达安的是高丽,而不是比卓利。

她说的倒不完全是心里话。但是十二年来,苏巴什和高丽都信守了他们的诺言。他们没有一起或者分道回托利冈吉来;他们离得远远的,躲在别的地方。于是,她感受到了一个母亲能够感受到的最深耻辱,不但失去了一个孩子,而且又将失去仍然活着的另一个。

四十一年前,比卓利渴望怀上苏巴什,甚于一生中渴望任何事情。她怀孕时,结婚差不多已有五年,到了二十五六岁的年纪,开始以为也许自己怀不上孩子,也许夫妻二人注定不会有一个家庭了。以为他们投资房产、建造起自己的房屋只是徒劳。

然而,1943 年年底他出生了。那时托利冈吉还是一个独立的自治市。新建的霍拉大桥已经通车,但是人们去火车站仍然依靠马车。甘地绝食对抗英国人,而英国人正在与轴心国交战,以至于托利冈吉的树上都藏着外国士兵,随时准备击落日本飞机。

她怀孕的那个夏天,巴利冈吉站开始涌出来大量村民。他们骨瘦如柴,几近疯狂。他们是农民、渔民。曾经为他人生产、猎取食物的人,现在却因食物匮乏而死亡。他们躺在南加尔各答的街道上、树荫下。

前一年的飓风摧毁了沿海的稻谷作物。然而谁都知道随之而来的饥荒其实是人祸。政府因军事问题而分心,连累了食物配给,而战争花销使得稻米价格飞涨。

她记得尸体在太阳下变得恶臭,上面爬满苍蝇,腐烂在路上,直到被人拉走。她记得有些女人的手臂干瘦如柴,她们的婚礼手镯,她们唯一的装饰品,不得不被推到肘部以上,防止滑落。

那些还有力气的人在街上和人们搭讪,拍着陌生人的肩膀,乞求一点浑浊的含淀粉的水;那是从一锅淘洗的大米中滤出来,通常要倒掉的。

比卓利常常留着这种淘米水,施舍给吃饭时间聚集在她家摇摆门外神志不清的人群。她怀着苏巴什身子沉重,还去志愿者厨房给灾民舀粥。他们乞讨的声音可以在晚上听到,就像动物间歇性的呻吟。跟托利俱乐部中的豺狗一样,令她惊骇。

在他们家对面的池塘里,在低地的洪水中,她看到人们在寻找营养。吃昆虫,吃泥土,吃地上爬行的蛆虫。在那个苦难无处不在的年头,她第一次将生命带到了这个世界上。

过了十五个月,战争结束、日本投降之前不久,乌达安也出生了。在她的记忆中,这是一次漫长的怀孕。他们一个接一个地占据比卓利的身体,还在苏巴什迈出他的第一步,尚未得到一个正式名字之前,乌达安的细胞就已经开始分裂和增殖了。本质上,将他们分开的,似乎是他们生日之间的三个月,而不是实际过去的十五个月。

她把米饭和小扁豆汤在盘子上拌好,用手喂他们。她从一整条鱼中取出鱼刺,摆放在盘子一边,就像她的一套缝衣针。

从一开始,乌达安就比较难伺候。不知什么原因,他并不放心她对自己的爱。从出生的那一刻起,他就大声喊叫,抗议。如果她碰巧把他交给别人,或者离开房间一会儿,他就大声喊叫。她努力让他安心,他们的关系也因此紧密。尽管他惹得她十分恼怒,但他对她的需求却是显然的。

也许出于这个原因,她仍然感觉对乌达安比对苏巴什更亲近。两人都公然反抗她,逃跑并与高丽结婚。在乌达安这件事上,她起初试图接受。她希望有一个妻子会让他安顿下来,会分散他对政治的注意力。她要继续学业,他告诉他们。别把她变成家庭主妇。不要阻拦她。

他带着给高丽的礼物回家,他带她去餐馆,看电影,拜访他的朋友。当比卓利和丈夫听说纳萨尔巴里运动爆发后学生们正在做什么,他们要摧毁什么,要杀死什么人的时候,他们自我安慰说乌达安已经结婚。他要考虑未来,终有一天要养家。他不会和他们混在一起。

没有讨论一下,他们就准备好藏匿他了,如果警察来了就撒个谎。他们以为这只是保护他而已。

没有问这些晚上他去了哪里,没有弄清他去见了谁,他们就准备好原谅他了。他们是他的父母。那天晚上,他们却没有准备好,今后再也不能做他的父母了。

她无法再想象那个情景。她也无法想象苏巴什和高丽在美国,在一个叫作罗得岛的地方过日子。那个名叫贝拉的孩子,他们作为夫妻正在抚养她。然而现在苏巴什失去了父亲。自从他离开印度,这是第二次,为了这第二次死亡,他有义务面对她。

一天早晨,比卓利从露台上望着,忽然有了一个主意。她下了楼梯,穿过庭院的摇摆门,进入聚居区,走到街上。身着制服的小学生正在经过,他们穿着白袜黑鞋,书包沉甸甸的。女孩穿着天蓝色的裙子,男孩穿着短裤,打着领带。

他们一路笑着,直到看见她,于是纷纷走到一边给她让路。她的纱丽褪色了,她的骨头变软,牙齿已不再牢固。她已经忘记自己多老了,可是她不用想就知道,乌达安没死的话,今年春天该三十九岁了。

她带着一个很大的浅篮子,它本来是用于储存额外的煤炭的。她走到低地,提起纱丽,露出小腿肚子,有如喷洒着细小棕色斑点的鸡蛋壳。她蹚进一个水坑,弯下腰,拿一根棍子搅动里面的东西。然后,她开始用双手从污浊的绿水中捡出东西来。每天几分钟,就捡一点点;这是她的计划,要保持乌达安的石牌所在区域的整洁。

她把垃圾往篮子里堆,走一小段路将篮子倒空,然后再次开始装填。她用双手分拣着 Dettol 牌消毒液、Sunsilk 牌洗发水的空瓶子。这些东西老鼠不吃,乌鸦也懒得带走。过路的陌生人扔掉的香烟盒。血污的卫生巾。

她知道永远不可能把这些垃圾清理干净。但是每天她都会出去,装满她的篮子,一次,然后再跑几次。当一些人停步注意到她在干什么时,告诉她这是毫无意义的,她却并不在意。他们告诉她这事令人作呕,有失她的身份。可能会导致她感染某种疾病。她习惯于邻居不知道如何理解她。她习惯于忽略他们。

每天她都移走人们生活中一小部分不需要的东西,尽管她认为所有这些以前都是需要的,曾经是有用的。她觉得太阳在灼烧她的后脖子。现在是最热的时候,雨季还要再等几个月。这项任务满足了她。打发掉了时间。

一天,乌达安的纪念石牌旁边堆积了一些意想不到的物品。成堆用脏了的香蕉叶,沾满了食物。带有酒席承办人名字的脏纸巾,客人曾经啜饮过滤水和茶的破容器。花朵已枯萎的花环,曾用于装饰房子的入口通道。

它们是邻里某处一场婚礼的残余。一个吉祥的联姻,一场庆祝活动的证据。一片让她感到厌恶,她拒绝接触或清理的混乱。

她的两个儿子都不是这样结婚的。他们没有庆祝,客人没有欢宴。直到乌达安的葬礼,他们才在房子里请人吃饭,放着盐堆和柠檬块的香蕉叶在屋顶上一字排开,亲戚和同志们排着单列在楼梯平台等候，轮到就上楼梯去，吃这餐饭。

她很好奇是哪一家，是谁家的孩子结了婚。邻里的边界一直在扩大；她对事情的来龙去脉再也没有感觉了。一度，她可以敲他们的门，对方认出她来，欢迎进屋，请她喝上一杯茶。她本来会接到请柬，受邀参加婚礼的。但是现在有了新建的房子，新来的人，他们喜欢看电视，从来不和她说话。

她想知道是谁干的。是谁亵渎了这个地方？是谁用这种方式侮辱了乌达安的记忆？

她朝四周邻居大声叫喊。该谁负责？为什么不站出来？难道已经忘记了这里发生的事吗？或者他们没有意识到这里曾是她儿子藏身的地方？意识到过去一点点，原先是一片空地，他就在那里被杀？

她乞求着，捧着双手，就像过去饥饿的人们那样，进入聚居区，寻求食物。对于那些人，她尽了她的所能。她收集了饭锅里的淀粉水，送给他们。然而没有人理会比卓利。

出来，她朝那些从窗户、从屋顶观看的人叫喊。她记得那个准军事人员的声音，他拿着扩音器喊话。慢慢走。露出你的脸。

她等待着乌达安出现在水葫芦中间，向她走来。现在很安全，她告诉他。警察都走了。没有人会带走你的。赶紧到家里来。你一定饿了。晚餐准备好了。天快黑了。你哥哥娶了高丽。我现在一个人了。你在美国有个女儿。你父亲去世了。

她等待着，确信他就在那里，听到了她告诉他的事。她是对自己说话，没有人听。等得厌倦了，她又多等了一会儿。然而唯一出现的人却是迪帕。她用清水冲洗了比卓利弄脏的双手、泥糊糊的双脚。她给比卓利披上披肩,用胳膊搂住她的腰。

来喝茶吧,迪帕说,哄她离开,把她带到室内。

在露台上,除了她的一盘饼干,一杯茶,迪帕还递给她另一样东西。

这是什么?

一封信,母亲。今天从邮箱里拿的。

这封信来自美国,来自苏巴什。信中,他确认了今年夏天回来的计划,告知她到达的日期。到那时,他父亲去世已过去近三个月了。

他告诉她没有办法早点回来。他告诉她,他会带着乌达安的女儿,但高丽不能同行。他提到打算在加尔各答举办的一些讲座。他告诉她,他们将在那里待六个星期。她把我认作她的父亲,他提及他们取名叫贝拉的女孩时写道。别的她什么都不知道。

空气纹丝不动。他们家后面最近建了政府宿舍,阻挡了以前吹拂整个露台的南风。她把信还给迪帕。就像这一刻她并不需要的备用茶包一样,她记住了这个信息,转头想别的事情去了。

2

他们到达的时候，正值雨季开始。在孟加拉语中，它被称为 *barsha kal*。每一年这个时候，她的父亲说，风向就发生变化，不再从陆地吹向大海，而是从大海吹向陆地。在地图上，他向她展示云团如何从孟加拉湾经过温暖的陆地，朝北方的山区行进。升高、降温，无法保持水分，被喜马拉雅山的高度困在印度。

等雨来了，他告诉贝拉，三角洲的支流会改变路线。河流和城市街道将泛滥；农作物会茁壮成长或者倒伏。他从她祖母家的露台上指点，告诉她车道那边的两个池塘会溢满而变成一个。在池塘后面，过多的雨水会聚集在低地，水会一度上涨到贝拉的肩膀那么深。

到下午，跟随上午灿烂的阳光，雷电的隆隆声不断传来，就像泛着涟漪的巨大铁页。黑色边框的云朵接近了。贝拉看见它们迅速降下来，像一片巨大的灰色帷帘，遮住了白昼的光亮。有时候，太阳的光芒挑战似的不肯屈服，那张苍白的圆盘，它燃烧的轮廓克制内敛，这样好显得厚重些，却看起来像是满月了。

房间里越来越幽暗，这时云层开始爆裂。雨水涌了进来，漫过窗台，穿过铁窗棍，透过塞在百叶窗下面的抹布，百叶窗必须即刻关闭。一个叫迪帕的女仆冲了进来，擦干泄漏到地板上的雨水。

从露台上，贝拉看着棕榈树细细的树干被海风吹得弯曲，却没有断裂。尖尖的树叶像巨鸟的羽毛拍打着，像撕碎的风车搅动着天空。

她的祖母没有去机场迎接他们。在托利冈吉，在她所坐的露台上，在养大她父亲的房子的顶层，贝拉得到了一条短项链。上面那些小金球，就像假日饼干的装饰，紧紧地串在一起。她的祖母偎依着她。什么也没说，她把项链戴在贝拉的脖子上，调整了一下，使扣钩留在后面。

祖母的头发已经灰白，但她的双手皮肤光滑，没有斑痕。裹在她身上的纱丽，用白色棉布制成，素得像一张床单。她的瞳仁是混浊的海蓝而非黑色。看了一眼贝拉，祖母的眼睛就在贝拉和她父亲之间游动，好像是沿着一条连接他们的细丝。

看着他们打开手提箱，她的祖母有点失望，他们没有特别为迪帕带礼物。迪帕穿着纱丽，鼻翼上嵌着一颗宝石，她称贝拉 *Memsahib*①。她的脸形像一颗心。尽管她身材纤细，手臂精瘦，但还是足够有劲，可以帮贝拉的父亲将沉重的行李箱搬到楼上。

迪帕睡在贝拉祖母隔壁的房间里。这房间就像一个大柜子，在半段台阶上面，天花板太低，人根本无法站立。在这里一

① 太太。对已婚白人或者上流社会妇女的敬称。

天结束时，迪帕铺开一条狭长的垫子。

祖母把贝拉母亲挑选的美国肥皂和乳液、花枕套和床单都送给了迪帕。她告诉迪帕尽管使用。她把五颜六色的线轴、刺绣箍和番茄形针垫放到了一边，说迪帕现在做缝纫了。那个黑色皮制钱包形状像个大信封，咔嗒一声就关上，是贝拉帮助母亲在罗得岛的沃威克购物中心挑选的，也送给迪帕了。

他们到达后的第二天，她的父亲参加了一个仪式，纪念几个月前去世的祖父。一位祭司照料着房间中央燃烧的小火。旁边的黄铜碟子和托盘上堆着水果。

地板上，靠墙而立的是她祖父的大幅肖像，旁边一个肮脏的白木相框里，是一个年纪比她大一些的男孩的照片，一个微笑的少年。这些照片前边焚烧着香料，芬芳的白色花朵披在玻璃前，像厚实的项链。

仪式开始前，一位理发师来到这所房子里，在院子里给她的父亲剃头刮脸，使他的脸变得陌生而且小。贝拉被告知伸出双手，没有任何警告，她的指甲，随后她的脚指甲，都用刀片削掉了。

黄昏，迪帕点起蚊香，防止蚊子进来。翠绿色的壁虎出现在室内，在墙壁和天花板的接缝附近徘徊。晚上，她和父亲睡在同一个房间，同一张床上。一个长枕放置在他们中间。她头下的枕头就像一袋面粉。蚊帐是蓝色的。

每天晚上，当他们周围薄弱的障碍调整好了，没有其他生物可以进来时，她才觉得安心。他在睡梦中背对着她的时候，没有头发，没穿衬衫，她的父亲看着几乎像是另一个人。她醒的时候他早起来了，蚊帐卷了起来，像一个巨大的鸟巢，悬挂在房间一角。她的父亲已经洗过澡，穿好衣服了，正吃着杧果，用牙齿刮出果肉。没有一件事情是他不熟悉的。

早餐她得到的是明火烤的面包、加糖酸奶和一只绿皮小香蕉。她的祖母在迪帕出发去市场之前提醒她，不要买某种鱼，说挑鱼刺太麻烦。

看着贝拉尝试用手指拈起米饭和小扁豆，祖母叫迪帕去拿一把勺子。迪帕端起立在屋角小凳上的水瓮，给贝拉倒一些水喝的时候，祖母责怪了她。

别给那个水。给她开水。她不是这里长大的。

过了第一个星期，她的父亲开始白天外出。他解释说，他将在附近的几所大学举办一些讲座，还要见见正在帮助他完成一个项目的科学家。她只得留在房子里跟祖母和迪帕在一起，起初这让她颇为沮丧。她从露台的格栅里看着他离开，手里拿着一把折叠伞，遮住光头免受太阳灼伤。

她很是紧张，直到他回来，直到他按下门铃，一把钥匙垂了下去，随后他打开门，再次站在她面前。她为他担心，担心他被城市吞没，那座城市既摇摇欲坠又富丽堂皇，她是从带他们到托利冈吉的出租车上看到的。她不愿想象他不得不与之交涉，莫名其妙成为它的猎物。

一天，迪帕邀请贝拉陪她去市场，顺便在附近狭窄的小巷里逛逛。他们走过装有竖直铁条的小窗户。织物碎片用电线串起来作了窗帘。他们走过那两个池塘,周边全是垃圾,里面塞满了鲜绿的叶子。

在有围墙的安静街道上,每走几步,人们就会拦住他们,要迪帕解释贝拉是谁,为什么在那里。

米特拉家的孙女。

是哥哥的女孩?

是。

妈妈来了吗?

没有。

你听得懂我们在说什么吗?你会说孟加拉语吗?一位女士问贝拉。她盯着她看。她的眼光不友善,她焦黄的牙齿不均匀。

一点点。

喜欢这里吗?

那天贝拉一直渴望走出家门,陪迪帕去市场,去探索她走了这么远来看的地方。但现在她只想回到房子里去。她不喜欢,在她们返回的路上,一些邻居拉开窗帘看她的方式。

除了给她喝的凉开水之外,每天早上还烧了温水让她洗澡。她的祖母说不这样的话,贝拉会感冒,即使天气如此炎热。温热的沐浴水与清水混合起来用,一天有限的几次,通过一条薄薄的橡胶软管,由泵把清水抽进来,注满厨房旁边露台上的一个水箱。

迪帕把她带到露台,递给她一个锡杯,告诉她该怎么做。告诉她用软管中的水把温水冷却到喜欢的温度,往身上淋,再拿一块深色肥皂抹上泡沫，然后冲洗干净。自来水不会浪费。它被收集在桶中，剩下的水无论多少都储存在水箱里。

贝拉想站到水箱里去，它像一个高边浴缸，但这是不允许的。因此，她在露天的，在同样需要清洗的锅碗瓢盆之间沐浴，而不是在私密的浴室，甚至没有浴缸的保护。洗浴由迪帕监督，被棕榈树和香蕉树环绕，让乌鸦注视。

你应该晚些时候来，不是现在，迪帕说着，用一条薄薄的格子花毛巾擦干贝拉的腿。它很粗糙，像一块洗碗布。

为什么？

那时候杜尔嘎节到了。现在只是下雨。

我来这里过生日，贝拉说。

迪帕说她十六岁或十七岁。当贝拉问迪帕她的生日是哪天时，她说她不确定。

你不知道你是什么日子生的？

*Basanta Kal*①.

那是什么时候？

布谷鸟开始唱歌的时候。

可是你哪一天庆祝呢？

我从来没有。

在露台上的一抹阳光下，她的祖母用玻璃瓶中气味芬芳的油揉搓贝拉的胳膊、腿和头皮。贝拉穿着内裤站着，好像她还是一个小孩子。手臂无力，双腿分开。

---

① 春季。孟加拉语。

祖母仔细梳理贝拉的头发,遇到难解的疙瘩,她会用上手指。她手里握着头发,检查了一番。

你妈妈没教过你把头发扎起来?

她摇了摇头。

你们学校没有规定吗?

没有。

你必须把它编成辫子。特别是晚上。现在是一边一条,等你长大些,中间再编一条。

她的母亲从未告诉过她这些。母亲的头发像男人一样短。

你爸爸的头发也是这样。这种天气里永远不老实。他从来不让我碰它。就算在照片里,你也看得出它有多乱。

在她的祖母睡觉的房间里,贝拉吃完她的午餐。她习惯于吃米饭,但在这儿气味有些刺鼻,颗粒也不那么白。有时候她咬到了迪帕没有挑出去的小石子,被她的臼齿咬碎的声音,好像在耳朵里爆炸。

没有餐桌。地板上是一块刺绣织物,像一张大餐垫,她就坐在上面。她的祖母蹲在地上,弓着肩膀,双臂抱膝,看着她吃。

墙上高高挂着两张照片,她父亲在仪式中就坐在它们前面。那是她死去的祖父,那个十几岁男孩,祖母告诉她,是她的父亲,笑着,脸微微偏到一边。贝拉从未见过父亲这么年轻的样子。在照片中,他年轻得像她的一个大哥哥。她从没见过她出生以前他存在的证明。

这些肖像下面,总是在电扇的微风中沙沙作响的,是一堆家庭收据和定量单,用一颗钉子穿透并固定。越过被刺穿的纸条,她父亲十几岁的脸看着她用勺子吃米饭,觉得很有趣,而她的祖父,疲惫的目光固定在他面前,他的眉毛稀疏,似乎没有注意到她在那里。

除了那两张照片和一叠收据外,四周墙壁上没有任何东西可看。没有书籍,也没有过去旅行的纪念品,没有任何东西显示她的祖母喜欢如何打发时间。她在露台上一坐就是几个小时,背对房子的其他部分,透过格栅凝视着。

每天,在某一时刻,迪帕带她的祖母下楼到院子里,在那里她沿着攀爬在墙壁上的藤蔓,从养在花盆里的鲜花中摘下几个花头,收集在一个小铜罐里。

她在迪帕的陪伴下离开房子,走过池塘,来到被水淹的低地边缘。她走到某个地点,站在那里,几分钟以后回来。等她的祖母回到院子里时,盛着鲜花的铜罐空了。

你在那儿做什么?一天贝拉问她。

祖母坐在折叠椅上,双手向内弯曲就像没有握紧的拳头,她检视着指甲的脊状表面。她没有抬头,说,我和你父亲聊了一会。

我父亲在屋里。

她抬起头,海蓝色的眼睛睁大了。是吗?

他刚才回家了。

哪里?

他在我们的房间里,娣妲。

他在做什么?

他躺着。他说去美国运通办公室后很累。

哦。她的祖母移开了眼光。

光线暗了下来。又要下雨了。迪帕急忙爬到屋顶,把晾衣绳上的衣服都收起来。贝拉跟着去了,想要帮助她。

在罗得岛下这样的雨吗? 迪帕问道。

没法用孟加拉语解释。然而,罗得岛的飓风是她最早的记忆之一。她不记得风暴本身,只记得准备工作和飓风过后的情景。她记得装满清水的浴缸。拥挤的超市,空荡荡的货架。她帮助父亲在窗户上纵横交错地贴遮蔽胶带,而胶带扯掉之后痕迹保留很长时间。

第二天她和父亲一起到校园散步,只见四方院到处散落着扯断的树枝,街道上堆满了绿色的树叶。他们发现一棵倒下的大树,露出了纠缠的树根。他们看到湿透的地面扭曲变形。那棵树躺在地上时,显得更加庞大。一旦它不再活着,它的比例就令人恐惧了。

她的父亲带了一些照片回来给她的祖母看。大多数照片拍的是贝拉和她父母现在居住的房子。他们搬到那里是两个夏天之前,那时贝拉满十岁。它更靠近海湾,离她父亲曾在海洋学院学习的地方不远,走到她父亲上班的实验室很方便。但是距离贝拉长大的主校园更远了,她母亲现在每周两个晚上去那里,教一门哲学课。

贝拉感到失望的是,尽管这座房子离海边不到一英里,但从窗户却看不到水。只是偶尔，当她站在外面时，大海的一丝气息飘散到此，那是空气中可辨识的盐度。

还有餐桌、壁炉、阳台上所见景色的照片。她知道的所有物件。在他们与后面的地产之间形成一道屏障的巨大岩石，贝拉有时会攀爬。房子正面的照片，秋天，树叶是红色和金色的，而冬天，光秃秃的树枝裹着一层冰。一张照片上，贝拉站在一株细小的日本枫树旁边，那是她父亲春天栽种的。

她看到自己站在詹姆斯敦小小的新月形海滩上，他们喜欢周日早上去那里，她的父亲带着甜甜圈和咖啡。这里是该岛的两叶遇合的地方，在那里他教她游泳，在那里，当她漂浮在水中时，可以看到绵羊在草地上吃草。

她看着祖母研究这些照片，好像每一张展示的都是同样的东西。

高丽在哪里？

她不喜欢在镜头前摆姿势，她的父亲说。她一直很忙，教她的第一门课。而且她快写完毕业论文了。很快就要上交。

她的母亲成天待在那间空置的卧室里，甚至星期六和星期天也不例外，她把这里做成了书房，每天关上房门用功。这是她的办公室，她的母亲告诉她，当她在办公室里时，贝拉就要表现得好像母亲并不在家。

贝拉倒不介意。她很高兴一个星期有那么几天母亲在家，而不是在波士顿。三年来，她的母亲去那里上一所大学，上她的学位课。一大早就离开，直到贝拉睡着之后才回来。

但是现在，除了她教课的晚上，她的母亲几乎从不离开这所房子了。可能几个小时过去,房门都没有打开,她的母亲都没有出现。只是偶尔听到咳嗽的声音、椅子的吱吱声和一本书掉在地上的响声。

有时候,母亲问贝拉是否在夜间听到打字机的声音,噪声是不是打扰她了,但贝拉说不,尽管她听得非常清楚。有时候,贝拉躺在床上和自己玩一场游戏,试图预测寂静何时被键盘的咔嗒声再次打破。

一周的大部分时间,贝拉的确是和母亲一起度过的,但是并没有照片记录她与母亲单独在一起的时光。没有证据表明贝拉在下午看电视,或在餐桌上做学校项目,而她的母亲在准备晚餐,或手里拿着笔批阅一堆考卷。没有证据表明她们有时去大学的主图书馆,把借来的书放进还书箱里。

没有照片记录在她的学校放假期间,她和母亲不时跑一趟的波士顿之旅。她们一起搭乘长途汽车,再坐电车,来到市中心一个夹在查尔斯河和一条长长的繁忙道路之间的校园。没有这些日子的证据:她的母亲要与教授会面,贝拉跟在母亲身后穿过各种各样的建筑,也没有这种时候的证据:贝拉被带到昆西市场犒劳一番。

她在这里,当她的祖母翻到下一张照片时,贝拉说。

她的母亲无意之中出现在照片里。这是贝拉几年前的照片,是在他们的旧公寓里摆姿势照的,地面还是油毡的。她装扮成小红帽过万圣节,端着一只碗,堆满要送出去的糖果。

但背景里就是她的母亲,微微俯身在餐桌上,正在清理餐盘,她穿着休闲裤和绛红色宽松上衣。

好时尚喔,迪帕说,在她祖母的旁边瞟到一眼。

她的祖母把照片递给她的父亲。

留着吧,妈。我专门为你洗的。

但是她的祖母还是把照片还了回去,她松开了手,让一些照片落到了地板上。

我看过了,她说。

过去的几年里,贝拉听过学位论文这个词,却完全不知道它的含义。后来有一天,在她的新房子里,母亲告诉她说,我正在写一份报告。就像你上学写的那些一样,只是长一些。有一天它可能会是一本书。

现实令贝拉失望了。在那之前,她一直以为这是某种秘密,是母亲在贝拉睡觉时进行的一项实验,就像父亲在盐沼中监测的实验一样。有时候他带她去那里,看马蹄蟹穿过泥泞疾行,消失在洞里,把它们的卵释放到潮水中。相反,她意识到她的母亲,成天关在一个满是书籍的房间里,只是在写另一本书而已。

有时,当她知道母亲已经外出,或者她正在洗澡时,贝拉走进书房四下张望。母亲的一副眼镜给丢弃在桌子上。贝拉把眼镜举到脸上,脏兮兮的镜片让一切都变得模糊不清。

残留着一些冷茶或咖啡的杯子,其中一些已长出精致的霉菌图案,被零星地遗忘在书架上。她在废纸篓里发现一些揉成团的纸片,除了写满了 p 和 q,没有别的。所有的书籍都包着棕色的纸质封套,书脊上有她母亲重新写上的书名,所以她能够识别它们:《存在的本质》《理性之蚀》《论内在时间意识的现象学》。

最近,她的母亲开始提及论文手稿了。她谈起它就像说起一个婴儿,一天晚餐时她告诉贝拉的父亲,担心文稿会被吹到打开的窗户外,或者被一把火烧毁。她说文稿留在房里无人看管,她有时很担心。

一个周末,贝拉和父亲看见一家庭院甩卖,便停下看看,在一堆杂七杂八的待售物品里发现一个棕色金属文件柜。她的父亲确认抽屉能够轻松打开和关闭,然后买了下来。他把文件柜从汽车后备厢扛到她母亲的书房,轻轻敲门,用这个礼物给她一个惊喜。

只见她坐在打字机旁,用她集中注意力时习惯性的方式托着头,抬眼盯着他们。她的肘部支在桌子上,最后两根手指压着颧骨,形成一个 V 字,一个开口的三角形,框住她眼睛。

她的父亲递给她一把小钥匙,像耳环上垂挂的坠饰。我想你用得着,他说。

她的母亲站起来,把地板上的东西清理掉,让贝拉和她的父亲更容易进房间。你想放在哪里?她父亲问,于是她母亲说角落最好。

令贝拉惊讶的是,那天她的母亲并没有因为他们打断而生气。她问他们是不是饿了,然后从书房里出来,为他们准备午餐。

贝拉每天都会听到抽屉打开和关闭的声音,里面放着母亲打好的纸页。一天晚上她做了一个梦,梦见从学校回家,发现他们的房子烧成了骨架,就像她更小的时候用冰棍棒搭的房子,只有那个文件柜,完好无损地放在草地上。

一天,在托利冈吉,她沿着楼梯上下踱步,注意到楼梯平台两侧都有螺栓固定的小环,黑色铁圈。迪帕在擦拭楼梯。她跪在地上干活,正对着一桶水拧干抹布。

这些是什么?贝拉问道,用手指使劲拉了一下其中一个环。

为了保证我不在家的时候,她出不了门。

谁?

你的祖母。

它是怎么用的?

我穿上一条链子。

为什么?

不然她可能会迷路。

像她的祖母一样,贝拉也无法独自离开托利冈吉的房子。未经许可,她甚至不能在房里自由穿行,下到庭院或走上屋顶。

她无法加入时常看见的在街上玩耍的孩子们,或者进入厨房自己找点零食吃。如果她渴了,想从她的水瓶中倒一杯凉开水,她都得问人。

但是在罗得岛,从三年级起,母亲就让贝拉下午在校园里漫步了。她和一个年龄相仿的女孩爱丽丝一起游逛,她就住在他们的公寓大楼里。她们被告知只能在校园里逛,也就这样了。但是校园对她来说是巨大的,要穿过街道,还要注意来往汽车。她和爱丽丝不小心就会迷失方向。

她和爱丽丝在校园玩耍,而其他孩子也许去了一个公园,顺着台阶爬上爬下,在美术大楼前的广场上奔跑,在四合院中互相追逐,自得其乐。他们在爱丽丝母亲工作的图书馆前停下脚步,走了进去。

她们会去她的办公桌,坐在无人的小隔间里。在椅子上旋转,吃着爱丽丝的母亲留在书桌抽屉里的零食。她们会喝饮水喷泉里的冷水,隐藏在书架之间。

几分钟后,她们又在户外了。她们喜欢去植物学大楼两侧的温室,周围是一个满是蝴蝶的花园。下雨天她们就在学生会玩。

贝拉为自己无人监督,无需询问就能找到回家的路而感到自豪。她们需要留意钟鸣报时,冬天到四点半就回家。

她完全没有向父亲提及这些。知道他会担心,她把这一切都保密了。所以在她们离开校园之前,这些下午一直是贝拉和母亲之间的纽带,一种基于时光分开度过而造就的密切。她把那些给自己的时间留给了母亲,只是不想坏了事,不想影响到这个纽带。

到现在,贝拉已经长大,能够自己醒来,能够早上去拿留在厨台上的麦片了,她的手也很有力,可以倒牛奶。她准备好离开家,沿着街道无人陪伴地走到校车站。她父亲很早就出门了。她的母亲,熬夜学习之后,喜欢睡懒觉。

没有人注意她吃的是烤面包还是麦片,她是否吃完,尽管她总是吃得很干净,舀起最后一勺加糖的牛奶,把脏碗放进水槽里,在里面放一点水好让清洗更容易一些。放学后,如果她的母亲出门去了大学，她现在也已经长大，知道拿回父亲留在一个空喂鸟器中的钥匙，自己进屋去了。

每天早上，她走到楼上，经过一段短短的走廊，去敲父母的门，告诉她母亲要出发了，虽然不想打扰她，却也希望她能听到。

于是有一天早上，她需要一个回形针将两页读书报告夹在一起，便走进了母亲的书房。她发现母亲不再背对着大门，而是倒在沙发上睡着了，一只胳膊甩在头上。她开始明白，她母亲所谓的书房其实也是她的卧室。她的父亲睡在另一间卧室，独自一人。

那张照片里你多大了？又一天开始之前，她和父亲躺在床上，蚊帐里，她问道。

哪张照片？

在娣姐的房间里，我们吃饭的地方。达都旁边那张照片，她一直盯着看。

她的父亲仰面躺着。她看到他闭上了眼睛。那是我的弟弟，他说。

你有一个弟弟？

曾经有。他死了。

什么时候？

你出生之前。

为什么？

他生病了。

哪种病？

感染。医生没法治好的。

他是我的叔叔?

是的,贝拉。

你还记得他吗?

他转身面对她。他用手抚摸她的头。他是我的一部分。我和他一起长大,他说。

你想念他吗?

是的。

娣妲说是你的照片。

她越来越老了,贝拉。她有时会把事情弄混。

这段日子里他开始带她出去了。他们走到角落的清真寺去叫出租车或人力车。有时候他们走到电车总站坐电车。如果他要和一位同事见面,就带着她一起去,让她坐在房顶很高的走廊里的一张椅子上,给她看印度漫画书。

他带她到黑暗的中餐馆吃午饭,叫几盘炒面。去货摊,她可以买彩色玻璃手镯和绘画纸、头发丝带。写字画画用的漂亮笔记本,水果香味的半透明橡皮擦。

他带她去动物园看岩石上打盹的白虎。繁忙的人行道上,他在指着肚子的乞丐面前停下来,把硬币扔到他们的盘子里。

有一天,他们走进一家纱丽店,为她的祖母和迪帕买纱丽。给她的祖母买了几套白色的,给迪帕买了几套彩色的。它们都是棉制的,卷好放在货架上,好像厚厚的淀粉卷,推销员会抖开给他们看。在商店的橱窗里,还有用丝绸制成的更漂亮的纱丽,披在模特身上。

我们可以为妈妈买一件吗？贝拉问道。

她从来没有穿过，贝拉。

但她也许会穿。

推销员开始抖开那种更漂亮的面料，但她的父亲摇了摇头。我们给你妈妈买点别的什么，他说。

他带她去了一家珠宝店，贝拉选择了一条虎眼珠项链。他们买了她妈妈要求的唯一一件东西，一双浅红色皮革制成的拖鞋；在最后一分钟，她的父亲告诉推销员，他们要买两双，不是一双。

他们坐在出租车上，陷入交通堵塞，胸口呛满了污染的空气，手臂的皮肤覆盖上一层细细的黑色沙砾。她听到有轨电车的叮当声和汽车喇叭的嘀嘀声，还有五颜六色的人力车的铃声。隆隆的公共汽车上，售票员砰砰地敲打车身，背诵着行车路线，大声叫喊着要乘客上车。

有时她和父亲堵在拥挤的道路上，一等感觉就是一个小时。她的父亲会变得沮丧，试图停下计程表，走下车走路去。但是比起困在祖母家里，贝拉还是喜欢这样。

经过一条满是书摊的街道时，她的父亲提到这是她母亲上大学的地方。贝拉很好奇她是不是看起来像人行道上从大门进进出出的女学生。那些年轻女性穿着纱丽，长发编成辫子，手帕捂在脸上，挎着棉质书包。

在大街上，她注意到某些建筑物是装饰过的，显得很突出。尽管现在是八月，它们还垂挂着圣诞灯饰，外墙隐藏在五颜六色的布料后面。有一天,他们的出租车被阻在这样一幢建筑物附近,跟在一长溜汽车后面。一道薄薄的红地毯铺在入口处,迎接客人。放着音乐,人们穿着漂亮的衣服正往里面走。

那里发生了什么?

婚礼。看见顶前头那辆车吗,覆盖着鲜花那辆?

看见了。

新郎就要从里面出来了。

新娘呢?

她在房子里等他。

你和妈妈是这样结婚的吗?

不是,贝拉。

为什么不是?

我得回罗得岛。没有时间大操大办。

我也不想要大操大办。

你考虑这个问题还早呢。

妈妈告诉我,你们结婚的时候还是陌生人。

这对夫妻可能彼此也不太了解。

如果他们彼此不喜欢怎么办?

他们会试试。

谁来决定人们怎么结婚?

有时是父母安排的。有时新娘和新郎自己决定。

你和妈妈是自己决定的吗?

我们是。我们是自己决定的。

在离她外祖父母家不远的一个俱乐部,他们度过了她十二岁生日的下午。她父亲的一个熟人,一位大学老朋友,是俱乐部的会员,邀请他们做客。

那里有一个游泳池,她可以游泳。一套游泳衣神奇地出现了,因为她的母亲并没有给她打包带上一件。还有吃东西喝饮料的餐桌,俯瞰着庭院。

游泳池和游乐场还有其他孩子,她可以跟他们玩耍,讲英语。他们中有的是印度人,大多数像贝拉一样,是从其他国家来访的,还有的是欧洲人。她大着胆子和他们说话,告诉他们她的名字。她骑了一回小马。之后有奶酪和黄瓜三明治给她吃,加上一碗辣味番茄汤。盘子上厚厚一块即将溶化的冰激凌。

她的父亲和那位朋友坐在一起聊天,在一张户外餐桌上喝茶,接着是一瓶啤酒。然后她和父亲在小路上散步,红色尘土沾满他们的鞋子,他们顺着高尔夫球场的边缘走,经过盆栽花卉,周围的树上满是鸣禽。

她的父亲驻足观看高尔夫球。他们在一株巨大的榕树下停下来。她的父亲解释说,这棵树的生命是依附于另一棵树而开始的,从它的树冠上萌芽。大量纠结的股束,像绳索一样垂下来,是围绕宿主的气根。随着时间的推移,它们合并起来,形成额外的树干,包绕着一个空心,如果宿主碰巧死亡的话。

她的父亲叫她在树前摆姿势,给她拍了张照片。当他们一起坐在长凳上时,他从衬衫口袋里掏出一个报纸包的小包。这是一对镜面手镯,有一天她在市场上对它爱不释手,于是他回去买了来。

你玩得开心吗?

她点点头。她感觉他靠拢,吻了她的头顶。

我很高兴我们今天来了。雨推迟了。不像你出生那天。

他们继续往前走,远远离开会所,经过豺狗栖息的林中空地。她感觉到蚊子开始叮咬她的脚踝和腿肚子了。

我们去哪儿?

这边后头有一片地方,我和弟弟曾经在那里玩。

你小时候来过这里?

他犹豫了一下,然后承认来过一两次,就在这片地产的正后面,他和他弟弟是偷偷溜进来的。

你们为什么要偷偷溜进来?

这不是我们的地方。

为什么不?

当时的情况是不同的。

他注意到不远处有一样东西,在草地上,于是走过去捡了起来。这是一个高尔夫球。他们继续走。

溜进来是谁的主意?

乌达安的。他是个勇敢的人。

你们被抓了吗?

最终。

她的父亲停下脚步。他扔掉了高尔夫球。他向两边望了望,然后看看树上。他好像有点困惑。

我们应该掉头了吗,爸爸?

是的,我想应该回去了。

她想留在俱乐部,在草坪上奔跑,抓萤火虫,在那里的其他孩子说晚上会出来的。她想在一间客房睡觉,在浴缸里洗个热水澡,再玩上一天,就像今天那样到游泳池游泳,参观满是英文书籍和杂志的阅览室。

但她父亲说现在该走了。还了游泳衣之后,他们叫了一辆铁皮车厢带宝石蓝长凳的人力车,把他们带回祖母家。

她无法想象她的祖母来到他们刚刚去过的俱乐部里,在桌边坐着的人们中间,笑着,手里夹着香烟,端着啤酒。男人们在问酒保要鸡尾酒,他们的妻子穿得非常漂亮。她无法想象她的祖母身处任何别的地方,除了托利冈吉房子的露台上,迪帕不在的时候楼梯横拉着铁链,或者短暂地走到低地的边缘,那里可看的只有脏水和垃圾。

贝拉突然想念起她的母亲来。她的每一个生日都是跟母亲过的。早上的时候,她希望打个电话,但是父亲告诉她线路坏了。

我们现在可以给她打电话了吗?

线路还是没修好,贝拉。你很快就要见到她了。

贝拉想象她的母亲躺在书房的沙发上。地毯上散落着书籍和纸张,窗户上的换气扇嗡嗡作响。阳光开始慢慢爬进来。

在罗得岛,每到生日那天,贝拉总会在炉子上慢慢烧暖的牛奶香味中醒来。那里,牛奶不受扰动,逐渐变得浓稠。她的母亲走出书房照看,加糖,加米饭。

当天晚些时候,在下午,把它倒出来,稍微冷却一下,她的母亲就会喊贝拉过来,让她先尝一口那桃红色的布丁。她会让她刮下最美味的部分，就是锅底的凝结的牛奶。

爸爸？

什么，贝拉？

改天我们可以再回俱乐部吗？

也许等我们下次来访时，她的父亲说。

他告诉她，他想要她休息，回罗得岛是一段漫长的旅程。在印度的六个星期已经过去了五个。她父亲的头发已经开始长回来了。

人力车向前飞驰，经过路边排列的小屋和摊位，那里卖花、卖甜食、卖香烟和苏打水。当他们接近拐角处的清真寺时，人力车放慢了速度。一个海螺壳吹响了，标志着傍晚的开始。

停在这里，她的父亲告诉车夫，一边摸钱包，一边说剩下的路他们自己走过去。

3

他们乘坐公共汽车从洛根机场到普罗维登斯，然后叫出租车回家。贝拉手腕上戴着镜面手镯。她的脸和手臂都晒黑了。他们离开的前夜，祖母为她紧紧编织的辫子垂到了她的腰间。

一切都和他们离开时一样。亮蓝的天空，道路和房屋。远处的海湾，满是帆船。海滩上挤满了人。割草机的声音。带咸味的空气，树上的叶子。

当他们走近房子时，她看到草几乎长到她的肩膀高了。不同的品种像小麦、像稻草一样发芽。草高得直达邮箱，遮蔽了大门两侧的灌木。到那个高度已不再是绿色，有的部分因为缺水而偏红。尖端的苍白斑点似乎并没有依附在什么上面。像一群一动不动的细小昆虫。

看来你出门一段时间了，出租车司机说。

他把车开进车道，帮助她的父亲从车尾行李箱卸下行李，搬到房前。

贝拉猛地跳入草地，仿佛那是大海，她的身体一时间消失了。努力向前穿行时，她伸展手臂。羽毛状的草尖在阳光下闪闪发光。它们轻柔地刮擦着她的脸、她的后腿。她按了门铃，等着妈妈来开门。

门没有开，她的父亲不得不用上了钥匙。到了房子里他们大声呼唤。冰箱里没有食物。虽然这一天很温暖，但窗户都关闭着而且上了锁。房间很暗，窗帘拉上了，室内植物的土壤都已干结。

起初贝拉的反应好像是在面对一场挑战、一场游戏。因为这正是她小时候母亲喜欢和她玩的游戏。藏在浴帘后，蹲在衣柜里，贴在门后面。绝对不要半途跳出来，即使过了几分钟贝拉还是找不到，也绝对不要咳嗽，一次也不能给她任何线索。

她像个侦探一样穿过房子。往下走半段楼梯到起居室和厨房，往上走半段楼梯到卧室所在的地方，那里大厅铺着同样紧密编织的橄榄色地毯，将房间联结起来，就像一片苔藓从一个门道蔓延到另一个门道。

她打开门，发现一些东西：浴室里散落几支发夹，一个订书机放在母亲满是灰尘的书桌上，一双磨损的凉鞋留在衣柜里。书架上还有几本书。

她的父亲坐在沙发上，贝拉走近时他没有看见她，即使她站在几英尺开外的地方也视而不见。他的脸看起来很不一样了，好像骨头已经移位。好像有些骨头已不在那里了。

爸爸？

他旁边的桌子上有一张纸。是一封信。

他伸出手来，摸索她的手。

我不是仓促做出这个决定的。如果有什么的话，这件事我已经考虑太多年头了。你尽力了。我也尝试过,但结果不大好。我们尝试过相信我们会成为彼此的伴侣。

在贝拉身边,我只会想起辜负她的种种。在某种程度上,我希望她还很小,把我忘记算了。而现在她会恨我的。如果她想和我说话,或者最终要见见我,我会尽力安排。

你觉得怎么说对她痛苦最小,就怎么说吧,但我希望你告诉她真相。我没有死亡或失踪,而是搬到了加利福尼亚州,因为一所大学聘我教书。虽然对于她并没有任何安慰,但请告诉她我会想念她。

至于乌达安,如你所知,多年来我一直不知道该何时、如何告诉她,到什么年龄最好,但这已不再重要。你是她的父亲。正如你很久以前就已经指出,而且我也早就接受,你已证明自己是一个比我更好的亲人。我相信你是比乌达安更好的父亲。鉴于我正在做的事情,更改她与你的关系是没有任何意义的。

我的地址还不确定,但你可以通过大学转交联系我。我不会向你要求其他任何东西;他们提供的钱足够了。无疑你会对我愤怒至极。如果你不愿和我沟通,我会理解的。我希望最终我的缺席对你、对贝拉会使一切更容易,而不是更难。我想会的。祝你好运,苏巴什,再见了。为了交换你为我所做的一切,我将贝拉留给你。

信是用孟加拉语写的,因此不用担心贝拉破译其内容。他改头换面转述了信中所说,努力凝视她困惑的脸。

她已经大了,知道加利福尼亚有多远。她问起高丽什么时候回来,他说他不知道。

他准备好安抚她,平息她的震惊。但那一刻却是她在安慰他,双臂搂着他,她强壮苗条的身体散发着她的忧虑。她紧紧地抱着他,仿佛不这样的话,他就会从她身边漂走。我永远不会离开你,爸爸,她说。

他知道这个婚姻,曾经是他们自己的选择,已日复一日成为一种强制性的安排。然而在他们之间的谈话中,她从来没有表示过离开的意愿。

在他的脑海里,他有时会想,等贝拉上了大学,离开他们以后,他和高丽可能会开始分开居住。等贝拉更加独立,需要他们更少的时候,可以开始一个新的人生阶段。

他原以为,出于贝拉的缘故,高丽暂时还会容忍他们的婚姻,因为他一直在容忍。他未曾想到,她会缺乏等待的耐心。

苏巴什生命中的三个女人——他的母亲、高丽和贝拉——如今只剩下一个了。他母亲的心灵现在已是荒野。它再也不成形状,无法清理了。它已经被不幸所压倒,杂草丛生。她被乌达安的死永久地改变了。

那片荒野是她唯一的自由。她被锁在家里,每天被带出来一次。迪帕会照料她不要出危险,不要弄得自己难堪,不要再出什么洋相。

然而高丽的头脑救了她。它使她能够站立起来。它为她扫清了一条道路。它让她准备好走开了。

* * *

她的母亲还留下了什么？在贝拉的右臂，就在肘部上方，一个她必须扭转手臂才能看见的地方，是雀斑状的一片她母亲的较深色素，几乎成为坚实的一整块，显得既谨慎又张扬。她可能拥有的另一种肤色的一道痕迹。她右手的无名指上，就在关节下边一点点，还有一颗同色的斑点。

在罗得岛的房子里，在她的房间，她母亲的另一残迹开始显露出来：一个阴影短暂地占据了她的一段墙壁，就在一个角落，令贝拉想起了母亲的轮廓。这是她在母亲离开之后才注意到的一种关联，此后就再也无法驱散了。

这个阴影里，她看到了母亲额头的印象，她鼻子的斜坡。她的嘴唇和下巴。它的来源并不清楚。某段树枝，还是屋顶的某个悬垂部分折射了光线，她无法确定。

每天当太阳在房子周围移动时，图像就消失了；每个早上它都会回到她母亲逃离的地方。她从未看见它形成或消失。

在这个幻影中，每天早晨，贝拉认出她的母亲，感觉到她来了。这是人们仰望流云时，可能会自发产生的那种联想。可是就贝拉的情况而言，它将永远不会分裂，永远不会变成任何别的东西。

4

和她在一起的努力消失了。取而代之的是独一无二的父亲身份，一条不必澄清或修订的纽带。他有他的女儿；而他独自守着她不是他亲生的事实。他的生活中已经减少的元素不安地排坐着，一个挨着一个。这既不是胜利也不算失败。

她进入七年级了。她正在学习西班牙语、生态学、代数。他希望新的教学楼、新的教师和课程、从一个课堂赶到另一课堂的例行程序，会分散她的注意力。最初情况似乎就是这样。他看到她建了一个三环活页夹，在带标签的分隔页上写下她的课程名，把她的日程表贴在里面。

他重新安排了工作时间，不再像以前那么早来到实验室，确保早上在家准备好她的早餐并且把她送走。他看着她每天出发前往校车站，双肩背着一个装满教科书的背包。

有一天，他注意到她的短袖衫和毛衣下面，她的胸部不再平坦。她在托利冈吉蜕去了一部分自己。她正处在一种新的美丽的边缘。尽管已被压垮，却仍然在绽放。

她变得更清瘦、更安静，周末总是一个人待着。就像高丽曾经那样。她不再缠着他，想要在星期天一起散步。她说她有功课要做。没有任何预警,她迅速染上了这种新的情绪,就像秋日的天空,突然之间光线消退了。他没有询问出了什么问题,知道答案该是什么。

她正在脱离他,建立自己的存在。这才是真正的冲击。他以为自己会是那个保护她、让她安心的人。但他感觉被扔在了一边,与高丽一起遭受控诉。他害怕运用自己的权威;他现在孤立无援,作为父亲的信心也动摇了。

她问是否可以换个卧室,搬进高丽的书房。虽然这让他很恼火,但他同意了,告诫自己这种冲动很自然。他帮助她布置房间,花了一天时间把她的东西搬进去,衣服挂在壁橱里,海报重新粘贴在墙上。他把她的灯放在高丽的桌子上,书放在高丽的书架上。但不到一个星期,她认定还是喜欢她的旧房间,说她想再搬回去。

她只是在必要的时候才跟他说话。某些日子,她根本不跟他说话。他怀疑她是否告诉过她的朋友发生了什么。但是她见朋友并不征求他的许可,也没有人来家里探望她。他纳闷如果他们不是住在镇里这么偏僻的地方,而仍然住在校园附近,住在一幢满是教授和研究生以及他们的家人的公寓大楼里,是不是一切会更容易一些。他责备自己带她去了托利冈吉,给了高丽逃脱的机会。他想知道贝拉会怎么看她的母亲,怎么理解她听说的关于乌达安的事情。虽然两者她都从来没有提到过,但他想知道她了解到了什么。

到十二月,他满了四十一岁。通常贝拉喜欢庆祝他的生日。她会要求高丽给她一点钱,好从药杂店给他买些老香料牌男士护理用品,或者一双新袜子。去年,她甚至烤了一个简单的蛋糕,撒上糖霜。今年,他下班回来时,像平常一样在她的房间找到她。他们吃完晚餐后,没有贺卡,没有小惊喜。她避开他,她新生的冷漠太深了。

一天,他还在工作时,贝拉的指导顾问打电话来。贝拉在中学的表现令人担忧。据她的老师说,她没有做好准备,思想不集中。根据她的六年级老师的建议,她被安排在高级班,但事实证明这个挑战太大了。

那就把她安排在不同的班级吧。

但情况不只是那样。她似乎不再和其他学生来往了,指导顾问说。在餐厅里,午餐桌上,她一个人坐着。她没有报名参加任何俱乐部。放学后,她一直是独自走路。

她坐校车回家。她自己开门进去,然后做功课。我回来时她总在那里。

但是他被告知,有人不止一次看见她在镇里各处游荡。

贝拉一直喜欢和我一起散步。也许这会让她放松,呼吸一点新鲜空气。

有些路段汽车开得很快,指导顾问说。还有一条不让人行的小高速公路。不是州际高速公路,但也算高速公路。这是最后看见贝拉的地方。她站在路肩旁边的护栏上,举起手臂保持平衡。

一个陌生人停下来问她有没有事,于是她搭了顺风车回家。很幸运,结果发现碰上了一位负责任的人。另一位学生家长。

指导顾问请求碰个面。她要求苏巴什和高丽一起参加。

他感觉一阵反胃。她母亲不再和我们住一起了,他总算说了出来。

什么时候起?

夏天。

你应该通知我们的,米特拉先生。你们分开之前,你和你的妻子坐下来和贝拉谈过吗?你给她打过预防针吗?

他放下电话。他想给高丽打电话,对她吼叫。但他没有电话号码,只有她任教的大学的地址。他拒绝写信给她。他顽固地想要保守住贝拉的身世,以及高丽的缺席对她是多大伤害这些秘密。他想说,你把她留给了我,可是你却带走了她。

他开始每周固定一个晚上开车带贝拉去见一位心理医生,是指导顾问推荐的,就在他的验光师所在的同一诊室套间里。起初他还试图抗拒,说会和贝拉谈一谈,没有必要寻求心理辅导。但指导顾问态度坚决。

她说,她已经和贝拉谈过这件事,而且贝拉并没有反对。她告诉他,贝拉需要一种帮助,是他无法提供的。就好像她体内的一根骨头已经断了,顾问解释说。修复它并不仅仅是时间问题,也不可能由他来妥善处理。

他再次想到了高丽。虽然他曾经试图帮助她,但是失败了。他现在十分恐惧贝拉会永久性地自我封闭,以同样的方式拒绝他。

于是,他给心理学家艾米莉·格兰特医生开了一张支票,并把它放在一个信封里,就像他处理别的账单那样。这些账单是打印在小片纸张上的,月底邮寄给他。各次治疗的日期以逗号分隔,是手写的。付款后,他把账单都扔掉了。在支票本的分类账簿中,他讨厌写上格兰特医生的名字。

贝拉独自赴医生之约。他不知道她对格兰特医生说了什么,她会把不再告诉他的事情告诉陌生人吗。他不知道这个女人是否温和友善。

他想起第一次得知乌达安与高丽结婚时,感觉被她取代了。如今他第二次觉得被取代了。

他唯一一次亲眼见过格兰特医生,只觉得她无从捉摸。一扇门打开,他站起身来同一个女人握手。她比他想象的年轻,身材矮小,一头任性的棕色头发。板着的脸面色苍白,穿一条极薄的黑色紧身裤,小腿肚丰满,脚穿平跟皮鞋。就像一个十几岁女孩穿起了妈妈的衣服,那件夹克对她来说太大了,有点长。尽管穿过她办公室敞开的门,他看到了墙上一溜装上镜框的学位证书,但一个外形如此混乱的女人,怎么能够帮助贝拉?

格兰特医生对他毫无兴趣。她的目光锁定在他身上一刹那,是那种有力但令人费解的眼光。她把贝拉带进办公室,然后当着他的面关上了门。

那个眼神,知晓而又拒绝给予,令他心里发慌。她像其他任何聪明睿智的医生一样,审视一下患者,就已经知道了潜在的疾病。在她们的诊治过程中,她是否凭借直觉知道了他瞒着贝拉的秘密?她知道他不是贝拉真正的父亲吗?知道他日复一日对她撒谎吗?

他从未被邀请进入房间。几个月来，他没有看到贝拉有任何进展的迹象。坐在等候区，看着贝拉和格兰特医生在另一边的那扇门里，令他感觉更糟糕。于是他用那一个小时购买一周的杂货。他掐准约诊的时间，在停车场等候她，在汽车里等。约诊结束后，她坐在他旁边，关上车门。

今天谈得怎么样，贝拉？

还好。

对你仍然有帮助吗？

她耸了耸肩。

想去餐馆吃饭吗？

我不饿。

她正在偏离他，正如高丽那样。她的思绪在别处，她的脸转过一边。惩罚他，因为高丽不在那里接受惩罚。

你愿意给她写封信吗？试试在电话上跟她交谈？

她摇了摇头。她低下脑袋，眉头皱了起来。她的肩膀弯成弓形，彼此推挤着，而眼泪滚落下来。

夜里站在她门口，看着她睡觉，他想起从前那个小女孩。和她一起在沙滩上玩，当时她只有六七岁。海滩几乎空无一人，他最喜欢这个时候来。落日在水面铺洒了一道光亮，在地平线处很宽，朝着陆地逐渐收窄。

贝拉的四肢是粉色的，红润亮泽。来到这里，她似乎从来没有像这样充满活力，她孤单的身体勇敢地对抗着浩瀚的海洋。

他在教她识别物品，他们正在玩一个游戏：看到贻贝壳得一分，扇贝壳得两分，螃蟹得三分。如果看到从沙丘执着地冲向海浪的千鸟，就可以得到五分。谁先叫出来谁得分。

她落在他后面一段距离，每走几步就停下来指指地上的东西。在岩石区域，她小心地踩着步子。她哼着一段小曲调，部分头发掖在一只耳朵后面。他们向对方叫喊，修改着比分。

他停下来等她，但她突然爆发出一股能量，跑到他前面去了。她一直不停地冲刺，无所阻拦，在水边快活得不得了。齐耳根的黑发被风吹散，遮住了她的脸。就在他以为她有能量永远奔跑，逃出他的视线时，她停了下来。转身，喘着气，手叉着腰，确认他还在那里。

第二年，她慢慢从发生的一切中解脱出来。她的眼睛又变得清澈，脸上带着镇静。她变得外向，主动跟人交往。她举手投足不一样了，风已不再阻挡她，而是吹在她背上，把她推进这个世界。

以前她总是在家，现在却从不待在家里。到了八年级，整个晚上电话响个不停，不同的人，男的女的，都想跟她聊天。关上门后，她和伙伴们一聊就是几个小时。

她的成绩提高了，她的胃口恢复了。她不再咬了两口就放下叉子，说已经吃饱。她加入了行进乐队，学习用单簧管演奏爱国歌曲，晚餐后把乐器装配起来，练习音阶。

退伍军人节那天，他站在镇中心的人行道上，观看她从面前走过。她穿着制服，顶着秋天的寒意，专注于挂在脖子上的乐谱。还有一天，清理卫生间的垃圾桶的时候，他看到扔掉的卫生垫包装,意识到她已经来月经了。她完全没有对他提起。她买了需要的物品,藏着不让人看见,就这样自己成熟起来了。

在高中,她加入了自然研究俱乐部,协助生物学老师标记海龟和解剖鸟类,前往海滩清理筑巢地。她去缅因州研究斑海豹,又为帝王蝶跑了一趟五月岬。她开始把时间花在他无法反对的其他追求上:与另一名学生一起挨家挨户地跑,回收瓶子或征集提高最低工资标准的请愿签名。

她取得学车执照时,便开始开车去本地的餐馆,收集丢弃的食物,捐给庇护所。到了夏天,她找那些必须在户外做的工作,比如在托儿所浇灌植物,或者在儿童夏令营帮忙。她对买东西不贪心,也不感兴趣。

高中毕业后的那个夏天,迪帕来电说他的母亲中风了,贝拉没有和他一起旅行。她告诉他,说想留在罗得岛,与她很快就要分开的朋友们共度时光。他安排她和其中一人住在一起。虽然他不喜欢这个主意,要一连几个星期离开贝拉这么远,但在某种程度上,不必再次把她带回托利冈吉也算是一种解脱。

他母亲多大程度认出他来,苏巴什并不清楚。她跟他说的话都很零碎,有时好像他是乌达安,或者好像他们还是小男孩。她告诉他不要在低地把鞋子弄得全是泥,不要在外面玩得太晚。

他看到母亲居住在另一个时间,一个更可忍受的现实中。她的双腿失去了协调,所以楼梯间不再需要拉上链条了。她只能待在露台,房子的顶层,一辈子不能下来。

他明白,也许他已经不再存在于母亲的心中,她已经放开了他。他娶高丽就是公然藐视她；多年来，他一直避开她，在一个她从未见过的地方过日子。然而，作为子女，他还是花了这么多时间陪在她身边。

但是现在他们之间的距离不仅仅是身体上的，甚至是情绪上的。它是无法解决的。它给苏巴什引爆了一波延迟的责任。曾经不再重要的一种尝试，现在又摆在了面前。在接下来的三年中，他每年都会在冬天回到加尔各答，去看望她。他坐在她旁边，读报纸，和她一起喝茶。感觉一样的隔膜，就像贝拉对高丽所感觉到的。

他逗留在托利冈吉，仿佛又回到了小男孩时代，从来不游荡到拐角的清真寺以外的地方。只是偶尔走路穿过聚居区，总要在乌达安的纪念碑前停一下，然后回来。这个城市的其余部分，充满生气，急切索求，却对他没有任何意义。它只是往返于机场之间的通道。他已经从加尔各答走开，就像高丽从贝拉身边走开一样。到现在，他已经忽略这座城市太长时间了。

他最近一次探访期间，他的母亲需要住院治疗。她的心脏太虚弱了，她需要氧气。他整天都守在她身边，每天早上很早就到医院，来握住她的手。结局就要到来，医生告诉他这次来得正是时候。但疾病发作是在深夜。

比卓利并没有死在托利冈吉，死在她念念不忘的房子里。虽然苏巴什大老远回到她的身边，但是那个最后的早晨，他赶到医院还是太迟了。她独自死去，在一个满是陌生人的房间里，拒绝了他看着她离去的机会。

* * *

贝拉上大学选择了中西部一所小型文理学院。他开车送她去那里,穿过宾夕法尼亚、俄亥俄和印第安纳州,偶尔让她开一程。他见到了她的室友、室友的母亲和父亲,然后把她留在了那里。学院开设替代课程,没有考试或字母评分。这种非典型方法很适合她。据她的教授们在年底写的冗长评价信函说,她表现得很好。她主修环境科学。在她的毕业论文中,她研究了农药汇入一条当地河流中产生的不利影响。

他希望她下一步进研究院,但她却毫无兴趣。她告诉他,她不想在大学里度过一生,埋头于研究。她已经从书本和实验室学到了足够的东西。她不想把自己那样封闭起来。

她对他说这番话的时候,并非一点轻蔑也没有。她几乎就是拒绝了他和高丽两人的生活。他想起乌达安对学业的兴趣突然降到了冰点,就像贝拉一样。

她时常谈起和平队,想要前往世界其他地方。他不知道她会不会加入,也许她愿意回印度去呢。她已二十一岁,足以做出这样的决定了。然而,毕业以后,她却搬到了离他并不太远的地方,马萨诸塞州西部,在那里找到了一份农场工作。

他开始以为,她去那里做研究工作,测试土壤或帮助培育作物新品种。然而不是,她在那里干的却是农业学徒。下地里,设置灌溉线,除草收割,清理动物围栏。把蔬菜装进板条箱准备出售,在路边摊为买菜顾客称重。

她周末回家时,他看到她双手的形状和肤质正因繁重的劳作而改变。他注意到她手掌上的茧子、指甲下面的泥垢。她的皮肤散发着泥土的气息。她的后颈和肩膀,她的脸,变成了更深的棕色。

她穿着牛仔布工作服,厚重带泥的靴子,头发上系着棉质头巾。她早上四点醒来。她身穿男式汗衫,袖子推到肩膀上,黑色的皮革条绕着手腕打结,代替了手镯。

每一次都可以看到新的东西。她脚踝上方像裤脚的文身。头发的漂白部分。穿在鼻子上的银圈。

这成了她的生活:全国各地的农场一溜干下来,有的在附近,有的很远。华盛顿州,亚利桑那州,肯塔基州,密苏里州。他不得不在地图上查找的乡镇,那些地方她说有时候几英里都遇不上红绿灯。她在生长季节或繁殖季节出行,去种植桃树或保育蜂箱,去养鸡或养山羊。

她告诉他,她住在就近的宿舍,雇主往往不给工资,而只是提供食物和居所,以作冲抵。她曾与那些把收入汇集在一起使用的人群生活过。她在蒙大拿州的一个帐篷里住了几个月。需要的时候她找些零工做,比如喷洒果园,打理景观。她没有保险,也不理会她的未来。连固定的地址也没有。

有时候她寄给他一张明信片,告诉他去了哪里,或者送一个纸箱,里面装着正在变软的西兰花,或者一些报纸包着的梨子。干红辣椒,编成一个花圈。他想知道她是否因工作去过加利福尼亚州,高丽仍然居住在那里,或者这是她刻意避开的地方。

他和高丽没有联系。只有一个邮政信箱,在最初的几年里,他寄送过他们的税表,直到他们开始各自报税。除了这件公函,他没有找寻过她。

他们分别住在这个庞大国家的两端,而贝拉在他们之间漫游。他们没有费心去离婚。高丽没有要求,而苏巴什也无所谓。保持婚姻比不得不再次同她谈判要好。令他震惊的是,她从来没有联系过贝拉,连个便条都没写过。她的心怎么会这么冷。与此同时,他感激分手分得很干净。

时常,在美国同事家中,或者当地与他关系亲密的印度家庭的晚餐上,会有一个人,一个寡妇或一个从未结婚的女人。有一两次他打电话给这些女人,不然她们也会打给他,邀请他参加普罗维登斯的古典音乐会,或者观看戏剧。

虽然他对这类娱乐兴趣不大,但他还是去了;有那么几次,他渴望陪伴,在一个女人的床上度过了几个夜晚。但他对恋爱关系没有兴趣。他五十多岁了,建立另一个家庭为时已晚。他已经和高丽越界了。他无法想象还要再走出这一步。

他唯一渴望的是贝拉的陪伴。但是她变化难测,他从来不确定什么时候能再见到她。她倾向于夏天回来,在她生日前后休假一两个星期,回到他养育她的地方,到海滩去玩,在海里游泳。她偶尔在圣诞节期间到来。有一两次,她承诺过回来,然而在最后一分钟告诉他出了点状况,最终没有出现。

她在那儿的时候,睡在她的旧床上。她将带樟脑气味的药膏抹在胳膊和腿上,然后把自己浸泡在浴缸里。她允许他为她做饭,用这种简单的方式略微照顾她一下。她和他一起在电视上看老电影,他们到尼尼格雷湖周围散步,或者走进希望谷的杜鹃花丛,就像她小时候那样。

不过,她要求给自己留下一些独处的时间,这样即使是在探访期间,她也会在他上床睡觉之后,烘焙一些西葫芦面包,或者借他的车出去兜兜风,不邀请他一起去。他知道,即使在她回来的时候,她也有一部分是对他封闭的。知道她的界限感非常强烈。虽然她似乎已经找到了自己,但他担心她还是迷失了。

每次探访结束时,她拉上行李的拉链,然后离开他,从来不说什么时候会回来。她消失了,就像高丽曾经消失那样,她的职业优先于其他。定义她,引导着她的轨迹。

多年来,她的工作开始与某种意识形态融合。在她所做的事情中,他看到一种对抗精神。

她把时光花在城市里了,在巴尔的摩和底特律的毁损城区。她帮助将废弃的地产改造成社区花园。她教低收入家庭在后院种植蔬菜,这样他们就不必完全依赖食物救济。当苏巴什赞扬她的这些努力时,她不以为然。这是必要的,她说。

在罗得岛,她翻了一下他的冰箱,责怪他还在从超市买苹果。她反对吃那些必须长途运输的食物。反对给种子申请专利。她跟他谈起为什么人们仍然死于饥荒,为什么农民仍然挨饿。她指责财富分配不均。

她责备苏巴什把蔬菜碎片扔掉而不是留着堆肥。一次,在探访期间,她去一家五金店买了胶合板和钉子,在他的后院建了一个堆肥箱,并告诉他如何在肥堆凉下来时翻堆。

我们消费什么就会支持什么,她说,并告诉他他也需要尽一份力量。她可能有点自以为是,就像乌达安那样。

他时常担心她拥有如此充满激情的理想。尽管如此,她离开之后,即使简单地去超市购买更快、更便宜,他还是开始周六早上开车去一家农场的摊位,取得一周要用的水果和蔬菜,还有鸡蛋。

那儿干活的人把他的物品称重、放进他的帆布袋,再用一截铅笔把他的欠额加和,而不是在收银台上做这些,他们令他想起了贝拉。令他回想起她务实的淳朴。因为贝拉,他逐渐意识到要吃当季的蔬果,得看那时有什么。这些事情他小时候认为是理所当然的。

他想象,她对于改善世界的奉献精神,将会让她的一生过得很充实。不过,他还是无法放下他的担忧。她避开了他努力提供的安定生活。她打造了一条无根的道路,一条在他眼里似乎充满危险的道路。但是,就像对高丽那样,他会让她走的。

一个松散的朋友圈,一群她很喜欢谈及却从未介绍他认识的人,为她提供了另一种形式的家庭。她谈到了参加这些朋友的婚礼。她为他们的孩子织汗衫,或者给孩子们缝制布娃娃,作为惊喜寄给他们。如果说她的生命中还有其他任何伴侣,一个浪漫的对象,那么他是不知道的。不管她什么时候来,总是只有他们两个。

他学会了接纳她的现状,接受她做出的转变。有时候,贝拉的第二次出生比第一次显得更为神奇。她发现了生命的意义,对他来说是一个奇迹。面对高丽的所作所为,她能够适应下来,则更是一个奇迹。而最终她的更新,即使不是完全恢复,以及她对他的感情,这些都是奇迹。

然而有时候他感觉到了威胁,确信这是乌达安的启示,确信乌达安的影响力更大。高丽离开了他们,而且到如今苏巴什相信,她会离得远远的。但是有时候苏巴什却仍然相信乌达安会回来,宣示他的位置,从坟墓里声称贝拉是他的。

陆

1

在托利冈吉他们的卧室里，她睡觉前正在梳理头发。门闩拴上了，百叶窗也关了。乌达安躺在蚊帐里，短波收音机放在胸前。一条腿跷起，脚踝搁在另一条腿的膝盖上。他身边的床罩上，放着一个小小的金属烟灰缸、一盒火柴、一包威尔斯牌卷烟。

这是1971年，他们结婚后的第二年。党发表宣言已近两年。《爱国者》和《解放》杂志社被搜查已有一年。乌达安继续阅读的各期杂志是秘密出版和流通的。他把它们藏在了床垫下面。杂志内容被认为是煽动性的，持有杂志现在可以用作犯罪证据。

兰吉特·古普塔是新上任的警察专员，监狱正在膨胀。警察从他们的家中、校园里、安全屋中搜捕同志。把他们关押在城市各处的拘留所中，逼迫他们招供。有些人几天后被放了。其他人则被无限期拘留。烟头烫背，热蜡灌耳，金属棒捅进直肠。住在加尔各答各监狱附近的人们无法入睡。

一天，就在几个小时以内，四名学生在学院街附近相继被枪杀。其中一人与党毫无关系。他一直是穿过大学校门去上一门课的。

乌达安关掉收音机。你后悔做了那个决定吗？他问。

哪个决定？

后悔嫁人吗？

她手里拿着梳子，停了一下，瞥了一眼镜子里他的映像，可是无法透过蚊帐看清他的脸。不。

后悔嫁给我了吗？

她起身撩起蚊帐，坐在床沿。她在他身边躺了下来。

不，她再说了一遍。

他们逮捕了辛哈。

什么时候？

几天前。

他说这话时并没有沮丧。好像此事与他无关。

这意味着什么？

意味着他们要么逼得他招供，要么杀了他。

她又坐起来。她开始把头发编成辫子，准备睡觉。

但是他把她的手指拉开了。他解开她的纱丽，让衣料从她胸前掉落，露出衬衫和衬裙之间的皮肤。他把她的头发披散在肩头。

今晚就让它这样吧。

头发流进他的手中，一缕缕散落在床上。随即重量消失，头发又缩短了，纹理变得较为粗糙，带着一绺一绺的灰色。

但在梦中，乌达安依然是个二十多岁的男孩。比现在的高丽年轻三十岁，比贝拉几乎年轻十岁。他的卷发从额头往后梳，他的腰部比肩膀细窄。然而她已是一位五十六岁的女性，岁月带走了肌肤的弹性，逐渐显出老态。

乌达安对这种断裂视而不见。他把她拉到身边，解开她的衬衫，从她休眠的身体、疏于照顾的乳房寻求快乐。她试图推拒，告诉他应该与她再无瓜葛了。她告诉他，她已经和苏巴什结婚了。

这个信息没有效果。他除去了她剩下的衣服，她开始感觉丈夫的触摸令人反感。因为她在和一个像儿子那样年轻的男孩赤身裸体在一起。

她与乌达安结婚时，反复出现的噩梦就是他们并没有见过面，他并没有进入她的生活。在那些时刻，她又回到认识他之前所认定的境况，她将独自度过一生。在托利冈吉他们的床上梦回醒来，离他只有几英寸，她憎恨那些最初的迷惘时刻；尽管他把她搂在怀里，她依然隔绝于另一个世界，在那里他们彼此一点关系也没有。

她认识他才不过数年。刚刚开始了解他。但在另一方面，她实际上已经认识他一辈子了。他去世后，她从内心逐渐理解他，这种理解来自对他的回忆，来自仍在试图弄懂他的努力。弄懂为何怀念而又怨恨他。除此以外，她没有什么挂怀的了。没有悲伤。

她好奇他现在会长成什么样子。他是如何慢慢变老的，他患过什么病痛，死于什么疾病。她试图想象平坦的腹部变得柔软。想象他胸前的灰色毛发。

她整个一生中，除了苏巴什询问的时候，以及她告诉奥托·韦斯教授的那一天，她没有和任何人谈起过发生在他身上的事情。没有别人知道要问。在加尔各答，他生命的最后几年发生了什么。她在托利冈吉的露台上看到了什么。她为他做了什么，只因他要求过。

在加利福尼亚州，起初，困扰她的是活着的人，而不是死者。她时常担心贝拉或苏巴什会突然现身，坐在演讲厅里，或者走进一次会议。新课程开始的第一天，她常常从讲台抬头扫视整个演讲厅，有点希望他们哪一个正坐在椅子上。

她时常担心，他们会在阳光明媚的校园里、在大楼之间的一条人行道上发现她。对抗她，揭露她，逮捕她，以警方逮捕乌达安的方式。

但是二十年了，并没有人来。她没有被召回。她得到了她要求的东西，不多不少地获得了她寻求的自由。

到贝拉十岁的时候，高丽已经能够以某种方式想象她年岁加倍、二十岁时候的样子。那时，贝拉已经在学校度过大部分时间了，有时候会在朋友家里过周末。夏天，她在女童子军过夜营地度过两个星期完全没有问题。晚餐时她坐在高丽和苏巴什中间，吃完饭把她的盘子放入水槽，之后悄然上楼去了。

尽管如此，高丽还是在等待，直到她获得一份正式工作，直到苏巴什返回加尔各答。她知道，她在贝拉生命的最初几年犯下的错误并不是可以回头修补的。她的尝试不断崩溃，因为并不存在那个基础。随着时间的推移，这种感觉不断侵蚀她，只是暴露出她的自私自利、她的无能。暴露出她无法容忍自己。

她确信苏巴什是她的竞争对手，她在与苏巴什竞争贝拉，一场她感觉屈辱、不公正的竞争。可这当然并不是一场竞争，而是她自己的浪荡。是她自己的退缩，隐蔽而又无可逃避。她亲手将自己画在了一个角落，然后就完全落在了画面之外。

就在那第一次横跨全国的飞行中，飞机上非常明亮，她不得不戴上了太阳镜。在大部分时间里，她额头紧贴在椭圆形的舷窗上，能够看到地面。在她下面，一条河像胡乱弯曲的铁丝一样闪闪发亮。棕色和金色的大地布满裂缝。悬崖像岛礁一样升起，因为太阳的热力而破裂。

还有黑色的山峦，山上似乎不能生长任何东西，没有草，没有树。有些细线则无法预测地扭曲，连接着不知通往何处的支线。那不是河流，而是道路。

有一片地区是几何图形，就像粉红色、绿色和棕褐色拼接起来的带图案的地毯。由各种尺寸的圆形组成，互相靠在一起，有的略微重叠，有的整齐地缺少一瓣。她从邻座那里得知，这些是种的庄稼。但在高丽眼里，它们就像一堆没有图案的硬币。

它们越过了无人居住的沙漠，平坦而毫无特色，终于到达美国另一侧的边界，只见洛杉矶低低地蔓延着，密集而没有间断。她知道这个地方会容纳她，知道她将会省心地沉迷于此。在她的内心，是如此大胆行事带来的愧疚和激动，是拼搏之后纯然的疲惫。好像为了逃离罗得岛，她是一步一步走过来的。

她进入了一个新的维度，一个给她带来崭新生活的地方。她的手表上将她与贝拉和苏巴什分开的三个小时就像一个物理屏障，同她来到这里所飞越的山脉一样巨大。她做成了，做成了她能想到的最糟糕的事情。

她的第一份工作完结之后，她短暂地搬到北边，先是在圣克鲁斯教书，然后到旧金山任教。但她又回到了南加州，打算在此度过余生；这是一个小小的大学城，旁边隔着高速公路，是饼干色的群山。校区主要是本科生，属于一所建于二战以后的小型但运营良好的学校。

在这样一个人际关系密切的机构中，要想过一种匿名的生活是不可能的。她的工作不仅仅是给学生上课，更是要指导他们，了解他们。她需要维持慷慨的答疑时间，还得易于亲近。

在课堂上，她带领十人或十二人的小组，向他们介绍伟大的哲学书籍，无法回答的问题，以及许多世纪的争论和辩论。她讲授一门政治哲学概况，一门关于形而上学的课程，主持一个关于时间诠释学的高级研讨会。她建立了自己的专业领域，即德国唯心主义和法兰克福学派的哲学。

她把大课分成了若干讨论小组，有时邀请少量学生星期天下午到她的公寓来，她为他们烧茶。答疑时间里，她在满墙书籍的办公室，在一盏从家里带来的台灯的柔和光线下，与他们交谈。她倾听他们坦白承认之所以无法提交论文，是因为某种个人危机压倒了他们的生活。如果需要，她从留在抽屉中的纸巾盒抽出一张递给他们，告诉他们不用担心，可以申请缓考，告诉他们她能够理解。

向他人敞开、建立这些联盟的责任，最初成了一种意想不到的负担。她原是想要加州吞没她的；她想要消失。但随着时间推移，这些临时关系开始填补某种空间了。她的同事们欢迎她。她的学生敬佩她，对她忠诚。有三四个月时间，他们依靠她,他们陪着她,他们越来越喜欢她,然后他们就走开了。一旦课程结束,她便开始怀念起这种缓慢有节奏的联系了。她成为一些学生的替补监护人。

因为她的背景,她承担了一项特殊责任,督管来自印度的学生。每年一次,她邀请他们共进晚餐,供应印度炒饭和烤肉串。学生们往往来自富裕家庭,很高兴来到美国,而不是被它吓倒。他们是由一个不同的印度所造就的。轻松随意,似乎到了世界任何地方都这样。

一些从前的学生到了节假日给她寄来卡片,邀请她参加他们的婚礼。她为他们腾出时间,因为她开始有时间了,她没有家人需要照顾。

除了教学,她稳定地产出学术成果,获得了一些同行的尊重。她一生中出版了三部著作:一部是对于黑格尔的女性主义评价,一部是霍克海默哲学中释意方法的分析,还有一部基于她的博士论文,源自她为韦斯教授写的那篇笨拙的文章:《叔本华哲学中期望的认识论》。

她记得在罗得岛一扇关闭的门背后,这篇博士论文缓慢诞生的过程。意识到她的工作的紧迫性掩盖了作为母亲的紧迫性。她记得,随着岁月流逝,随着博士论文的写作逐渐深入,她满怀焦急,觉得永远也完成不了,也许她也会在这个目标上失败。但韦斯教授读完之后给她打来电话,告诉她,他为她感到骄傲。

她现在可以用德语同韦斯教授对话了,她学习德语这么长时间,又花了一年时间,在她四十岁时,在海德堡大学做访问学者。他还活着。她听说他退休后搬到了佛罗里达州。他曾帮助高丽进入波士顿的博士项目,然后为她找到加州的第一份教学工作。是他主动向她提起这件事的,他想帮助她,总是记着她,却没有意识到她会选择这份工作,而舍弃抚养孩子的义务。

她没有跟他保持联系。她想象消息已经传开,罗得岛的人们,大学里的,都已经知道她做了什么。而且她明白,曾经指导过她、信赖她、总是在询问贝拉情况的韦斯,可能会丧失对她的尊重。

她的意识形态是隔离于实践的,长期在学术机构任职使之变得中立。很久以前,她曾希望她的工作能够遵从乌达安的观念,但到现在却背叛了他所信仰的一切。他影响、激励她的一切努力,都只是精心培育了她自己的智力收获。

每年几次,她参加在全国各地或者国外举办的会议。这是她唯一的长途旅行。有时她喜欢这种场景的短暂变化、日常事务的转换。有时她喜欢分享孤独的劳作所得来的稀罕果实。

在飞行途中,她喜欢拿在手边的刺绣绿松石披肩总是折叠在随身携带的包里。这是苏巴什送给她,而她也保留下来的唯一一件东西。她回过东海岸,虽然她避开了普罗维登斯,甚至波士顿和纽黑文。感觉太靠近了。太不正当了,不能越过那条线。

不切实际地,她仍然保留着她的出生地的公民身份。她仍然持有绿卡,过期就更新她的印度护照。但她从未回过印度。这意味着她旅行时要站在不同的队列中,意味着这段日子会有额外的盘问,重新入境美国时还要打指纹。但她回来总是受到欢迎,被迎进去。

为了退休，为了简化她的晚年生活，她需要成为一名美国人。这样，乌达安很快又将再次被出卖。

无论如何，加州是她唯一的家。她立刻适应了当地的气候，既舒适又陌生，炎热却很少难以忍受。干旱而不是潮湿，除了某些下午浓雾笼罩。

她心怀感激地接受了此地冬季的缺席，降雨量的不足，以及沙漠中肆虐的狂风。这个地方唯一的寒冷是视觉上的，在山顶，山峰中聚集的那一点点白色斑块。

她遇到来自东海岸的其他避难者，他们因为各自的原因逃离，他们蜕去了自己从前的皮，不知道会找到什么，只是被迫上路而已。像高丽一样，他们把自己束缚在加州，永远不回去了。这样的人很多，多到她最初来自哪里，或者是什么把她带到这里来，已不再有什么意义。相反，在社交聚会上，当需要闲聊的时候，她已经能够分享那种发现、感激这个地方的集体意识了。

这里的某些植物她很熟悉。矮小的香蕉树，叶子边缘有一圈锈红色，长出尖利的紫色花苞，在托利冈吉婆婆曾教她浸泡、剁碎和烹煮。还有桉树发白的树皮。粗糙的枣树，包裹着尖锐的鳞片。

虽然她又到了离海岸线很近的地方，却仍然没有造访这个国家这一端的大洋；从来没有感觉它那么有侵蚀力，有腐蚀性，不像罗得岛严酷的大海，剥蚀一切，在她眼里永远显得汹涌澎湃，同时又渴望色彩、渴望生命。一种新的尺度感，地方之间广阔的距离感，也是一个意外的发现。数百英里高速公路你可以一路开下去。

她几乎没有探索过这里的高速公路，却感受到了那无情、无尽的空间对她的保护。多刺的植物，暖热的空气，带有红瓦顶的小型混凝土房屋——所有这一切都在欢迎她。她遇到的人似乎不那么保守，不那么苛刻，给她一个微笑却又不妨碍她。这一切在告诉她，在这片光线明亮、阴影锐利的土地上，重新开始。

然而，尽管她穿西方服装，学术兴趣也是西方的，她仍然是一位英语带着外国口音的女性，她的外形和肤色是不可改变的，并且与美国大多数地方的背景形成反差，仍然显得不同寻常。她继续用一个不寻常的名字来自我介绍，名是父母给的，姓却来自她嫁与的两兄弟。

她的外表和口音引得人们继续问她从哪里来，有的人则形成了某些假设。有一次，她受邀在圣地亚哥做学术演讲，大学派司机来接，这样她便可省去自驾的麻烦。司机按响门铃时，她到门口迎接。但是，当她说早上好的时候，司机没有意识到她就是乘客。他误以为她是受雇给别人开门的。告诉她，等她准备好就走，他说。

一开始，她心甘情愿地退回到纯粹而适宜的寡居生活，这种生活，因为贝拉和苏巴什的缘故，她最初还否定过。她依照西方习俗白天戴着结婚戒指，避免了可能被介绍给某个人的情况。

她谢绝了晚餐邀请，也不跟人约午餐。她总是躲在她的房间里开会，闭门不出，并不在意人们觉得她冷漠。她已经这样对待苏巴什和贝拉了，再去寻求其他任何人的陪伴，感觉很不对头。

孤独提供了它本身的陪伴形式：她的房间里可靠的沉静，夜晚笃定的安宁。这是一种保证，她一定会在她放置东西的地方找到它们，也绝对不会有任何打扰、任何意外。它在每天下班时迎接她，夜里和她一起静卧。她没有任何意愿去克服它。相反，孤独正逐渐成为她依赖的东西，到现在她已经和它好上了，这种关系比她在两次婚姻中所经历的更令人满意、更为持久。

当欲望最终开始挤进来时，它的模式是任性的、随意的。鉴于她的生活状态，她要去同事家中参加的晚宴，还有各种会议，这些地方就有机会。

他们主要是学者同事，但也并非总是如此。有一个男人她忘了名字，是给她的公寓安设书架的。还有柏林美国学院一位音乐学家的无所事事的丈夫。

有时候她耍球似的玩着一众情人，而有时候，很长一段时间一个也没有。她逐渐喜欢上了这些男人，与他们保持友好关系。但是她从不让自己越界，避免他们把她的生活搞复杂。

只有洛娜击溃了她。一天，她在答疑时间敲开了高丽的门，一个陌生女人，头靠在门框上介绍自己。她三十多岁，个子很高，头发中分，后面梳成一个发髻。穿着很漂亮，合身的裤子，白色系扣衬衫。所以起初高丽以为她是本学院的另一位教授，从别的系游荡过来，有一个问题要问。

但其实不是，她是加州大学洛杉矶分校的研究生，开车进来找到高丽的，她读了高丽所写的一切文字。她在广告业工作多年，辞掉工作重返大学之前，先后在纽约、伦敦和东京居住过。她在为她的毕业论文寻找一位外系读者，这是针对“关系自主”

所做的一项研究，她手里拿着部分草稿。为了换取这项特权，她愿意帮助高丽进行任何研究或者阅卷。

请说可以。

她的美丽是素净的，正在鼎盛时期。长长的脖子，清澈的灰色眼睛，短短的眉毛。耳垂很小，显得几乎就要消失。脸上略微看得见一些毛孔。

上个月我在戴维斯听过你的报告，洛娜说。我还问过你一个问题。

我不记得了。

你不记得那个问题了吗？

我不记得你问了。

洛娜伸进她的书包，拿出一个能量棒。

是关于阿尔都塞的问题。对不起，我没吃午饭。你介意吗？

高丽摇了摇头。她看着洛娜撕开能量棒的包装，一块块掰开，一边嚼着一边解释她的项目的缘起，她打算从什么角度深入。就身材而言，她的手显得小巧，手腕纤细。她告诉高丽，近一年来，她一直在鼓起勇气前来求教她。

在她如此熟悉的小办公室里，高丽觉得晕头转向了。伏击和吹捧一同袭来。她怎么可能忘掉这样一张脸？

这个题目让她来了兴趣，她们制定了一个时间表，定期交换电子邮件，在餐厅和咖啡馆碰面。洛娜的工作方式是那种阵发性的，好些天注意力分散，然后突然间写出连贯的几个章节。任何时候她感到陷入僵局，每当她怀疑自己，或者状态不好，她都会打电话给高丽。

吸引力促使高丽拿起电话,让她们的对话延伸到合理的弧线之外。洛娜的形象,她们交流的片段,开始令她神不守舍。她们要见面的时候,她开始注意着装了。她并不记得跨过了一道红线,驱使她迷恋一个女人的身体。与洛娜在一起,她发现自己已经在红线的另一侧了。

有时候,她们一起坐在桌边,仔细审核一页手稿,各自握着一支用来标记文字的笔,两人的手一起刷过纸面。这时候她们的脸贴得很近。有几次,洛娜说话高丽倾听,她们单独在一个房间里,或许就站在几英尺远的地方,这时高丽觉得她的平衡开始不稳了。她担心自己无法控制上前一步的诱惑,然后一步步靠近,直到她们之间的空间消失为止。

她并没有一冲动就鲁莽行事。无论是什么诱发了它们,无论是什么继续煽起它们,她只是无法确定洛娜是否也以同样的方式想到她。

一天晚上,洛娜出现在她的办公室,没有事先打电话。她经常这么做。她刚刚完成最后一章,稿子塞在一个厚厚的马尼拉信封里,一只胳膊抱着。

系里这一楼层很安静,这个钟点学生们都在宿舍里,只有看门人和零星几位教授还在大楼。

洛娜把信封递给高丽。她看起来很疲惫,却满脸喜色。她第一次穿得这么随意,牛仔裤、T 恤衫。头发也没有费心扎起来。她去过一家杂货店。她的提包放在桌子上,里面是奶酪块、葡萄和一盒薄脆饼干。还有两个纸杯,一瓶红酒。

这是什么?

我想我们可以庆祝一下。

在这里？

高丽从桌旁站起来，关上门，锁上，知道它本应该开着。当她转身时，洛娜正面对着她，看着她，站得太近了。

她拿起高丽的手，把它拉进她的T恤里，放在材质柔软的胸罩底下她的一个乳房上。高丽感觉到胸罩下乳头在变粗、变硬，就像她自己的一样。

亲吻的温柔感是全新的。衣服被脱掉，成堆的论文被推到一边，在书桌后面的沙发床上腾出空间，这时洛娜的体味，她身体雕塑般的质朴也是全新的。还有她皮肤的光洁，毛发的集中分布。洛娜的嘴唇贴着她私处的感觉。

她从未有过比自己年轻的情人。高丽已经四十五岁，她的身体在小的地方开始出故障了：需要套上牙冠的臼齿，眼角处一个永久性爆裂的血管像猩红色的闪电一样分叉。意识到自己越来越不完美，她一直在准备撤退，而不像以前那样勇猛草率了。

虽然严格说来洛娜并不是她的学生——至少，在她受雇的机构不是——但仍然违反了行为准则。如果有人察觉到正在发生的事情，那就将是一个丑闻。不仅仅是在她办公室的那个晚上，还有其他各种场合，或在高丽的床上，或在洛娜的床上，还有一个周末她们开车去海滩上一家酒店的房间里，虽然零星但通常已经足够坐实。

论文完成后，高丽参加了答辩会，与洛娜答辩委员会里的其他审阅者一起，提出问题。仿佛她们并没有在一起度过那些场合、那些夜晚。

随后洛娜在多伦多获得了一份工作，搬走了。她们从来没有讨论过这场邂逅会演变成别的什么。私情结束了，没有怨恨却是决然的。然而高丽还是感到了羞辱，因为没有把它看得同样轻松。

不知何故，她和洛娜一直保持着友好的关系，如果她们碰巧在一次会议上相遇，就腾出时间喝个咖啡。高丽看到了这份关系的转变：她如何从情人回归同事，仅此而已。

过去发生那么多次角色改变，这一次也并没有多少不同。从妻子到寡妇，从弟媳到妻子，从母亲到没有孩子的女人。除了失去乌达安那次，她都积极选择做出这些改变。

她与苏巴什结过婚，她抛弃过贝拉。她已经为自己制作了多个替代版本，她坚持要做这些转换，并付出了残酷的代价。她把生命分出层次，没想到竟然剥光了它，没想到最终竟然会孤独一人。

如今，即使洛娜也已经是十多年前的旧事了，时间长得足以脱离她的生活的主干。与构成她的过去的那些五花八门的其他元素一起慢慢远离，渐渐消逝。

她的生活已经削减到只剩下独处的成分、自立的准则。只剩黑色休闲裤和宽松外衣作为她的制服，只剩工作所需的书籍和笔记本电脑。以及她以前跑不同地方所用的汽车。

她的头发仍然剪得很短，是一种中间分路的僧侣风格。她戴椭圆形眼镜，用一条链子拴在脖子上。她眼睛下面的皮肤现在有了一种蓝色调。她的声音因多年讲课而有些嘶哑。她的皮肤吸收这种更强烈的南方阳光后,越发干燥了。

她的工作习惯已不再是夜猫子型;她独自遵循古老的方式和提醒,十点上床,黎明即起。她几乎不允许自己做无聊的事情。她在露台的花盆里栽培了一组植物。晚上开放的茉莉,火焰色的木槿,叶子带有光泽的奶油栀子。

露台上,头顶是木制棚架,脚下是红陶瓦片,在书房里待了一整天之后,她喜欢来这里坐坐,喝一杯茶,整理一下账单,感受一下午后的阳光照在脸上。翻阅一叠她正在撰写的打印稿,有时享受晚餐。

在她的车里,厌倦了公共电台时,她听一部传记或另外某本商业出版的书,是她想读但从来没有找到时间阅读的。但即使这些都是从图书馆里借的。

这些生活要素之外,她并不倾向于放纵自己。这些年来,乌达安死了,又没有贝拉、苏巴什在身边,她的生活已是足够放纵了。乌达安的生命是瞬间被夺走的。但她的还在继续。

她的身体,尽管上了年纪,仍然顽固地完好无损;就像那个暗绿色的茶壶,形状隐约像阿拉丁的神灯,盖子上有一个软木塞,是她在罗得岛的庭院甩卖上花一美元买来的。在她写作的时候,仍然陪伴着她。她飞往加州时,茶壶裹在一件开襟羊毛衫里,路上没有损坏,如今还在为她服务。

一天,停下来浏览邮箱里塞得满满的产品目录时,她偶然发现了一张用于户外的小圆木桌的照片。这并不是必不可少的,然而她还是拿起电话,下了订单,她早就想换掉露台上那张肮脏的玻璃顶柳条桌了,多年来它一直放在露台上,覆盖过一系列的印花桌布。

下单后一周左右,一辆送货卡车停在了她的大楼前。她期待的是一个沉重的扁平盒子,一整天花在啃指导手册上,一袋螺栓螺母,都必须自己拧紧。相反,桌子是完全组装好了再投递给她的,由两个人从卡车上搬下来,抬进她的家里。

她告诉他们放在哪里,在一张纸上签字证明到货,付了小费,然后坐下来。她双手平放在桌子上,闻到一股浓烈的木头气味。是柚木。

她把脸贴在桌子表面,深深地吸入,脸颊紧压着板条。这是她留在托利冈吉的卧室家具的气味,衣柜和梳妆台,以及那张床脚纤细、她和乌达安在上面创造贝拉的床。从美国的产品目录订购,经卡车投送,它又来到了她的身边。

桌子的香味比不上其他家具那样强烈、稳定。但是,她坐在露台上时,它会时不时飘起来,也许是因为阳光的温暖而更浓郁,或者由圣塔安娜风散发。一股浓郁的胡椒气味,缩短了所有距离、所有时间。

苏巴什告诉了贝拉什么,使她躲得远远的?也许什么也没说。对她的罪过,这是公正的惩罚。她现在明白了离开孩子意味着什么。这是她自己的杀戮行为。她割断了一份关联,导致了一种仅仅适用于她们两人的死亡。这种罪行,比乌达安犯下的任何罪行都更恶劣。

她从未给贝拉写过信。从来不敢伸出双手,消除贝拉的疑虑。她能给出什么样的慰藉？她的错已经铸成，永远无法消弭。她的沉默，她的缺席，相比之下似乎还算得体。

至于苏巴什，他没有做错任何事。他让她走了，从不打扰她，从不责怪她，至少没有当她的面。她希望他找到了一些幸福。是他应得的，不是她。

虽然他们的婚姻不是解决方案，却让她离开了托利冈吉。他把她带到了美国，然后，就像一只动物，短暂地观察、关进笼子之后，就释放了她。他保护了她，还曾试图爱她。每次她要打开一瓶新的果酱罐时，都会求助于他教给她的技巧，用勺子敲打盖子边缘三到四次，好打破密封。

2

在新的千禧年，一条小路建成了，借用的是先前从金斯敦车站到纳拉甘西特码头镇的客运支线铁路的路基。

路线还算好走，穿过森林覆盖区，绕过一条河和一些较小的溪流。走累了的话，随处都有长椅可以休息，而且每隔一段较长的距离就有一个标志，标明此地在小道上的位置，也许还会标示一种本地树木。

星期天早晨，吃过早餐，他便开车去那座木头建成的火车站；他第一次来到这座车站时还是个学生，如今贝拉回来探望，他有时也会去站台迎接。许多年前发生过火灾，但是经过一段时间，火车站恢复了原貌，并且铺设了高速铁轨。他停好车，开始独自漫步，穿过小镇掩蔽的内里。有时候，即使现在，苏巴什也无法彻底理解他生命中的两个极端：来自一个留给人们如此狭小空间的城市，到达一个仍有这么多空间可以浪费的地方。

他连续行走至少一个小时，有时候更多一点，因为可以一路走上六英里然后折回。这个小镇，是他生活了大半辈子的地方，对此他一直是默默忠诚的，然而新路改变了他与小镇的关系，又使之变得陌生了。他走过一些邻里的背后，绕过学童们玩要的体育场,穿过一座木制步行桥。经过一处长满香蒲的沼泽地,经过一家纺织厂旧址。

这些日子里,比起海边,他更喜欢树荫了。他在加尔各答出生长大,然而罗得岛的阳光穿过耗尽的臭氧层倾泻下来,如今感觉比他成长期的阳光还要强。无情地侵袭他,炙烤着他的皮肤,特别是在夏天,令他再也无法忍受。他黄褐色的皮肤从未晒伤,但阳光的热力却是势不可挡。有时候,他觉得那个遥远星球的持久火焰就是针对他来的。

他走没多远,就经过一片沼泽地,鸟兽来这里筑巢,红枫和雪松长在满是青苔的土堆里。这是新英格兰南部最大的森林湿地。它曾经是冰川洼地,边界仍然围绕着冰碛石。

他停下来阅读指示牌,上面说,这里曾经还是一处战场。好奇心驱使,一天他在家打开电脑,开始在互联网上了解一场暴行的细节。

在沼泽中间的一个小岛上,当地的纳拉甘西特部落建造了一座堡垒。营地在尖桩栅栏后面,都是棚屋,他们在这里安置,相信这个避难所是坚不可摧的。但是1675年的冬天,沼泽地冻结,树木裸露,堡垒遭到了殖民地民兵的袭击。三百人被活活烧死。许多逃脱的人死于疾病和饥饿。

在某处,他读到,有一个标志和一个花岗岩立桩,以纪念这场战斗。但是那一天,苏巴什出发去沼泽地找寻它,却迷了路。他年轻一些的时候,最喜欢和贝拉一起这样游荡。那时,他不得不跟随天然的方向指示,沿着无标记的小径穿过树林,两人与世隔绝,一起发现蓝莓丛,找到幽静的池塘游泳。但是他已经失去了那种自信,那种无畏的方向感。现在他只觉得孤孤单单,觉得已是六十多岁的人了,不知道自己站在哪里。

* * *

一个星期天,他正思绪恍惚,突然惊讶地看到一张熟悉的面孔,一个戴头盔的男子骑着自行车迎面而来,在小路另一侧慢慢停了下来。

天哪,苏巴什。我不是教过你一直要小心看路吗?

骑坐在一辆十速轻便自行车上的是理查德,几十年前他的室友,正摇着头,朝他微笑。天哪,你还在这里干什么?

我从没离开过。

我以为你念完书就回印度去了。我甚至没想过要找找你。

附近有一条长凳,他们坐下来聊天。理查德头盔下的头发不再是黑色的了,后面有一片头发已经消失,但是剩下的仍然扎着马尾辫。他增加了一些体重,但是苏巴什记得他第一次遇到的那个英俊、结实的研究生,某些地方让他想起乌达安。记得他们都还没结婚之前,他们合住的日子,一起购买日用杂货,分享饭菜。

理查德结了婚,现在当上祖父了。离开罗得岛之后,他又忘不了,总想着有一天来这里退休。一年前,他和妻子克莱尔卖掉了东兰辛的房子,在桑德斯敦买了一间小村舍,离苏巴什的住处不远。

他在中西部一所大学建立了一个非暴力研究中心,现在仍然担任董事会成员，尽管他成功地做到了一辈子从不打领带。他排满了各式各样的计划——正在写作的另一本书，准备自己改造的厨房，他在维持的政论博客。他正在计划与克莱尔去东南亚旅游一趟，到金边和胡志明市看看。

你相信吗？他说。做完这么多事，我终于要去越南了。

坐在他旁边，苏巴什讲了一些他自己生活中的零星细节。与他疏远的妻子，已经长大并搬走的女儿。在同一个临海的研究实验室干了将近三十年的工作。时常承接的一些关于石油泄漏的咨询工作，或者为镇上的公共事务部门做的咨询服务。他没有家庭，就像他认识理查德时那样。只是他孤独的方式不一样了。

还在全职上班？

只要他们还要我干。

还开着我的车？

尼克松辞职的时候就没开了，变速箱坏了。

我总是跟克莱尔谈起你做过的那种咖喱。你是如何把洋葱放进搅拌器的。

理查德曾去印度旅游，到过新德里，参观了古加拉特邦甘地的出生地。他想过顺道也去看看加尔各答，但在那里没能实现。也许从越南回来的路上再说吧，他说。

下一个问题被故作无知地问起了。你的那个兄弟，纳萨尔派。他到底怎样了？

他和理查德交换了电话号码和电子邮箱。他们在小路上碰面,一起散步,或到镇里喝杯啤酒。他们去钓了两次鱼,从朱迪丝角的岩石上抛下钓绳,钓起鲂鮄,然后把他们的捕获扔回海里。

每当他们分手时,苏巴什都会保证,他们下次见面要在苏巴什家里,请克莱尔一起来,苏巴什将准备一顿咖喱饭。他想安排在贝拉探访的时候,好让理查德见见她。但这事还没有发生。友谊仍然是他们之间松散却又舒适的纽带,就像以往一样。

到现在,他已经习惯了理查德的大量电子邮件:通告讲座和集会,引述伊拉克战争成本的统计数据,指导他链接上理查德的博客。他习惯了这个号码和理查德的姓氏,格里法科尼,不时在电话的小显示屏里向他致敬。

一个周末的早上,他正在看 CNN 的节目,又看到了这个号码。他用遥控器调低音量。他没想到声音来自理查德的妻子,克莱尔,一个他尚未交谈、见过的女人,告诉他理查德几天前去世了。理查德和克莱尔一起骑车去罗马角后的第二天,他腿上的一个血栓游走到了肺部。

苏巴什放下电话。他关掉了电视。透过客厅窗户看到的闹腾一幕,暂时吸引了他的眼睛。这是鸟儿的躁动不安,它们在重新安顿自己。

他走到窗前,好看得清楚些。院子里一棵树的顶端,一大群又小又闹又黑的鸟,在疯狂地来来去去。正在吸取那棵树冬天仍能提供的营养。他对它们的喧闹勃然大怒起来。一种生存行为现在冒犯了他。

苏巴什有生以来第一次去了殡仪馆，下跪瞻仰那具穿戴整齐入殓的遗体。他看到理查德的容颜毫无生气，从脸上透露出来，仿佛专家用蜡雕刻了一个肖像。他记得最后一眼看到他的母亲，覆盖着裹尸布。

追思结束后，他开车去理查德家的招待会，与他一生中参加过的其他美国招待会没有多少不同。一张长桌摆放着食物，有奶酪和沙拉拼盘。人们穿着深色服装，喝着红酒，从一块火腿上切下肉片。

克莱尔站在房间的一端，两旁是他们的孩子、孙子，感谢人们的到来，同他们握手。说理查德没有任何痛苦的征兆，直到他抱怨感觉气短。第二天早上，他把克莱尔摇醒，指着电话，说不出话来。他死在了救护车里，克莱尔开着他们的车跟在后面。

客人们三五成群，聊着。一些照片是远房亲戚拍摄的，对他们而言，聚会除了葬礼也是家人团聚。对于那些远道而来的人，这是一次探索罗得岛的机会，准备第二天开车去纽波特。

埃莉斯·席尔瓦是一个邻居。

她走到苏巴什站立的滑动玻璃窗前，观看理查德的房子后面长满桦树的下坡地。他转身面对她时，她做了自我介绍。

就在几星期前，我看到理查德和克莱尔，他们手拉手，好像才刚刚认识，她说。她告诉他树林后面有一个小池塘。等池塘冻结实了，埃莉斯说，理查德和克莱尔会手挽手地一起滑冰。

她的皮肤是橄榄色，几乎和他一样黝黑。她的头发已经变白，但眉毛仍然是黑色。头发收到后面，就像贝拉有时候梳的那样，一个发夹固定在她的后脑勺，这样头发就不会碍着她的脸了。她穿着一件长袖黑色连衣裙,灰色长袜,脖子上戴着一条银项链。

他们谈起各自认识理查德多长时间了。但是埃莉斯和苏巴什还分享了另一个关联。它出现在他告诉她名字时,随后她问他是否与一位名叫贝拉·米特拉的学生有关,多年前在本地高中上过她的美国历史课。

我是她的父亲。

他那样宣称的时候,仍然感到紧张。

他看着这位曾经教过贝拉的女人。在她到一定年龄之后,他对女儿有那么多的事情不了解,埃莉斯·席尔瓦是其中之一。他还记得她的一些小学老师的名字。但是到了高中,他只是扫描一下报告卡,她的成绩单。

你不认识我,但你曾让我带你的女儿去汉考克震教徒村,她说。她曾带贝拉和一小群其他学生一起去那里进行实地考察。

我的无知真是可耻。我甚至不知道汉考克震教徒村在哪里。

她笑了。那是可耻的。

为什么要去参观?

她做了解释。一个创始于十八世纪的宗教派别,致力于独身主义,过简单的生活。一个乌托邦人群,正是这个信仰导致了他们人口减少。她问贝拉现在住在哪里。

没有定所。她是游牧民族。

让我猜猜,她是不是背着背包到处走,做什么都是为了让世界变得更好？

你怎么知道？

有些孩子定型得早。他们有目标。贝拉是其中之一。

他抿了一口酒。她别无选择，他说。

埃莉斯看着他，点点头。表明她了解情况，知道高丽已经走了。

她跟你说过这件事吗？

没有。但告诉她的老师了。

你还在教书吗？

五十五岁以后，我力不从心了。我想我需要改变。

她说，如今她在当地的历史协会做兼职。她正在把档案转移到网上，给他们的业务通讯做编辑。

他告诉她，一直在阅读有关大沼泽屠杀的文字。他问有没有任何记录留下来。

噢，当然有。如果你到方尖碑周围翻找一下，甚至可以找到火枪弹。

我试着去找过一次。结果迷路了。

这事有点棘手。你通常得给一个维护道路的农民付点钱。

他觉得站累了。他意识到没有吃东西。我要去拿点吃的。你愿意一起去吗？

他们走近自助餐台。理查德的遗孀站在一端。她在哭，她的一位客人拥抱着她。

多年前我经历过这个，埃莉斯说。她四十六岁时眼看着丈夫死于白血病。他给她留下了三个孩子，两个儿子和一个女儿。

最小的是四岁。丈夫去世后,她带着几个孩子搬进了父母的家。

对不起。

我有家人。听起来,好像你是独自带着贝拉的。

她的女儿嫁给了一位葡萄牙工程师,住在里斯本。埃莉斯的祖先就是从那里来的,但在女儿的婚礼之前,她从未造访过欧洲。她的两个儿子住在丹佛和奥斯汀。她退休后有一阵子,将时间分配给这些地方,帮忙照料孙子孙女,每年去里斯本一次。但大约十年前,她父亲去世后,她又搬回了罗得岛,好离母亲更近些。

她提到了下周末的一次游览,历史协会修复了村里的一所房子。她从钱包里拿出一张明信片递给他,上面有细节。

他接受了卡片,谢了她。他把它折叠起来,便于放进夹克口袋。

告诉贝拉,我向她问好,她说着,转向房间里的另一个人,留下他无人交谈。

葬礼结束后,连续几个晚上,有时甚至晚到凌晨三点,他都处于清醒状态,无法在任何持续期内失去意识。房子很安静,周围的世界很安静,那个钟点路上没有汽车。除了他自己的呼吸声,或者咽口水时喉咙的响动,什么声音也没有。

这所房子总是令他遗憾的一点,是离海湾太远,听不到海浪。但是风在内陆吹拂,有时候强到足以近似大海的咆哮。一股狂暴的力量,无形,植根于虚无。它威胁着,当他在毯子下躺着不动的时候,要把这房子的房间从地基上撕下来,推倒颤抖的树木，摧毁他的生活结构。

一位同事注意到他工作时有些疲惫，建议他多做运动，晚餐喝上一杯葡萄酒，一杯甘菊茶。他还可以吃点药，但他拒绝这个选择。他已经在吃一种降低胆固醇的药丸，另一种是补充钾的，每天服用的阿司匹林可以促进血液通过静脉流入心脏。他把它们存放在一只塑料盒里，盒子有七个隔间，标有一周的日子，每天早上逐一数出，随燕麦粥吃下。

又一次，是焦虑支撑着他，虽然不同于从前常在睡梦中将他唤醒的焦虑，那时高丽刚刚离开，他独自和隔壁房间睡着的贝拉留在房子里。他意识到她正在受苦，意识到他是世界上唯一负责抚养她长大的人。

他记得贝拉还是婴儿的样子，那时夜晚和白天的区别对于她并不存在：醒来，睡着，醒来，睡着，浅浅交替的一两个小时。他在某个地方读到，这些概念在生命开始的时候是颠倒的，子宫内的时间与外面的时间正好相反。他记得第一次出海时，了解到鲸和海豚是如何游近水面，如何浮出把空气吸入肺部的，每次呼吸都是有意识的行为。

他透过鼻孔吸气，希望这个基本功能，像他心脏的跳动一样忠实，可以让他解脱几个小时。他的眼睛闭上了，但他的思绪却连眨都不眨一下。

自从理查德的死讯传来，生活就成这样子了：一种不成比例的活着的意识。他渴望深沉而持续的睡眠，而它却拒绝接纳他。那是一种解脱，从夜夜发生在他床上的折磨中解脱出来。

他年轻一些的时候，清醒不会让他感到困扰；他可以利用这额外的时间阅读一篇文章，或者走出户外看看星星。有时候，甚至他的身体都充满能量，他希望那会儿是白天，这样他可以起床，沿着自行车道行走。他会走到两年前碰见理查德的长凳那里，坐一坐，思考问题。

相反，在床上，他发现自己走进了更幽深的过去，随意筛选着少年时代的记忆碎屑。他回顾了离家之前的那几年。他的父亲每天早上从市场回来，麻布袋里倒出一堆银白色的鱼，他的母亲将鱼切块、抹盐再煎炸，早餐上吃。

他看见母亲弓着背俯身于那架黑色缝纫机，她常常用双脚驱动，上下踩动一个踏板，嘴唇之间含着缝衣针而不能说话。每到晚上她就坐在缝纫机前，为顾客的衬裙缝上褶边，为他们的房子缝制窗帘。乌达安会帮她给机器加油，时不时修理一下马达。他在罗得岛的院子里有一只鸟，它快速起停的啁啾，颇有点像缝纫机的声音。

他看见父亲教他和乌达安下国际象棋，把棋盘画在一张纸上。他看见弟弟弯腰驼背，盘腿坐在地板上，快吃完一餐的时候，伸出食指，刮起粘在盘子上的最后一点汤汁，吃干净。

乌达安无处不在。早上和苏巴什一起去学校，下午回家。晚上在他们分享的床上学习。书籍在他们之间传阅，记住了这么多东西。专心一意记笔记的时候，他的脸只在页面上方几英寸的地方。晚上躺在旁边，倾听豺狗在托利俱乐部里嚎叫。脚步敏捷，信心十足，在低地后面的球场控制着足球。

这些小小的印象使他的形象丰满起来。它们很久以前就已流失，没想到会重新出现，重新构建。它们一直在分散他的注意力，就像在火车上看到的风景片段。风景很熟悉，但有些东西总是令他震惊，仿佛是第一次看到。

直到离开加尔各答，苏巴什的生活几乎没能留下一丝痕迹。他可以把属于他的一切都放进一个杂货袋里。他在父母的房子里长大的时候，他有什么？他的牙刷，他和乌达安时常偷偷抽的香烟，他带课本的布袋，几件衣服。在去美国之前，他没有自己的房间。他属于他的父母，属于乌达安，而他们也属于他。就是这样。

在这里，他一直在悄然成功，自我教育，找到心仪的工作，将贝拉送进大学。从物质上讲，这已经很足够了。

然而他仍然没有勇气告诉贝拉她应当知道的实情。仍然假装是她的父亲，仍然在囤积并非他赢得的东西。乌达安说他谋取私利，说得没错。

需要告诉她实情，这事笼罩着他，令他心惊。这是他一生中最大的未竟事业。她已经足够年长，足够坚强，可以处理这个问题了，然而，因为她是他的全部所爱，他实在无法鼓起勇气。

这些日子，他越来越意识到他到底拥有多少，意识到他的生命所需要的持续努力。他已经跑过杂货店好几千次了，所有堆积的食物，开始是纸袋装的，后来是塑料袋，现在是从家里带去的帆布袋，从汽车后备厢卸下，拆去包装，存放在橱柜里，全都是为了供养单单一个身体。还有他每天早上吞下的药片。他撬开锡罐拿出的肉桂棒，用来给食油增加风味，好煮上一罐咖喱或扁豆汤。

有一天，他会像理查德一样死去，而他的东西也会令其他人伤脑筋,被他们整理、扔掉。他的大脑已经停止保留他永远不会再追随的方向,停止保留他只会说一次的人们的名字。占据他脑海的东西,那么多都可以忽略。只有一件事,乌达安的故事,他想要道破。

* * *

他立刻认出了这所房子。这是他曾经和理查德一起住过的出租房,对面是手泵和村里的水井。一座白色木房子,带有黑色百叶窗。因为从那以后许多房屋的地址发生了变化,埃莉斯给他的明信片上又没有照片,所以他不知道原来是这里。

看到他时,埃莉斯笑了笑,从一个硕大的卷轴上撕下门票递给他,还有他的找零。今天她看起来有点不同,穿着宽松的草绿色亚麻布连衣裙,银灰色的头发勾勒出她的脸庞,一副太阳镜推到了头顶。

谢谢你来。最近怎么样?

我认识这所房子。我曾经住在这里,与理查德。

是吗?

我第一次来这里时,是的。你不知道吗?

她的脸色变了,笑容渐渐消失,而现在她眼中有了一丝担忧。我不知道。

游览开始后,她没有把他的话分享给其他参观者。室内布局变了,房间数量比他们当时少了。房间里几乎没什么家具,门口配有铁闩,家具都是黑木制成的。桌子带有活动的翻板,部分遮掩了它们的基座,就像普通的女式长裙。书桌的台面可以隐藏起来并锁住。壁炉的梁架是橡木做的。

他什么都不记得了。然而他在这里住过,读书的时候曾从这些小窗户里往外眺望。那是很久很久以前,他刚刚来到罗得岛的时候,那时乌达安还活着。他在这里读过乌达安的来信。他在这里看过一张高丽的照片,对她感到好奇,没有意识到将要娶她。

埃莉斯指点着那些不同风格的椅子,它们都很流行,有板背、栏杆背、提琴背等式样。她告诉参观者,这条街是该镇的商业区。隔壁原来有一家帽店,之后变成了理发店,村里的男人们去那里刮胡子。

这所房子最初是一个裁缝的店铺和住所,然后做了一个律师的办公室,之后成为一个家庭的住房,一连住了四代。六十年代,它被分隔成了出租房。最后那位业主去世时,将它遗赠给了历史协会,于是他们慢慢筹集资金修复它,并与当地一家艺术画廊合作,这样楼下的房间里就会有展品。

人们为保护这些地方所做的努力让他很是感动。角落的橱柜里放着人们从前吃过的盘子和碗,他们照明用过的烛台。厨房的墙上展示着他们烹饪用的汤勺和烤架。松树地板还是先前的色调,跟那些人走过房间的时候一样。

效果令人心神不安。即使他站在那里,他也觉得他在世上的存在被否定了。他被禁止进入;过去拒绝接纳他。它只是提醒他,这个随意选择的地方,他曾在此落地、谋生,其实并不是他的。像贝拉一样,它接受了他,却同时保持了一段距离。身处它的人民、它的树木、他研究并渐渐热爱的它的特殊地理中间,他仍然是一位访客。也许是最糟糕的一种访客:一个拒绝离开的人。

他想到了属于他的两个家。托利冈吉的房子,他母亲去世后他就没有回去过;罗得岛的房子,高丽在那里离开他,他想象这将是他最后的房屋。一位亲戚代他管理托利冈吉的房子,收取租金,存入那里的一个银行账户,用这份收入来管理各种维修费用。

他永远不会再回那里居住,但他也不忍心卖掉它;那块小小的土地,以及站在上面平淡无奇的房子,仍然带着家族的名字,就像他父母希望的那样。

现在一个医生和家人住在里面,底层做了他的诊疗室。也许是不知道它的历史,也许是从邻居那里听过某个版本。两百年以后,不会有任何一群人专程前来瞻仰它。

游览结束时,他将姓名和电话号码,连同他的电子邮箱添加到历史协会的名录中。他又接受了埃莉斯的一张明信片,上面宣布下个月有工厂直销活动。

他们短暂交流之后,那个下午她没有对他特别关注,总是和参观人群说话。他独自一人在楼上的走廊,在房子里他觉得最熟悉的地方徘徊的时候,她没有像他希望的那样接近他。

他得出结论,她纯粹是为了历史协会而邀请他的,没有别的意思。但几天后,她打电话来了。

你都还好吗?

怎么问起这个?

那天你显得神情恍惚。我不想打扰你。

她想邀请他去做点别的事情。不是戏剧或音乐会,这些他可能会拒绝。她说,记得他在理查德的葬礼上提到过,他喜欢沿着自行车小道漫步。她属于一个远足俱乐部,每月聚会一次,探索隐藏的地标和小径。

我们下次在大沼泽地集合,所以我想到了你,她说,然后问他是不是也想来。

3

银杏叶几天前就黄了，现在散发着杏子般的光芒，是今天早晨唯一的光亮。一夜宿雨，又一批树叶落在了人行道的青石板上。石板并不平整，有些地方被树根拱了起来。从贝拉房间的窗户是看不见树梢的，窗户比底层还低两步台阶。只有当她从门廊出来，推开一扇锻铁门，走进天光的时候，才能看见。

街区一路都是连排式住宅，隔街相望。大部分有人居住，一些用木板封上了。她来这个社区几个月了，因为来了一个机会。她一直住在上州，奥尔巴尼东边。每个星期六她开车去城里一处农夫市场，从卡车上卸货，把帐篷搭起来。有人提及一幢房子里有房间出租。

这是一个在布鲁克林廉价居住一段时间的机会。有一份她走路就可以去的工作，清理一处破旧的儿童游乐场，把它改成菜畦。她训练十几岁的孩子放学后到那里干活，向他们演示如何铲除杂草，如何沿着钢丝网栅栏种植向日葵。她告诉他们行栽作物和覆盖作物的区别。她还监管来做志愿者的老年人。

她和另外十个人一起，住在一套只够一个家庭的房子里。他们有的写小说和剧本，有的设计珠宝，有的开办计算机公司失败了。有刚从大学毕业的年轻人,有不愿意谈论过去的年长者。他们深居简出,按照不同的时间表作息,但他们轮流给大家做饭。只有一套账单,一间厨房,一台电视,轮流做家务。早晨,他们报名申请使用卫生间的时段。每周一次,都是在周日,那些能够来的人便坐下来聚餐。

人们还在谈论几年前的枪击事件,事情发生在白天,就在拐角处的药店外面。他们谈到一个十四岁男孩被杀身亡,他的父母住在街对面。大多数人都从酒铺或破败的超市购买杂货。但现在有一家咖啡店,带一台浓缩咖啡机,楔入了这些店面中间。还有穿着西装的父亲们,陪孩子们走路上学。

街区尽头的一栋房屋覆盖着网罩。剥落的外立面正被刮下,露出有厚厚棱纹的灰色基层。攀爬的玫瑰,错杂着橙色与红色,在大门后面的小空地绽放。根据前面贴出的标志,承包商的名字是意大利的,但工人却来自孟加拉国。他们说话的语言,是贝拉的父母彼此交谈所使用的。这种语言她小时候会听却不大会说。这种语言母亲离开后她就不再听了。

母亲的缺席就像她必须学习的另一种语言,它的错综复杂和微妙变化只有在经过多年的学习之后才会完整浮现,而即使在那个时候,因为它是外来的,这种语言也从来不会被完全吸收。

她无法理解这些人在说些什么。只是零星的一些单词。口音也不一样。不过,她经过他们的时候,总是放慢脚步。她并不怀念她的童年,但在这一点上,却既熟悉又陌生,让她不由停了下来。她也怀着一丝好奇,她大脑中休眠的理解力会不会被激发起来，会不会有一天她突然想起如何说点什么。

有些日子，她看到工人坐在房子的门阶上，小憩一下，一边互相开着玩笑，一边抽着烟。其中一人年纪较大，一缕稀疏的白胡子几乎垂到胸前。她好奇他们在美国生活了多长时间，他们是不是亲戚，是什么亲戚。她好奇他们是否喜欢这里。他们会返回孟加拉国吗，还是永久居留？她想象他们和她一样住在集体住宅里。她看到他们结束漫长的一天之后，坐下来一起吃晚餐，用手抓米饭。在皇后区一座清真寺祈祷。

他们是怎么看她的呢？怎么看她褪色的灰色牛仔裤，脚上散着带子的靴子？看她的一头长发——稍后将会扎起来，而现在大部分只是塞进她的连帽运动衫里。一张没有化妆的脸，一只斜挎过胸前的小背包。他们的祖先来自曾经的同一个国家、同一块土地。

除了他们的词汇，他们大致的肤色，这些人没有一个像她的父亲。但不知什么缘故，他们令她想起了他。他们令她想念起在罗得岛的他，不知道他还好吗。

诺埃尔用另一种方式让她记起了父亲。他与女友乌苏拉，还有他们的女儿维奥莱特，一起住在这所房子里，他们住顶楼的两个房间，贝拉从没去过那里。诺埃尔在家带维奥莱特；乌苏拉工作养家，她是餐馆厨师，一个梳着小精灵发型的漂亮女人。

贝拉看到诺埃尔早上把维奥莱特送去幼儿园，几个小时后，再把她带回家。她看到他带她去公园，教她骑自行车。她看到维奥莱特努力保持平衡时，他跑在女儿身后，抓住一条系在她胸前的羊毛围巾。她看到他给维奥莱特准备晚餐，在房子后面的炭火炉上单为她烧烤一个汉堡包。

维奥莱特不会因为乌苏拉离开那么长时间而不满。诺埃尔也没有。他们在早上和她吻别,当她回到家里时,有时还从餐馆带了些点心,他们会扑到她的怀里。她是例外,而不是规则,维奥莱特因此与乌苏拉形成了一种不同的关系。接触不那么频繁,但更加强烈。她调整了自己的期望,就像贝拉曾经那样。

准备自己的晚餐时,诺埃尔和乌苏拉有时会敲贝拉的门,那时夜已深,维奥莱特已经上床睡觉了。他们说,总是有很多吃的,随时欢迎她来。面包和奶酪,乌苏拉用手指拌好的一大盘沙拉。从餐厅换班回家时,乌苏拉总是有点紧张不安。她喜欢为他们三个卷上一支大麻烟,听着音乐,讲她那一天的故事。

贝拉喜欢和他们在一起的时光,也试图在这方面慷慨大方。如果乌苏拉和诺埃尔想去看电影,她会照看维奥莱特。她带乌苏拉去参观那个社区花园,回来时送给她香草和向日葵,用于她的餐馆。但她不想变得依赖他们。乌苏拉生日那天,诺埃尔和乌苏拉决定去火岛上野餐,她回绝了。她与太多像诺埃尔和乌苏拉这样的夫妻做过好朋友。那些夫妻特意带着她,给予了她所缺乏的陪伴,却没想到只是提醒了她,她仍然是独自一人。

她每到一处,总是喜欢交朋友,然后离去,再也没有见过他们。她无法想象成为一对夫妇或任何其他家庭的一部分。她从未有过任何持续一段时间的浪漫关系。

看到诺埃尔、维奥莱特和乌苏拉在一起,她没有感到任何苦涩。他们的亲密令她着迷,也是她的安慰。即使在她母亲离开之前,他们也从未真正成为一个家庭。她的母亲从未希望那样。贝拉现在知道这一点了。

去年夏天探访她父亲的时候,她得知他要去见某个人。不是随便哪个人,是她认识的。席尔瓦夫人曾是她的历史老师。但是他们出去吃早餐那天,父亲要贝拉叫她埃莉斯。

她了解到他们之间的暧昧关系,大为惊讶;她成长过程中最重要的人,与一个不大重要的配对了。起初,她暗自为这事沮丧过。但她知道这是自己不公正了,因为她很少过来看望父亲,因为她还在计算与父亲的接触机会,是拒绝自己还是拒绝他,她也不敢肯定。

她看到,他告诉她的时候很紧张。她看到,他害怕她会做出激烈反应,也许她会用这件事作为进一步的理由,好躲得远远的。她从直觉知道了他的犹豫,也不愿意胁迫他,于是向他保证,说很高兴他找到了伴侣,说她当然愿他幸福。

事实上,她一直很喜欢埃莉斯·席尔瓦。贝拉忘记了她,但她记得曾期待她的课。去年夏天,她立刻就感觉到了埃莉斯和她父亲之间的感情。看到早餐时他们一起研究菜单的情景,当时他可能已经选好了自己的菜,正凑过去看埃莉斯的菜单。埃莉斯鼓励他放弃燕麦片转而享受比利时华夫饼的样子。她看到了他们脸上的宁静。她害羞地看到,与她的母亲和父亲不同,他们已经结合了。

她很好奇父亲和埃莉斯最终是否会结婚。但这意味着他得先与母亲离婚。贝拉永远不会结婚,她对自己这一点很清楚。父母之间的不幸,已是她生命中最基本的意识。

她年轻一些的时候,曾对父亲非常生气,甚于对她的母亲。她责备他把她的母亲赶走了,又没有想出办法把她带回来。也许是因为那种愤怒尚未完全消除,她现在不愿费心告诉他,她就住在只有三个小时车程的纽约市。但这已是她的态度:依照她自己的方式去看望他,从不明确告诉他她住在哪里。

到如今,她一生几近一半的时间,是离开他度过的。在罗得岛十八年,独自一人十五年。下次生日她就将三十四岁了。有时候她渴望一种不同的步调,一种替代选择,改变她生活现在的样子。但她不知道还可以做些什么。

她希望,她和父亲一起度过的时光更轻松一些。她希望,她小时候爱过的罗得岛,不会令她想起母亲来,因为她讨厌它。等贝拉到了那里,她意识到她是没人要的,她的母亲永远不会为她回来。在罗得岛,她觉得总是有硬东西堵在下水道里。因此,虽然她继续来访,虽然她或多或少与父亲和解了,虽然他是她唯一的家人,但她决不能忍受很长时间。

多年前,格兰特医生曾帮助她将自己的感受融入文字之中。她告诉贝拉,那种感受会消退,但永远不会完全消失。无论她走到哪里,它都将成为她的风景的一部分。她说,她母亲的缺席总会出现在她的思绪中。她告诉贝拉,她为什么离开,将永远不会有答案。

格兰特医生是对的,那种感受已不再吞噬她了。贝拉生活在它的外围,她在远处领会它。就像她的祖母那样,每天坐在托利冈吉的露台上,眺望着一片低地,一对池塘。

她接近那些工人。又一次她专心倾听他们谈话,既陌生又熟悉。他们不知道他们的谈话会影响她。她走过那片街区,向他们致敬,不知道布鲁克林这段时间之后她会去哪里。他们看见她,朝她挥手。

下次探访她的父亲时,她将用英语跟他说话。即使她的母亲就站在面前,即使贝拉可以选择地球上任何语言说话,她也还是没什么可说的。

但是不,那不是真的。她一直跟母亲保持着交流。贝拉生活中的一切都是一种反应。我就是我,她会说,我这样生活,是因为你。

4

六月里,密云遮蔽太阳,风暴使大海变得灰暗。空气十分阴冷,苏巴什一直得穿灯芯绒拖鞋,不能穿人字拖鞋了;还得继续预热床上的电热毯。雨的韵律是属于夜晚的,在屋顶上敲打着沉重的鼓点,到了早晨逐渐减弱成为蒙蒙细雨,时时暂歇,却从未晴朗。它聚集力量又减弱,然后再次变强。

在房子的一侧,他从墙面木瓦上刮下一块块霉菌。他的地下室闻起来有霉味,当他放进待洗的衣服时,他的眼睛刺痛了。他的菜园里的土壤太湿,无法耕作,他种下的幼苗的根都被冲走了。杜鹃花的紫色花瓣过早地脱落,牡丹花还几乎没开,花茎就弯折了,花朵碎烂在湿透的地面上,到处都是。它是肉欲的,这么重的湿气。泥土腐烂的气味。

夜里雨会惊醒他。他听到大雨倾泻在窗户上,把柏油车道冲洗得干干净净。他怀疑这是不是预示着要发生点什么。他生命中又一个关键时刻。他记得他和霍莉度过的第一个夜晚就下着雨,在她的小屋里。贝拉出生的晚上也是大雨滂沱。

他开始期待雨水透过壁炉周围的砖块漏出来,从天花板滴下来,从门缝里渗进来。他想到了托利冈吉每年都会到来的雨季。两个池塘洪水泛滥，它们之间的堤防消失无踪。

七月，他的花园开始长满杂草。天黑得很晚，早晨五点钟天就亮了。贝拉打电话说她要到了。有时候她坐火车来，不然就飞到波士顿或者普罗维登斯。有一次，她租了一辆汽车，独自开了几百英里后出现了。

他用吸尘器把她卧室的地毯清扫一番，洗了床单，尽管贝拉上次访问罗得岛之后，就没有人睡过。他又从地下室搬上来一个排风扇——因为天气已变得温暖，阳光充足，甚至有点潮湿了——然后拧开塑料格栅，擦拭叶片，再把它安放进她的窗户。

她的书架上放着他们一起在茂密的树林里，或者沿着海岸线发现的某些东西。用树枝编织的小鸟巢。袜带蛇的头骨。江豚的椎骨，形状像螺旋桨。他记得和她一起寻获这些东西时是多么兴奋，她喜欢它们，胜过玩具和洋娃娃。他记得她小时候，如何把松果和石子放进外套的帽兜里，当时是冬天，她的口袋已经装得满满的了。

她会搅翻他生活中古板的气氛。她会把她的东西撒得房子里到处都是，脱下衣服随手扔在地板上；她的长头发会堵塞淋浴下水道。喜欢吃的食物，她会去健康食品店购买，会在厨台引人注目地放上一段时间：苋菜片、角豆糖块、草药茶、杏仁制成的黄油、大米提取的乳液。然后她就离开了。

他去波士顿迎接她。他记得 1972 年就是开车到这个机场接高丽的，相信自己会和她共度一生。他记得十二年后，他和贝拉从同一个机场回到家里，发现高丽已经走了。

她带着一个圆筒旅行袋和一个背包。她的飞机从明尼苏达来。她在旅客中显得格外引人注目，他们穿着西装和风衣，一边查看手机上的信息，一边紧张地拖着身后的行李。她是晒黑的，强健的，不加修饰的。她心神不乱地站立着。她走近他，皮肤散发着光泽，用强壮的手臂拥抱他。

你好吗，贝拉？

我很好。很健康。

你饿了吗？出去找个地方吃饭如何，去波士顿？

我想回家。我们明天去海边吧。你最近怎么样？

他告诉她，他的身体还好，目前正忙于一项研究，在撰写一篇文章。他说园子里的西红柿并没有长起来；叶子上有黑点。

不必为它们操心。今年春天雨水太多。埃莉斯怎么样？

他告诉她埃莉斯很好。但这种闲聊总觉得不大平衡，因为贝拉从来没有把男朋友带回家过。

在她十几岁还跟他住在一起的时候，她从来没有恳求过他的许可要去约会。在这方面，她从来没有给过他任何麻烦。缺少麻烦现在令他感觉麻烦了。

即使在今天，他心里还是希望她能给他带来惊喜，在机场和一个同伴一起出现。有人照顾她，分享她的非常规生活。我不可能永远陪着你的，一次他在电话上传达理查德的死讯时，甚至这样说。但是贝拉只是责怪他太夸张了。

他学会了放下曾经认为是属于他的那些责任：尽他的努力保障女儿的未来，让它与另一个人的未来联袂成双。如果他在加尔各答抚养她，那么提起她的婚姻问题就是合情合理的。在这里，这么做就有点爱管闲事了，被认为是越界。他是在一个不用担心这种耻辱的地方抚养她的。一天晚上，当他向埃莉斯表达他的担忧时，她建议他什么都不要说，提醒他目前很多人一直等到三十多岁才结婚，甚至四十多岁。

话说回来，鉴于他和高丽做出的榜样，他怎么能够指望贝拉对婚姻感兴趣呢？他们是一家独居的人。他们相撞然后分散了。这是她的遗产。至少，她继承了他们的那种冲动。

她想念新英格兰。他开车回那幢房子时，她总是这么说。她看着车窗外，脸上的表情是不加掩饰的认可。当看到一辆夏天随处可见的卖冰柠檬水的卡车时，她要求他靠边停下来。

在房子里，她打开旅行包，剥开包着香李和油桃的纸巾，把它们堆放在碗里。

你会待多久？吃晚饭的时候，他问，他做了羊肉和米饭。这次两个星期吗？

她已经吃完两份了。她放下叉子。

看情况。

什么情况？有什么事吗？

她看着他的眼睛。他看到了她的紧张，混合着热切和某种决心。他记得她还是小女孩的时候，学习游泳，她会把双手合在一起，在齐腰深的水中上下跳动。停顿，权衡，准备一搏，准备放胆一试。

我有事要告诉你，爸爸。一些新闻。

他的心脏停了一跳,然后开始狂奔。他现在明白了。明白了在机场看到她时,她脸上带着笑容的原因,还有他整晚都能感觉到的、在她心里嗡嗡作响的满足感。

但是没有,她没有遇到任何人。没有她想介绍给他、邀请到这所房子来的特殊朋友。

她深吸了一口气,然后呼出。

我怀孕了,她说。

她已经怀孕四个多月了。孩子的父亲不在她的生活圈子里,不知道她的情况。他只是贝拉认识的一个人,与她有过一段时间,也许一年,也许仅仅一个晚上。她没有说。

她想留住孩子。她想做母亲。她告诉他,她仔细考虑过,已经准备好了。

她说,孩子父亲不知道更好。这样没那么复杂。

为什么?

因为他不是我想给孩子要的那种父亲。过了一会儿,她补充说,他完全不像你。

明白了。

但是他不明白。把他的女儿变成母亲的这个男人是谁?是谁没有意识到,也不值得,做了父亲?

他温和地开口说道,这不是那么容易的,贝拉,独自养育一个孩子。

你做到了。很多人都这样做的。

理想情况下,孩子的生活中父母双方都在,他继续说。有母亲,也有父亲。

它让你不安吗?

什么?

我没有结婚?

你没有固定收入,贝拉。没有稳定的家。

我有这个家。

这里永远欢迎你。但是你一年只有两个星期跟我在一起。其余时间你在别的地方。

除非——

除非什么?

她想再次回家。她想留在他身边,在罗得岛生孩子。她想给她的孩子一个家,一个与他给她的一样的家。她想有一段时间不必工作。

你觉得那样可以吗?

这个巧合奔走于他的思绪,令人麻木,令人困惑。一个孕妇,一个没有父亲的孩子。抵达罗得岛,需要他。这是贝拉身世的重演。多年前将高丽带给他的故事的翻版。

晚餐后,清理好餐桌和碗碟,贝拉告诉他,想出去兜兜风。

去哪里?

我想去看朱迪丝角的落日。

你不需要休息吗?

我精力充沛。你和我一起去吗?

但是他说往返波士顿一趟,已经累了,他宁可不出去了。

那我去。

你一个人?

想到她自己开车,虽然她从十六岁起就开得很好,现在却令他担心了,他忍不住这个念头。他有一种不理智的冲动,不愿让她离开他的视线。

他递给她钥匙的时候,她摇了摇头。我会小心的。我过一会儿就回来。

虽然他们一年没见面了,虽然她要求他陪伴她,但他觉得,想必她也一样,有必要独自一人,静静思考一下她说的话。

他打开了外面的灯。但是,却没有费心把室内的灯打开,她离开之后他就坐在那里。他看着天空变得苍白,暮色渐渐加深,树木的剪影成为黑色,对比鲜明。树木看起来是二维的,缺乏质感。再过几分钟,它们的轮廓就与夜空无法区分了。

高丽丢下她就不管了。但他知道自己的失败更糟糕。至少高丽的行为是诚实的、确定的。不懦弱,不拖沓,不像他那样偷偷摸摸地榨取她的信任。

然而这个孩子,他们的孩子,现在已经决定做母亲了。他已经知道,她将是一个与高丽不同的母亲。他感觉到了她怀着孩子的骄傲和轻松。

她拒绝透露孩子的父亲是谁,坚持抚养一个没有父亲的孩子;他不能不理会这种担忧。但是令他不安的,并不是贝拉将要做一个单身母亲。而在于他是她追随的榜样;他是她的灵感来源。

很久以前,他们之间的一场对话浮现在他的脑海。

为什么你不是两个人？她问，在他对面坐下来。

这个问题吓坏了他。起初他没有弄懂[1]。

我有两只眼睛，她坚持道。为什么只看到一个你？

一个天真的问题，一个聪明的问题。她已经六七岁了。他告诉她，实际上每只眼睛的确看到了不同的图像，只是角度略有不同。他遮盖她的一只眼睛，然后另一只，这样她可以亲眼看到。这样他看起来像是两重的，前后移动着。

他告诉她，大脑将两个单独的图像融合在一起。融合相同的东西，添加不同的。充分利用两个图像。

那我是用我的大脑看到的，不是我的眼睛？

她现在必须用她的头脑来看了。某种程度上，她必须消化他要说的话了。

大约一个小时后，他听到汽车靠近的声音，这时他仍然坐在黑暗中。急刹车尖锐的嘎嘎声，车门轻轻的一声砰响。

他走到门口，在她摁门铃之前打开了大门。他看见她站在爬满飞蛾的纱网的另一边。多年来，他一直担心那个消息会令她难过万分，而现在又有了加倍的担忧，因为她正怀着孩子。她回到了他的身边，寻求安定。现在是最糟糕的时机。然而他再也无法等下去了。

她身体里下一代的存在，正推动着一个新的开始，同时也在要求一个结束。他取代了乌达安，变成了她的父亲。但是他不能以同样鬼鬼祟祟的方式成为一个祖父。

---

① 英语中你和你们都是 you。他以为她在问为什么他和高丽不在一起。

他担心贝拉现在会恨他,就像她恨高丽一样。她没有结婚,所以他并没有象征性地或以其他方式将她交给另一个男人。但这正是他感觉他要做的。他准备好了要把她归还给乌达安。要将她推开,就在她想要回到他身边的那一刻。要冒她离开的危险。

你在做什么,爸爸?她说着,赶得那些虫子四散飞逃,一边走进屋里。天已经晚了。为什么灯都关了?你为什么像这样站在这里?

在黑暗的门廊里,她看不见他眼里涌出的泪水。

他们整晚没睡。他试图解释,一直说到天亮。

我不是你的父亲。

那你是谁?

你的继父。你的伯伯。两个都是。

她拒绝相信他。她觉得他身上发生了什么事情,他已经失去理智,也许他已经中风了。她跪在他面前的沙发上,抓住他的肩膀,离他的脸只有几英寸。

不要说了,她说。他被动地坐着,任她紧紧抓在手里,而他感觉好像她在狠狠撞击自己。他知道真相的凶猛力道,比任何身体上的打击更糟糕。与此同时,他从未感到像现在这么可怜,这么虚弱。

她对他大声喊叫,质问他为什么从不告诉她,愤怒地把他往沙发上推。随后她开始哭泣。她表现得正如他感觉到的那样——仿佛他突然在她面前死去了。

她开始摇晃他，希望他能活转回来，好像他现在只剩下一具空壳，好像她认识的那个人已经走了。

黑夜慢慢过去，她逐渐接受这些信息之后，问了几个关于乌达安死亡情况的问题。又问了问那场运动，她以前全然不知，现在却有些好奇了；也就这样了。

他犯了什么罪吗？

有些事情。你母亲从未告诉我整个来龙去脉。

那么，她告诉了你什么？

他给她讲真实情况，乌达安策划了暴力行动，他组装了爆炸物。但他补充说，经过这么多年，他到底做到什么程度仍然不确定。

他知道我了吗？他知道我就要出生吗？

不。

她坐在他对面，听着。在这个房子里，他告诉她，他有一些保存的信件，是乌达安寄来的。就是乌达安将高丽称作妻子的那些来信。

他提议读给贝拉听，但她摇了摇头。她的脸显得无情。现在他活过来了，对她来说却成了陌生人。

他不知道谈话达成了什么结论，只感觉筋疲力尽。他用手捂住一只眼睛，因为巨大的压力，已经睁不开了。自从理查德去世以来，所有那些不眠之夜都在碾压他；他无法保持清醒，于是请求贝拉谅解，上楼睡觉去了。

他早上醒来时，她已经走了。他大约知道她会这样，知道在他告诉她实情之后，要将她留在房子里除非把她绑起来。不过，他还是冲进她的卧室，看到床虽然是睡过又铺好了的，但她带来的旅行包却不见了。

楼下的厨房柜台上，在那些装满水果的碗中间，电话号码簿仍然打开着，翻在了为该镇服务的出租车公司名单那一页。

她父亲的身份已经发生了变化。是两个而不是一个。正如她现在怀孕一样，与一个她无法看到或了解的人交融在一起。

在她离开罗得岛好让自己平静下来，接受她被告知的事情的时候，贝拉感到与自己唯一有关联的人，就是这个正在她身体里成熟、未曾见面的孩子。这是她唯一感到忠诚、熟悉的部分。她从彼得潘巴士的车窗盯着她童年时的风景，什么都认不出来了。

她一生都被骗了。然而这个谎言拒绝容纳真相。她的父亲仍然是她的父亲，即使他告诉她他不是。即使他告诉她乌达安是。

她不能责怪她父亲直到现在才告诉她真相。有一天，她自己的孩子可能也会以类似的理由责怪她。

她的母亲为什么离开，这里有一个解释。因为，当贝拉回首往事，她记得常与父母一方或另一方共度时光，却很少有双方同在的情况。

这是她内心一直存有的愧疚的源头，她无法给母亲带来快乐。感觉自己是孩子们中间独特的一个，没有能力做到这一点。

母亲从不在贝拉周围掩饰。她传达了一种稳定的不快乐，一种固定不变的环境信号。它不是用言词传达的。然而贝拉知道，就像人知道一座山的存在一样。不可动摇，不可逾越。

现在又有了第三位父母，被指给她看，就像父亲教她在夜空中辨认的新星一样。一直就在那里，贡献着一个独特的光点。对她而言，是死的，却刚刚又活了过来。既创造了她，又没起任何作用。

她隐约记得在托利冈吉的那幅肖像，挂在墙上，下面是一堆收据。一张笑脸，一个肮脏的灰白色木镜框。一位年轻男子，她的祖母说是她的父亲，直到她的父亲告诉她这是乌达安的肖像。她记不得这张脸的细节了。获知这不是她的父亲之后，她便没有再关注它了。

她现在明白了为什么她的母亲那年夏天没有和他们一起回加尔各答。为什么她没有在任何别的时候回去，为什么当贝拉问起来，她也从不谈起她在那里的生活。

她的母亲离开罗得岛时，一并带走了她的不快乐，不再与他们分担，让贝拉没有可能接触到那个信号。似乎不可能的事情发生了。大山消失了。

取而代之的是一块沉重的石头，就像她在海滩挖坑时看到的那些深嵌在沙里的石头一样。石头大得无法挖掘，它的表面部分可见，但轮廓却是未知的。

她教导自己忽略它，走开就是。然而这个洞依然是她空陷的起点，冷酷地瞄准着她的存在。

她现在回到它这里了。最终沙子让路，她得以撬出埋在那里的东西，把它从包围中起出来。一时间，她感觉到了它的尺寸，它在手里的重量。她感受到它传遍她身体的张力，然后将它一劳永逸地奋力投进大海。

一连好几天,苏巴什没收到任何消息。他试了一下她的手机,她没有回应,他也并不感到奇怪。他不知道她去了哪里。他没有人可以询问。他怀疑她去了加州,去寻找高丽,听听她那一面的说法。他开始说服自己,她一定是这么做了。

下一次他与埃莉斯交谈时,他说贝拉的访问计划改变了。很多时候他想向埃莉斯解释,他并不是贝拉的父亲——这也是高丽离开的原因之一。他觉得她会理解。但出于对贝拉的忠诚,他什么也没说。第一个知道真相的应该是贝拉。

他睡了又睡,只是短暂地醒来,从未恢复精力。当他实在不能再休息时,他仍然躺在床上。他记起了在海上的孤独,船长关掉发动机时的寂静。虽然他卸掉了负担,他的头还是感觉沉重,有一种无法驱散的不适。他一连好几天向实验室请病假。

他不知道是否应该退休了。是否应该出售房子,搬得远远的。他想给高丽打电话,严词责难她,告诉她,她已经彻底把他打败了。告诉她,他已经透露了真相,从现在起,贝拉将永远以他的本来面目看待他。但实际上,他只是想要贝拉以某种方式原谅他。

到了晚上,尽管天气闷热,风却很大;凉爽的空气穿过敞开的窗户,他不禁打了个寒噤,这个季节刚刚到来就威胁着要溜走了。

一周结束时,电话铃响了。他的肚子里空空如也,这些天几乎什么也没吃。只是时不时喝口茶,吃点贝拉带来的正在变软的水果。脸上满是粗糙的胡子茬。他躺在床上,以为是埃莉斯来问问情况。

他想着就让它响吧,但还是在最后一刻拿起了听筒,想听听她的声音,现在需要告诉她发生了什么,并且寻求她的建议。

但却是贝拉。

你为什么没有上班?她问他。

他迅速坐了起来。就好像她走进了房间,发现他这副模样,衣衫不整,满怀绝望。

我在——我决定休息一天。

我看到了巨头鲸。他们离岸好近哪,我都可以游过去摸摸它们。这个季节,那是正常的吗?

他的脑筋还不清醒,无法完全明白她的话,更不用说回应了。听到她的消息,他松了一口气,却又担心说错了话,她会挂断电话。

你在哪里?你去了哪里?

她坐出租车到普罗维登斯①,再转乘公共汽车去了科德角。她有个朋友住在特鲁罗,可以留宿;是个高中同学,现在结婚了,曾在那里度夏,几年前永久性地搬了过去。海滩很漂亮,她说。她十几岁以后就没去过那里了。

他记得她很小的时候带她去科德角的情景。那是一个晚春,高丽离去的第一年。他们一起沿着海湾漫步,她跑在前面,看到什么东西非常兴奋。

① 罗得岛州首府。

他赶上了她，发现是一头搁浅的海豚，眼窝凹陷，好像还在笑。他取出相机拍照。放下相机的时候，他意识到贝拉正在哭泣。开始是静静的，随后哭出声来，于是他把她搂抱起来。

你会在那里待多久？他现在问她。

我正搭便车回海恩尼斯。有一趟公共汽车从那里发车，今晚八点就到了。

到了哪里？

普罗维登斯。

他沉默了片刻，她也是。她正用手机打电话；他不知道她是还在线，抑或线路已经断了。

爸爸？

他听到了她的话。他听到了她还在这么叫他。

你能来接我吗，他听到她说，还是我应该坐出租车？

接下来的日子里，她感谢他告诉她关于乌达安的事——她提到他是直呼名字的，说有助于解释某些事情。该听的她都已经听到；她不需要他再说更多了。

在某种程度上，她说，因为这事，她感觉跟她怀着的孩子更亲近了。这是生活的一个细节、一个元素，出于不同的原因，她们将会共同分享。

秋天，她的女儿出生了。做了母亲之后，她告诉苏巴什，知道他所做的一切，让她更爱他了。

柒

1

在加州，她的露台上，高丽吃烤面包、水果，饮茶。她打开笔记本电脑，戴上眼镜。她阅读当天的新闻提要。但它们可能来自任何一天。只需一个点击，她就可以从突发新闻转移到多年前存档的文章。在任何时刻，过去都在那里，附着于当下。贝拉在童年时代定义了昨天，这是它的另一个版本。

时不时地，高丽注意到美国报纸上出现一篇报道，提及印度各地或尼泊尔的纳萨尔派活动。是一些短篇报道，关于毛派叛乱分子炸毁卡车和火车，放火烧毁警察营地，与印度的市政委员会战斗，策划再一次推翻政府。

她有时只是浏览这些文章，不想了解太多。有些报道重新回顾了纳萨尔巴里，为那些从未听说过它的人提供背景知识。它们给出了这场运动时间线的各种链接，把那五六年间发生的事件做了总结，作为对殖民时期之后孟加拉无法回避的批判。然而失败仍然只是一个例子，余烬成功地点燃了另一代人。

他们是谁？这场新运动是否正在席卷像乌达安和他的朋友那样的年轻人？它会一样没有目标，令人痛惜吗？加尔各答会再遭遇那种恐怖吗？有情况告诉她不是这样。

她现在掌控的信息太多了。最初她在图书馆登录的计算机上查询,现在已经代之以从家里无线上网了。发光的屏幕,越来越可折叠、便携、友善,预期着人类大脑可能产生的任何问题。包含的信息比任何人需要的都多。

它很多方面的设计,她发现,都旨在消除神秘感,尽量减少意外。里面有地图显示你要去哪里,可能入住的酒店房间的照片。一趟飞机的延迟状态,这样就不必赶去登机。人们之间的联系,不管有名还是无名——你有可能与他们团聚,或坠入情网,或雇用工作。互联网公民不受等级制度的影响。这里没有空间限制,每个人都有位置。乌达安应该是欣赏这一点的。

她的一些学生不再去图书馆了。他们并不求助于卷角的字典来查找单词了。在某种程度上,他们用不着来上她的课。她的笔记本电脑包含着终生要学习的东西,连同那些她终生不会学习的东西。在线百科全书中哲学论证的摘要,她花了多年才理解的思维模式的解释。她曾经不得不四处搜求、即刻复印,或者到别的图书馆查找的书籍,都有章节链接。冗长的文章、评论、断言、反驳,一切都在那里。

她记得曾站在北加尔各答的一个阳台上,与乌达安交谈。那是总统大学的图书馆,有时他会来找她,只见她坐在一张由书籍分隔的桌子上,一台巨大的风扇吹得纸页沙沙作响。他站在她身后,一言不发,等着她转过身来,感觉到他就在那里。

她记得在加尔各答阅读走私书籍,这是梵文学院左侧的特殊摊位,有乌达安喜欢的东西,是他最愿意去的地方。从出版商那里订购外国书籍。她记得自己接受教育的渐进路径,无数个小时细细筛选卡片目录,先是在总统大学,然后在罗得岛大学,甚至在加州工作的早期。用短铅笔写下索书号,沿着通道上上下下搜索,那里照明灯的计时器一到时间就会黑下来。她回忆起她读过的书中的某些段落,犹在眼前。在书的哪一边,页面上的哪个位置。她记得托特包的带子,在她走回家的时候,嵌入她的肩膀。

她无法避开它;她是虚拟世界的一员,在那业已主宰地球表面的新的大海上,她的这个特点是清晰可见的。大学网站上有她的个人资料,有一张最近的照片。一份她教授的课程清单,一份标志她学术成就的年表。学位,出版物,会议,学会会员。她的电子邮件,她在系里的邮寄地址,如果有人想给她发点东西或者取得联系的话。

她最近参加了伯克利举办的一次小组讨论,和一小群其他领域的学者在一起,有的是历史学家,有的是社会学家,一点点更深入的挖掘都会收获长足的进展。在那里,她走进房间,在桌旁她的位置坐下,面前是写有她名字的牌子。每个小组成员清清嗓子,身体前倾,慢慢展开他的观点的时候,她耐心地倾听,一边查看她的索引卡片。

太多的信息,然而就她而言还不够。在一个神秘度越来越低的世界里,未知仍然顽强地存在着。

她找到了苏巴什,他仍然在罗得岛的同一个实验室工作。她发现了一些 PDF 文件,是他与同事共同撰写的文章,提到了他的名字,这些是他参加的一次海洋学研讨会的文集。

只有一次,她忍不住搜寻了一下乌达安。但正如她预想的那样，尽管有各种各样的信息和观点，但是没有他参与的任何痕迹，没有提及他做的任何事情。当时在加尔各答有数百名像他那样的步兵，他们无名地投身于运动，无名地遭受处决。他的贡献没有被记录下来，他受到的惩处是当时的标准。

跟乌达安一样，也完全找不到贝拉。用引擎搜索她的名字一无所获。没有大学，没有公司，没有社交媒体网站会产生任何信息。高丽找不到任何图片，找不到她的一丝踪迹。

这并不必然意味着什么。只是说贝拉并不存在于那个维度，高丽可以在此了解一些她的情况。只是说她拒绝高丽接近。高丽好奇这种拒绝是不是故意的。是不是贝拉有意识的选择，为了确保不会出现任何联系。

只有她的弟弟马纳什找到了她，通过电子邮件重新联系上她。问候她，又问她是否会回加尔各答探访他。她告诉他，她与苏巴什分手了。但是她为贝拉编造了一个含糊却可以预测的命运，说她已经长大，她已经结婚了。

时常，高丽继续搜寻她，却不断失败。她知道这取决于贝拉，知道她不会以别的方式来找她。而她又不敢向苏巴什打听。这些努力都归于惨败，就像她心里刚抓到的一条鱼。当她在屏幕上输入名字，点击激活搜索时，成功的可能性会短暂爆发。希望在转冷的过程中挣扎。

迪潘卡·比斯瓦斯是她收件箱中的新名字，却是早就留在记忆里的。多年前她的一个孟加拉学生。他和贝拉同年出生，在休斯敦郊区长大。她曾对他很是宽厚。他们还用孟加拉语交流过。在他做她的学生那几年，她一直把他视为一个标尺，用来衡量贝拉可能的状况。

他去加尔各答过了几个暑假，住在贾米尔街祖父母家里。她以为他投奔法学院去了，但是没有，他最终改变了主意；他在电子邮件中解释说，他是该联盟另一所学院的政治学客座教授，专门研究南亚。他告诉她，她一直对他很有影响力。

他写邮件来问候一下，说住在附近。下个星期，他要来她的学院参加一个小组讨论。他问高丽是否可以请她吃个午饭。他正在编纂一本书，希望她能为之贡献材料。她愿意讨论一下这个可能性吗？

她考虑过说不。不过，她好奇再次见到他，她建议去一家熟悉的安静餐馆，她时不时一个人去那里。

迪潘卡已经坐在餐桌旁。在她的课堂上穿的短裤和凉鞋不见了，脖子上也没有了那一串贝壳。现在他穿的是条纹棉质衬衫、平底便鞋和系皮带的长裤，把腿遮起来了。他去了内布拉斯加①读研究生，到布法罗拿到第一份工作。他很高兴再次来到加利福尼亚。他拿出苹果手机，展示他的双胞胎，一男一女，都抱在他的美国妻子的怀里。

她向他表示祝贺。她不知道贝拉现在是否真的结婚了。她是否也有一个孩子。

他们点了菜。她只有一个小时，她告诉迪潘卡，之后就得回校园去了。告诉我，这本书是讲什么的？

---

① 美国中西部的一个州。

你六十年代末在总统大学读书，对吗？

他与一家学术出版社签订了合同，编写一部纳萨尔派运动高潮时期该学院学生的历史。想法是将它与美国的“学生争取民主社会组织”进行比较。他希望写成一部口述历史。他想采访她。

她的眼皮抽搐了一下。这是她在某个时候形成的一种紧张痉挛。她不知道它是否容易被察觉。她不知道迪潘卡能否发现这次神经短路。

我没有参与，她说。她觉得嘴里有点干。

她把杯子举到唇边。她喝了点水。她感觉到微小的冰块，还没来得及反应就从她的喉咙滑了下去。

那倒没关系，迪潘卡说。我想知道当时的气氛是什么样的。学生们都在想什么、做什么。你观察到了什么。

对不起，我不想接受采访。

即使我们保护您的身份也不行？

她突然害怕他知道什么事情了。也许她的名字就在一份名单上。那个旧卷宗已经被打开，正在对一桩很久以前发生的事件进行调查。她把一只手放在眼睑上，让它稳定下来。

然而不是这样，她看见他只是在依靠她。她只是一个方便的资料来源。当食物端到桌子上时，他们停顿了一会儿。

听着，我可以告诉你我知道的。但我不想成为这本书的一部分。

这很合理，教授。

他请求她的许可，打开了一个小型录音机。然而，是高丽提出第一个问题的。

是什么引起你对此事的兴趣的?

他告诉她,他自己父亲的兄弟牵涉进去了。一个大学生,一头栽了进去,然后被囚禁起来。迪潘卡的祖父母设法把他营救了出来。他们送他去了伦敦。

他现在做什么?

他是一名工程师。他是本书第一章的主题。当然,用的是别名。

她点点头,好奇其他那么多人的命运是什么。他们是不是也一样幸运。她有好多话可以说。

他对我谈起党宣告成立那天的集会,迪潘卡继续说道。

她记得在五月的酷热里站在纪念碑下,观看卡努·桑亚尔在演讲台上获得释放。

她和乌达安在广场上成千上万的人中间,倾听他的演讲。她记得身体的海洋、带凹槽的白色柱子,连同顶部的两个阳台,高高升到天空。记得演讲台,上面装饰着真人大小的毛泽东肖像。

她记得卡努·桑亚尔通过扬声器发出来的声音。一个戴眼镜的年轻人,看起来平凡,却很有魅力。同志们、朋友们!她仍然听到他在呼唤,在问候他们。她记得她受到感染的那种单一情绪。她记得为他所说的话激动不已。

她的印象一直在闪烁,恍若隔世。但这些情景在迪潘卡那里却很生动。所有的名字,那些年发生的事件,他都能随手拈来。他可以引用查鲁·马宗达的著作原文。他了解运动临近尾声时马宗达和桑亚尔之间的分歧,桑亚尔反对所谓湮灭方针。

迪潘卡研究了这场运动自取其败的战术,它的缺乏协调和不切实际的意识形态。甚至没有参与其事,他就已经理解了这场运动何以兴起并归于失败,远比高丽深刻。

1970 年桑亚尔再次被捕时,我的叔叔还在那里。不久之后他就被送往伦敦。

这些她也记得。他的追随者开始骚乱。正是在桑亚尔被捕之后,当时党的宣言也已发表一年,加尔各答最严重的暴力事件才开始。

我是那年结婚的。

你的丈夫呢?他受影响了吗?

他在美国,读书,她说。他与此事毫无关系。她很感激第二个现实可以用来隐瞒第一个。

我计划去加尔各答做一些实地考察,他说。那里还有没有你认识的人?我可能想和他们谈谈。

恐怕没有了。对不起。

如果可能,我想上山去一趟纳萨尔巴里。我想去看看桑亚尔获释后居住过的村庄。

她点点头。你应该去。

他生命的转折,让我着迷。

你说什么?

他悔过的方式仍然是英雄的。多年后,他仍然骑着车在纳萨尔巴里的村庄穿游,动员人们给予支持。我本来想跟他谈谈的。

为什么没有呢?

他死了。你没听说过?

事情发生快一年了。当时他的健康状况正在下滑。他的肾脏和视力都快衰竭了。他一直患有抑郁症。2008 年一次中风使他部分瘫痪。他拒绝在政府医院接受治疗。在他与之战斗的时候,他拒绝接近这个政府。

他死于肾衰竭?

迪潘卡摇了摇头。他自杀了。

* * *

她回家,来到桌前,打开了电脑。她在搜索框中输入卡努·桑亚尔的名字。搜索结果一个接一个地出现了,是一系列她以前从未看过的印度网站。

她开始点开这些网站,阅读他的传记细节。与马宗达一起,他是该运动的创始成员。一场仍在威胁印度政府的运动。

他出生于 1932 年。早期在西里古里一家法院担任书记员。

他在大吉岭地区担任过印共(马)的筹备者,然后在纳萨尔巴里起义后与党决裂。他曾去中国与毛泽东见面。他在狱中度过了近十年。他担任过印度共产党(马列)的主席。获释后,他放弃了暴力革命。

他仍然是一名共产主义者,毕生致力于关心茶园工人、人力车司机。他从未结婚。他得出的结论是,印度并不是同一个民族。他支持克什米尔和那加兰独立。

他拥有几本书、衣服、炊具。马克思和列宁的框架图片。他死的时候一文不名。我曾经很受欢迎,现在我已失去了支持,他在最后一次采访中说道。我身体不好。

许多文章颂扬他的一生,他对印度穷人的承诺,他悲惨的离世。它们称他为英雄,一个传奇。他的批评者谴责他,说一个恐怖分子死了。

这是同一组信息,以各种方式重复。无论如何,她打开了这些链接,无法停止。

其中一个链接有一个视频。2010 年 3 月 23 日的电视新闻片段。一位女性新闻播报员的声音在总结细节。有一些六十年代末加尔各答街道的黑白镜头,横幅和涂鸦,几秒钟的抗议游行。

镜头切换到哭泣的村民,他们手捂着脸。人们聚集在一间房子的门口,这是一座茅草泥屋,曾是桑亚尔的家,也是他的政党办公室。他的厨娘正在接受采访。镜头前她很激动,很紧张。说话带着这个村庄的特殊口音。

他吃完午餐,她过来查看一下,她向记者解释道。她透过窗户看了看,却没有看见他在卧室休息。门没有上闩。她又看了一番。然后就看到他在房间的另一边。

高丽也看见了他。在她的电脑屏幕中,在她的书桌上,在加州她黑暗的书房里,她看到了厨娘看到的情景。

一名七十八岁的男子,穿着汗衫和棉质睡裤,吊在一根尼龙绳上。他用来套牢绳索的椅子仍然立在他面前。它没有被碰翻。没有痉挛,没有最后的反应,他将它踢开。

他的头向右侧翘起,脖子后面露在汗衫上方。他的双脚侧边触地。好像他仍然受着地球引力的支撑。好像他所要做的就是挺直肩膀,继续前进。

一连几天,她的脑海里都无法摆脱这幅图像。她无法停止思考一个男人最后的消极,而这个男人一直拒绝低下他的头,直到他生命结束的那一刻。

她无法摆脱在她内心搅动起来的情绪。她感觉身体异常沉重而又空虚。

接下来的一周,走下一幢校园大楼外面的台阶时,她没有注意,失足摔倒了。她伸出手去,想用手撑住,减轻落地的冲力。皮肤从接触路面的地方撕开了。她看着,只见血珠在破损处冒出来,更加突出了她手掌上深深的条纹。

有人冲了过来,问她是否安好。她还能站起来,走上几步。她的手腕痛得更厉害。她的头在旋转,一侧还有一阵悸动。

一辆大学救护车把她送进了医院。手腕严重扭伤,又因为头部的疼痛没有消退,而且已经扩散到另一侧,她需要做一些扫描,一些测试。

他们给了她一些表格填写,要求留下最近亲属的名字。她整个一生,在这类表格上,没有别的选择,都是填苏巴什的名字。但从来没有发生过紧急情况,从来没有联系他的必要。

她用左手无力地写出了那些字母。罗得岛的地址,她还记得的电话号码。她常常拨打这个号码,有时听筒都没有摘下来,那是她想贝拉的时候,是她震惊于自己过错的时候,悔恨袭上心头的时候。

自从贝拉出生以后,她就没有上过医院。即使现在,记忆也是完整的。一个下雨的夏日夜晚。二十四岁。手腕上一条打印的腕带。孩子生完,每个人都向苏巴什道贺,无数鲜花从他大学的系里送来。

她又得到了一个腕带,被输入了医院的系统。她向他们提供了所需的病史和保险卡信息。这次没有人帮她。护士和医生进来的时候,她就全靠他们了。

照了几张 X 光片,一次 CT 扫描。她的右手被包扎起来,正如乌达安在事故发生后那样。他们告诉她,她有一点脱水。他们将液体注入她的静脉。

她留在那里直到晚上。扫描显示大脑没有出血。她回家了,只不过带着一纸止痛药处方和一份转给理疗师的推荐信而已。她不得不给一位同事打电话,因为她获知将几个星期无法开车,无法穿越这个简单的小镇;它的街区小小的,长满青草,她在此已经生活了很多年。

同事埃德温开车带她去药房取药。他邀请她跟他和妻子一起住几天,让她住他们的客房,说一点也不麻烦。但是高丽告诉他没有必要。她回到自己的家里,坐在办公室的书桌前,拔出一把剪刀,总算将手腕上的打印腕带剪掉了。

她打开电脑,然后点燃炉子烧茶。她费力地从包装袋中取出茶包,把烧开的水壶提到杯子上方。依靠她不习惯使用的那只手,一切都做得很慢,一切都觉得十分笨拙。

冰箱空了,牛奶盒也差不多喝完了。到那时她才想起,她是打算去买一些杂货的,而正当她走向汽车的时候,却摔倒了。她随后还得给埃德温打电话,问他是否介意帮忙做些事情。

现在是星期五早上十一点钟。她没有课要上,晚上也没有计划。她给自己倒了一杯水,撒了一些在厨台上。一番折腾,她设法拧开了药瓶。她干脆让瓶盖开着,省得再来一次。

她不想给任何人增加负担,却又无法自理,于是她出门了,这是一个与工作毫无关系的周末旅程。她用一只手打包了一个小手提箱。她把笔记本电脑留在家里。她叫了用车服务,住进了沙漠小镇她的一些同事喜欢的旅馆。这儿,她可以去山里散步,可以泡温泉,而且几天不用做饭。

从旅馆的屋顶上,她观看陡峭的山丘环绕的游泳池里,一对看上去很富有的印度老人在照顾一个小男孩。他们在教男孩不要怕水,向他展示塑料小人是如何漂浮的,祖父还游了几下做示范。这对夫妻用印地语轻轻争吵着,要给孩子涂抹多少防晒霜,他的头部是不是应该戴帽子保护。

丈夫几近全秃,但仍然充满活力。所剩无几的头发环绕在头的下半部分。妻子看起来年轻些,头发染成了红褐色,脚指甲上了指甲油,脚上穿着漂亮的凉鞋。早餐时,高丽看着他们用勺子喂男孩酸奶和麦片。

他们用英语问高丽从哪里来,说他们每年夏天都来美国,两个儿子都在美国,他们非常喜欢这个地方。一个儿子在萨克拉门托,另一个在亚特兰大。

自从做了祖父母以后,他们带着每个孙子分别度假,以自己的方式了解他们,给儿子和儿媳一些个人时间。

到我们这个年纪，活着还能为了什么？那个男人问高丽，把孩子搂在臂弯。然而他们更喜欢印度，不想在这里退休。

你经常回去吗？妻子问道。

有段时间没回去了。

你做祖母了吗？

高丽摇了摇头，突然想与这对夫妇保持一致，于是补充道，我还在等。

你有几个孩子？

一个。一个女儿。

通常她告诉人们她并没有孩子。于是人们礼貌地退出了这个意想不到的情况，不想给她压力。

但今天高丽无法否认贝拉的存在。而那个女人只是笑笑，点点头，说如今孩子们都有自己的想法。

随着时间推移，她的手腕越来越结实。在她的治疗过程中，他们用温热的蜡包裹它。她又能够抓住牙刷清洁牙齿，签发支票，或者扭动门把了。随后，她又能用她的惯用手开车，抓住变速排档，转个弯了，又能编辑文稿，批改学生论文了。

学期继续，她教完最后几堂课，上交了学生成绩。秋天她将开始休假。一天下午，做完案头的事情后，她穿过公寓大楼的停车场，打开她的邮箱。她扭转钥匙还是费了些力气。

她回到公寓，把客厅通往露台的滑动玻璃门推了回去。她把邮件放在柚木桌子上，然后坐下来翻检一下。

那天寄来的账单和购物目录中，有一封私人信件。信封上有苏巴什的笔迹,回信地址是罗得岛那幢房子,靠近海湾。他存在的证明就只剩下他的字迹,还有邮票背面干掉的唾液了。

他把信寄到她的系里,请转交。秘书礼貌地转到了她的家里。

里面是一封用孟加拉语写的短信,写在一张办公便笺的两面。她几十年没有读手写的孟加拉文了;她与马纳什的交流是用电子邮件,英文。

高丽:

我在互联网上查到你的地址,但请确认收到了这封信。正如你所看见的,我还在同一个地方。我身体尚好。希望你也如此。但是我过不了多久就要满七十岁了,我们正在进入一个任何事情都可能发生的生活阶段。无论前方有什么,我都想着手把事情简化,因为从法律上讲,我们仍然是夫妻。如果你没有异议,我打算卖掉托利冈吉的房子,这房子你仍然拥有部分产权。同时我也认为是时候移除你作为罗得岛房子的共同所有人的名字了。当然,我会把它留给贝拉。

她停了下来,把手靠在桌面上暖和一下再继续。这只手被包扎起来,已经变得脆弱了。现在她的静脉突出,看起来像一株植根于她手腕的珊瑚。

他告诉她,他不想发生紧急情况时把她拖回罗得岛,不想烦扰她,万一他先走的话。

我不是故意催促你,但我希望在年底前解决这些问题。我不知道我们之间还有别的什么要说的。虽然我无法原谅你对贝拉的所作所为,然而从你的行为中受益并且继续受益的,还是我,无论这些行为多么错误。她仍然是我生活的一部分,但我知道她不属于你的生活。如果这样更容易,我愿意考虑我们碰个面,面对面地了结事情。我对你并无恶意。话说回来,这只是一些签字的问题而已,通过邮件当然也行。

她必须第二次阅读这封信,才能明白其中的要点。说到底这一次,他在请求她离婚。

2

他们结婚，没有告诉家里任何人，甚至马纳什。那是一九七年一月。一名登记员来到切特拉的一所房子。它属于乌达安的一位同志，他是党内高级成员，也是文学教授。人很文雅，态度温和，还是诗人。他们称他塔伦达。

其他一些同志也在场。他们问她问题，告诉她从现在开始如何行事。他们签署文件之前，乌达安将手放在一本红皮书上。他总是把袖子卷起来，露出前臂。那时他留着胡子。两人都坐在沙发的边缘，一起俯身于那张低矮的桌子，桌上铺开的是结婚文件；签完字，他转头看着她，咧开嘴笑，花了一点时间向她，只是向她，传达他有多开心。

她并不在乎她的叔叔阿姨、姐妹们会怎么想她正在做的事。这只会让她忘掉他们。家中她唯一关心的人是马纳什。

一些肉排和炸鱼端了进来，分发给大家，还有几盒糖果。庆祝就到这个程度。婚后的第一个星期，他们是在切特拉的房子里一起度过的，在教授不得不腾出的一个房间里。

就是在那里，夜晚，聊过许多共同话题之后，他们开始以不同的方式进行交流。在那里，她第一次感觉到他的手在探索她的身体。在那里,他睡在她身边的时候,她感觉到他裸露的肩膀凉凉地依偎在她腋窝里。他的膝盖温暖地贴靠在她的腿弯。

房子的入口在侧边,一条长长的小巷子里,大街上看不见。楼梯转了个急弯,再转一次,就到了阳台周围安排得十分紧凑的几个房间。地板各处都有棕红色的开裂。

房间里满满都是塔伦达的书,摞得像孩子们那么高。安放在橱柜里、书架上。起居室位于建筑的前端,有一个俯瞰街道的狭窄阳台。他们被告知不要站在那里,不要引起别人对他们的注意。

几天后,她写信给马纳什,说她最终并没有和朋友们一起去桑蒂尼盖登游玩。她告诉他,她已经和乌达安结婚了,她没有打算回家。

然后乌达安去了趟托利冈吉,告诉他的父母他们做了什么。他告诉父母,他们准备另找地方住。他们惊呆了。但是他的哥哥在美国,他们希望留下来的儿子回家。高丽曾暗暗祈愿他的父母不要接纳他们。在切特拉那个杂乱而快活的房子里,与乌达安一起躲藏,她感到既无所顾忌又受到保护。自由自在。

乌达安谈到了他们有朝一日会自己出去生活。他不相信跟父母住在一起行得通。然而眼下,因为他们不能继续留在教授家里,因为这里是一个安全屋,给他们的房间需要留着窝藏什么人,因为他没有赚到足够的钱在别处租一套公寓,于是他把她带回了托利冈吉。

* * *

它只有几英里远。不过,去那里的路上,过了哈兹拉路之后,高丽还是感觉到了不同。她知道这座城市在支持她。在她眼中,这里光线更明亮,树木更丰茂,撒下斑驳的树荫。

他的父母站在院子里,等着迎接她。房子宽敞但实用、朴素。她立刻理解了乌达安走出来的环境,他所拒绝的习俗。

纱丽的尾幅以一种得体的姿态披在她的头上。他的母亲头上也披了纱丽。这个女人现在是她的婆婆了。她穿着一件清爽的奶油色棉质纱丽,有金线绣出的格子图案。她的公公身材高大清瘦,像乌达安一样,留着大胡子,表情平静,灰白的头发向后梳着。

她婆婆问乌达安是否反对举行一些简短的仪式。他表示反对,但她置之不理,吹响了她的海螺壳,然后把晚香玉花环挂在他们的脖子上。一只编织托盘朝着高丽的头部、胸部和腹部举起。托盘上堆满了吉祥物品和水果。

她获赠了一个盒子,盒盖开着,好展示里面的项链。托盘上放着一罐朱砂粉。她的婆婆指示乌达安将它敷于她头发的分路处。她拿起高丽的左手,将手指握在一起,往手腕滑上去一个铁手镯。

一些陌生人,现在是她的邻居,聚集过来观看,他们从庭院的围墙上张望。

你是我们的女儿了,她的公婆说,尽管他们不想要她,却也接受了，他们的手在她的头顶上方做出一个祝福的姿势。我们的一切都是你的。高丽鞠躬，从他们的脚上取了尘土。

庭院为她装饰了图案，都是手工绘制。在房子的门口，一锅牛奶在煤炉上慢慢煮着，她靠近的时候正巧开了。门口有两株矮小的香蕉树，一边一株。里面还有另一锅牛奶，染成了红色。她被告知将脚浸入红色液体中，然后走上楼梯。楼梯仍在建设中，没有扶手可抓。

台阶上松散地覆盖着一幅白色纱丽，就像铺在踏板上的一层薄薄的防滑垫。每走几步都会有一个翻倒的黏土杯，她必须打碎它，用尽全力。这是要求她做的第一件事，标记她进入乌达安家的通道。

小巷非常狭窄，所以很少听到汽车的声音，甚至过路的人力车都没有。乌达安告诉她，回这块聚居地时，在清真寺的拐角处下车，剩下的一段走路更容易些。虽然许多房屋都有围墙，但她可以听到别人的生活在进行。在准备餐点，送上餐桌，在倒水准备洗浴。孩子们挨骂，哭着，一边背诵着他们的课程。冲刷、清洗的碗碟。乌鸦的爪子撞击屋顶，扑扇着翅膀，翻捡果皮。

她每天早上五点起床，爬上楼梯，来到一个新的楼层，接过婆婆倒给她的茶，一块储存在奶油饼干罐中的饼干。天然气管道尚未接好，于是黏土炉上用煤、粪饼、煤油和火柴生火的细致过程便成了一天的开始。

她扇火时，浓烟刺痛了她的眼睛，模糊了她的视线。在第一天早上,婆婆就告诉她收起她带来的那本书,专心完成手头的任务。

工人很快就到了。赤着脚,头上缠着肮脏的破布。他们一整天都在吆喝着、敲打着,所以在家里学习是不可能的。到处都是厚厚一层灰,独轮车一车车推进砖头和砂浆,追加的房间一个个安装完毕。

公公从市场上带回一条鱼之后,接下来的活儿就是她的了:切块,抹上盐和姜黄,再用油炸。她跪坐在炉子前面。她减少了一些晚上吃鱼要蘸的酱汁,根据婆婆的指示把味先调好。她帮助切卷心菜,剥豌豆。除去菠菜里的细沙。

仆人若是来晚了或者歇息一天,她就得在石板上研磨姜黄根和辣椒了,还得捣碎芥末或罂粟籽,如果婆婆那天做饭要用的话。她磨碎辣椒时,感觉手掌的皮肤好像已经被刮掉了。她在盘子上倾斜米饭罐,把水排掉,确保煮熟的饭粒不会滑出。倒扣的平底锅拉扯得手腕生疼,如果她忘了转过头去,蒸汽就会烫伤她的脸。

她每周两次做完所有这些工作后,再洗个澡,把书装进包里,乘坐电车返回北加尔各答,上图书馆,听讲座。她没有向乌达安抱怨过。但是他明白,告诉她耐心一些。

他告诉她,有朝一日他的哥哥苏巴什从美国回来,结了婚,就会有另一个媳妇来分担这些家务。于是高丽时不时好奇那个女人会是谁。

每天晚上,她在公婆家的露台上守望,等着乌达安做完辅导回家。当他推开摆动木门时，总是停下来抬头望她，正如他常常从她祖父母公寓下的十字路口仰望，她希望他会过来坐坐，他希望能在那里看到她。但现在情况有所不同了：他的到来是期待中的，而她站在那里等他也不出人意料，因为他们已经结婚了，这是他们共同居住的房子。

他会洗一洗，吃点东西，于是她会穿上一件新纱丽，他们一起出去散步。最初表现得就像任何新婚的夫妇那样。她喜欢和他一起走出这所房子，但察觉到了托利冈吉的安静和赤裸裸的朴素，对此她感到不安。

这个社区的设置有它自己的方式。主要是清一色的孟加拉人，跟北加尔各答不同，那里旁遮普人和马尔瓦尔人占据了外祖父母那幢大楼的许多公寓，恰恰酒店对面的电器店播放着印地语电影歌曲，声音在来往车辆上方飘浮，那里空气中郁积着学生和教授们浓厚的能量。

这里几乎没有什么可以分散她的注意力，就像外祖父母阳台上的风景可以让她从白天看到黑夜一样。从她公婆的房顶上几乎看不到什么。只有其他房屋、屋顶上晾晒的衣服、棕榈树和椰子树。巷子扭来扭去。低地和池塘里满是水葫芦，比草更绿。

他开始要求她做些事情。于是，为了帮助他，为了得到一种参与感，她同意了。起初任务很简单。他给她画了地图，告诉她这趟差事要走这里或那里，要观察外面是否停着一辆踏板车或自行车。

他给她要递送的便条,开始是放进托利冈吉某处的一个信箱,然后就是亲自送。如果她需要买一些墨水,他便告诉她把那张纸藏在卢比下面,付给文具店那个人。便条通常包含一条信息。一个地点或一天某个时间。一些对她毫无意义的交流,但对其他人来说却是至关重要的。

一系列便条发给了一位在裁缝店工作的妇女。高丽要点名请求一位叫钱德拉的女人为她量身,做一件宽松衬衫。第一次见面,钱德拉向她打招呼,好像她们是老朋友,问她过得怎样。一个矮胖的女人,头发有点扭结。

她把高丽拉到窗帘后面,嘴里叫着不同的数字,但软尺根本就没有碰到高丽的身体,却把数字写在了她的本子上。钱德拉脱去了自己的衣服,利用拉起的窗帘,从高丽的手中拿过便条,阅读然后重新折叠起来。她把便条藏在自己的衬衫里,她的胸罩下面,然后再次打开窗帘。

这些任务是一个更大结构中的小关节。没有被忽视的细节。她被连接进一个看不见的链条之中。这就像在一出短剧中表演,同台演员从未表明自己的身份,简单的台词和动作都是脚本化、被控制的。她好奇自己究竟是怎么做出贡献的,谁可能正在监视她。她问乌达安,但他不愿告诉她,说这样她就是最有用的。说她不知道为好。

次年二月份,刚刚过了第一个结婚纪念日,他便安排她做辅导工作。街角立着辩才天女的塑像,在她的脚下学生们得到教科书。噪鹃开始唱歌,它们的呼唤是悲伤的,充满渴望。贾达普的一对兄妹需要帮助，他们得通过梵文考试。

她每天都到他们家，坐人力车过去，用一个虚构的名字自我介绍。第一次去之前，乌达安向她描述那座房子，好像他去过那里似的。他给她讲房间的情况，家具的布置，墙壁的颜色，窗户下面的书桌。

他告诉她要坐桌子边哪一把椅子。如果窗帘碰巧拉上了，要朝一边略微拉开，说她需要透进一点光线。

他告诉她，那一个小时的某个时刻，一名警察会走过房子，从左到右穿过那扇窗户。她要记下他经过的时间，并观察他是否穿着制服。

为什么？

这次他说了。警察的巡逻路线经过了一处安全屋，他说。他们需要知道警察的日程安排，他哪天休假。有同志需要住所。他们不能让他碍事。

她正和两个学生坐在一起，帮助他们学习语法，她的手表放在桌子上，日记本打开着，这时她看见了他。一个三十多岁的男子，脸刮得很干净，穿着卡其布制服，正要去执行任务。从二楼的一个窗口，她看到了他黑色的小胡子、他的头顶。她向乌达安描述了他的特征。

她和兄妹俩一起读《奥义书》《梨俱吠陀》的文句。这是古老的教义，她最初与祖父一起研习的神圣文本。*Atma devanam*, *bhuvanasya garbho*。众神的灵魂，万物的种子。蜘蛛通过自己的蛛丝成就空间的自由。

有一天，是个星期四，那警察没有穿制服。他不是从左向右走，而是从相反方向来，身着便服。他带着一个小男孩从学校回家。时间是那个小时过二十分。他走得更加随意。

她向乌达安报告这个情况时，他说，继续观察。下周，他又不当班的时候，告诉我是哪一天。别忘了记下时间。

在接下来的星期四，过二十分的时候，她又看到那个警察换了装束，握着这个小男孩的手，从相反的方向走来。那些日子里，会穿制服的反而是男孩。白色短裤和衬衫，肩上挂着水壶，手里提着小书包。湿润的头发梳得整整齐齐。她看到那个男孩蹦跳着，他父亲缓慢地每走一步，男孩就得活泼地跟上两三步。

她听到了男孩的声音，告诉父亲那天在学校学了什么，又听到他父亲的声音，笑话他说的事情。她看到他们牵着的手，手臂微微摆动。

四周过去了。总是在星期四，她告诉乌达安。那天他陪儿子从学校回家。

星期四，你肯定吗？从来没有另外一天？

没有，从来没有。

他似乎满意了。但随后他问，你确定那是他的儿子吗？

是的。

他多大了？

我不知道。六七岁吧。

他转过脸去。没有再问她什么了。

跟苏巴什一起去美国之前那一周，她回到贾达普，回到她辅导过的兄妹居住的邻里。她雇了一辆人力车。她既已再次结婚,便穿上了印花纱丽,看着就像做乌达安的妻子时那样。

她怀孕五个月,怀着一个不会认识他的孩子。她脚上穿着皮拖鞋,手腕上戴着手镯,腿上还放着一个彩色钱包。她戴着太阳镜,不想惹人注意。很快就会热得无法忍受,但那时候她已经走远了。

她来到了兄妹俩所在的街道,于是叫人力车夫停下来。她继续步行,看每一家安装的信箱。

最后一个信箱带有她一直在寻找的名字。她和苏巴什被问话的那天,调查员提到的名字。这是一栋单层房子,一个简单的格栅围绕着阳台。一个死者的名字被仔细地写在木头信箱上,白色的大写字母。尼尔摩·迪。他们不想让他碍事的警察。

房子的居住者都看得见,他们站在阳台上,面向街道,直愣愣盯着,虽然没有什么可看的。好像他们一直在等她。有一个小男孩,高丽常常看着他牵着父亲的手,蹦跳着顺马路走。一直以来,她只是从背后看到这个男孩,因为他总是在远离她。但她知道,只需看看他的身体,就知道是他。

她第一次看到了他的脸。她看到了永远不会弥补的损失,这种损失,她肚子里正在成形的孩子也分担着。

他从学校回家了,不再穿鲜艳的白色校服,而是穿着一条褪色的短裤和一件衬衫。他站着不动,手指勾住格栅。他看了她一眼,然后移开了目光。

她想象那个下午在学校,他等着父亲来接。终于,有人告诉他,他的父亲不会来接他了。

他旁边是一个女人,男孩的母亲。一个也许只比高丽年长几岁的女人。这位母亲穿着白色的纱丽,就像几星期前高丽那样。没有色彩的织物缠绕在女人的腰部,披在她的肩膀上,覆盖在她的头顶上。她的生活被翻转了,她的肤色看起来像是被擦洗干净的。

看到高丽,男孩的母亲没有移开视线。你要找谁?她问。

高丽说出了她能想到的唯一合理的事情,她辅导过的兄妹的姓氏。

他们住在你来的那边,女人告诉她,指着相反的方向。你走过头了。

她走开了,意识到这个女人和男孩已经忘记了她。她就像一只误入房间的飞蛾,只能振翼又飞出去。与高丽不同,他们永远不会回想起这一刻。虽然她插手了他们一生都会哀悼的事情,她却已经从他们的记忆中滑脱了。

3

梅格纳四岁。可以与贝拉分开一小段时间了。她正在参加一个学校开办的暑期课程,到秋季她将要上这个学校的学前班。地点要绕过火车站,在一个池塘旁的露营地。

每星期几个上午,她和其他孩子在一起,学着和他们在树丛中玩,和他们一起坐在野餐桌旁,分享食物。他们烘焙全麦面包,她用小纸袋包好带回家。下雨的时候,她坐在帐篷里,歇息在带毛的羊皮垫上。她用蜂蜡铸模,观看毡制的洋娃娃表演那些被大声读出的故事。

因为贝拉必须很早离开这所房子,那些早晨是苏巴什送梅格纳去暑期班的。贝拉做完轮班后来接她。又开始上班真好。在太阳升起之前醒来,烈日当空时出汗,一天下来感到双臂双腿肌肉紧绷,真好。

她小时候随班级实地考察来过这个农场,来观看剪羊毛。她还和父亲一起来过,十月挑选南瓜,春天选购花坛植物。现在,她在多石块的酸性土壤中播种,用锄头刮土,除去杂草。

她为土豆挖了很长的壕沟。她在行间开辟了狭窄的小路,让微生物繁殖。她在温室培育作物幼苗,切成像草皮那样的方块,再将幼苗移到地里去。

一天下午,多云的清晨之后,享受了一上午的阳光,她需要给身体降降温,于是带着梅格纳开车到詹姆斯敦的小海湾玩,她的父亲以前常带她来这里,是她最初学会游泳的地方。从海滩回来的路上,她注意路边有玉米卖,便停下了车。

桌子上有一个咖啡罐,塑料盖上切开了一道缝,三个玉米棒要价一个美元。还有一些其他东西的价目表。捆扎的萝卜和紫苏。装着橡树叶的野餐保冷箱。没有烧边的球生菜。

她拿起咖啡罐,听到几个硬币在里面叮叮作响。她买了一些玉米和萝卜,把钞票塞进了狭缝。下一周她又去了,从父亲的家开车过桥,不算远。那儿依然没有人。她开始好奇是谁种了这些东西,谁如此信任他人。谁留下它们,无人看管,任由海鸥带走,任由陌生人或买或偷。

随后,一个星期六,那里有人了。他开来一辆小货车,后面放着更多蔬菜,有成筐的洋葱和胡萝卜,还有勺状叶子的塌棵菜。两只小黑羊羔坐在笼子里,放在一层稻草上,脖子上套着相配的红色领圈。梅格纳走近时,他给她展示如何用手喂它们,让她抚摸它们的毛皮。

你在岛上种植这些东西?贝拉问道。

不。我来这里钓鱼。一个朋友让我在他的地产上摆个摊,因为一年这个时候有很多游客经过。

她拿起一个柠檬黄瓜。她闻了闻它的皮。

我们这一季试种过这些。

在哪里?

基南农场，就在138号公路下面。

我知道基南农场。你才来罗得岛吧？

她摇了摇头。他们都出生在这里。他们上过不同的高中，不太远。

他的眼睛是绿色的，皮肤有一些皱纹，花白的头发在微风中轻轻晃动。他彬彬有礼，但并不害怕看着她。

下次我会带兔子来。我叫德鲁。

他跪下伸出手，不是向贝拉，而是向梅格纳。你叫什么名字？

但梅格纳不肯回答，贝拉不得不替她说了。

漂亮的名字。它是什么意思？

它是流入孟加拉湾的河流之一，贝拉告诉他。这个名字是苏巴什挑选好给她取的。

有人简称你梅格吗？

没有。

我可以吗？下次妈妈来的时候？

他开始带来其他动物，小鸡、小狗和小猫，以至于梅格纳开始在这周内谈论德鲁了，还问贝拉什么时候又去他那儿。他给了贝拉她没打算买的东西，塞进她的包里，不肯收她的钱。紫色的矮豆，她煮熟时就变成绿色。粉红色的大蒜头，豌豆荚。

这个农场属于他的家庭。他一辈子生活在这里。现在只剩下几英亩了，一览无余。地曾经大得多，几代人以此为生。但他的父母不得不将很大一部分土地卖给了开发商。他得到了一些社区股东的支持，如今在运转这个农场。

有一天,他提议带她们去看看农场。它在海湾的另一边,靠近马萨诸塞州的边界。这是其他动物居住的地方——一只孔雀、一些几内亚母鸡,还有绵羊在地产边界的盐沼吃草。

我们要跟车吗?

省点油。我带你们去。

那么你还得把我们送回来。

反正等一会儿还要来的。

于是贝拉坐进了德鲁的皮卡车那晒得暖暖的宽敞驾驶室,将梅格纳放在他们中间,关上了车门。

她开始周末去见他。她从来不允许自己被人追求。他很殷勤周到,从不咄咄逼人。她工作繁忙时,他开始露面,问她什么时候休息,建议他们去游泳。

她开始在某些星期六陪着他了,在布里斯托尔一个户外市场的白色帐篷下,站在他身边,把西红柿切成片让顾客品尝。她和他一起开车,给餐馆送货,为他的订户投送成箱的农产品。她和他一起走在沙滩上,协助他收集用来做土壤覆盖物的海藻。他坐着不动时,仍然忙着做木工。他开始为梅格纳制作东西。她的洋娃娃屋的家具,弹子球轨道。

她去过那么多地方;而他一生都在这里。他雇了一些人,一天的活干完就走了。他独自生活。他的父母都去世了。他娶了一个女孩,他们曾一同上高中。他们从未有过孩子,很久以前就离婚了。

一个月后,贝拉将他介绍给父亲和埃莉丝。在她生日那天早上，他来到这所房子，这样他们都可以见见面。他在卡车上脱下靴子，赤脚走过草坪，进了屋子。他带来一个西瓜给大家分享，夸赞她父亲在后院种植的西葫芦，承诺下回再来，品尝她的父亲用独特方法做的西葫芦花：捣碎再煎炸。她的父亲很喜欢他，鼓励贝拉和他共度时光，一起照顾梅格纳。

贝拉告诉德鲁她的母亲已经死了。人们问起时，她总是这么说。在她的想象中，她将高丽送回了印度，说她母亲回去探望时染上了一种疾病。多年来，贝拉自己也开始相信这种说法了。她想象躯体在一堆木柴上被烧掉，灰烬飘散。

德鲁开始想要和她共度夜晚。一起在星期天早上醒来，在他修复的谷仓里吃早餐。那里，在一张柔软的床上，她某些下午和他做爱。从通往穹顶的梯子的最上一级，可以看到楔形的一小片海。

她说这太快了。起初她说这是因为梅格纳——不想随便走出这一步，想要心里确定。

德鲁说，有一间卧室给梅格纳；他希望她也能在那里。他可以为她建造一张双层床，下面有玩耍的地方，外面再建一个树屋。夏天快结束时，他告诉贝拉，他爱上了她。他说他不需要更多时间了，他足够成熟，知道自己的感受。他想帮助她抚养梅格纳。做她的父亲，如果贝拉允许这样的话。

就在那一天，她告诉德鲁关于她母亲的真相。她离开以后就再也没有回来。

她说，这就是她避免与一个人长久在一起，或一直住在一个地方的原因。是她想要独自带大梅格纳的原因。是她虽然喜欢德鲁,虽然年近四十岁了,却不知道是否可以给予他他想要的东西的原因。

她告诉他,她过去如何经常坐在衣柜里,那是母亲放东西的地方。坐在她没有穿走的外套后面,坐在挂钩上她的父亲尚未送出的皮带和钱包后面。她会把一个枕头往嘴里塞,免得万一父亲早早回家,会听到她的哭声。她记得自己哭得如此厉害,眼睛下面的皮肤都肿胀起来了,有一段时间那两个胀鼓鼓的微笑是她的标志,两片皮肤比身体其他部分更苍白。

最后,她告诉他关于乌达安的事。虽然她是两个彼此相爱的人创造的,却被两个从未相爱过的人抚养长大。

德鲁听着,把她抱紧。我哪里也不去,他说。

4

到普罗维登斯是一个小时的车程，之后还要再开稍短的时间。她在汽车的导航中输入邮政编码，但很快就发现不需要指路。通往不同郊区和城镇的出口名称，她又一个个回想起来了：狐堡，阿特波罗，波塔基特。木房子，墙瓦和墙板，一闪而过的州议会大厦圆拱顶。她记得，穿过普罗维登斯之后，就是克兰斯顿，而去镇里的出口是在左边——不然就是通往纽约的州际高速了。

她飞到波士顿，在机场租了一辆车，开过剩下的路程。这是苏巴什第一次带她走过的路，沿着高速公路的同一段。也是她过去每周两次去研究生院的走法。现在是新英格兰的秋天，空气宜人，树叶刚刚开始变色。

下了出口之后不久，一组红绿灯前的又一个左转就会把她带到他的身边。高高的松树间，那座木塔俯瞰着海湾。高丽在加利福尼亚的抽屉里有一张照片，照片里贝拉站在这座塔的顶部，在晴朗的寒冷中眯着眼睛，穿着一件黄色带毛皮边饰帽兜的填棉夹克。离开之前，高丽从一本相册里把它匆匆拿了出来。

起初，她曾试图写信给苏巴什。同意他的要求，寄出一封信作为答复。这封信她写了好几天，自己觉得不满意。

她知道离不离婚没有什么不同；他们的婚姻早就走到了尽头。然而他合理而又理性的要求，却又让她如坐针毡。她觉得有必要见他一面。

即使已经分离，时至今日，她感觉还是跟他捆绑在一起，与他不须言明地共谋。是他从托利冈吉把她带走的。他仍然是她与乌达安之间唯一的联结。他对贝拉持久的爱，他内心的笃定，弥补了她自己的异常行为。

这封信到来的时机，感觉像是一个预兆。因为她觉得，他应该在十年前或者两年后想要离婚的。她已经承诺飞越东海岸，到伦敦参加一个会议。她安排了一次转机，在罗得岛住一个晚上。她会把他要求的东西交给他。她只希望站在他的面前，面对面地切断他们的关系。在他的信中，他说过这是可以考虑的。

然而没有邀请。没有请求他，没有通知他，甚至现在她也做不到体面行事，她就要来了。

树叶还没有掉落，她看不到海湾。她转上了那条长长的上下起伏的双车道公路，这条公路切入树林，通往大学的主校区。房屋在它们的地皮上都建得靠后，有巨大的杜鹃花丛、平直的石围墙。

她开进一条砾石车道。地面覆盖着常春藤。一块彩绘木牌挂在钩子上，在微风中摇摆，上面写着旅馆的名字、建成的年代。这是她预订的住宿含早餐的旅馆。

她把行李箱带到前门,轻轻叩了叩门环。没有人来,于是她试着拧了一下门把,发现没有锁。适应室内的昏暗以后,她看到入口另一侧是客厅,桌子上有个小铃铛,还有一个标志要求客人按铃。

一位与她年龄相仿的女士过来迎接她。银色的头发,旁分,随意蓬松着。皮肤红润。

她穿着牛仔裤和羊毛外套,一条沾满陶釉的帆布围裙。脚上穿着一双木屐。

米特拉太太吗?

是的。

我在工作室里,那个女人说着,用一块抹布擦了擦手,再伸给高丽。她的名字叫楠。

客厅里摆满了东西,搪瓷罐安放在相配的盘子里,玻璃橱柜里摆满了瓷器和书籍。另一张桌子上是陶艺作品,大浅盘和杯子,上泥色釉的深碗。

这些都是卖品,楠说。工作室在后边。如果你有兴趣,那里还有更多东西。很乐意邮寄。

高丽递过去她的信用卡、她的大学身份证。她看着楠将信息输入分类账目表。

今晚可能会下点雨。不过也可能不会。第一次来这儿?

我以前住在罗得岛。

什么地方?

沿这条路往下走几英里。

哦,那么你熟悉这里。

楠没有问她为什么回来了。她领着她上了楼梯，来到一道两边都是门的走廊上。高丽得到了房间的钥匙，还有一把前门钥匙，如果晚上十一点后要进门的话。

床很高，黑色的床头板薄薄的，双层床垫上铺着白色床单。梳妆台上是一架小电视，窗户上的蕾丝窗帘，过滤着安静的光线。她看着床边的书柜。她拿出一卷蒙田，把它放在床头柜上。

那些是我父亲的书。他在大学任教。住在这所房子里，直到他九十五岁去世。他拒绝离开这里。最后不得不给他配一个儿童尺寸的轮椅，因为门口实在太窄。

教授的名字，高丽问起时，听起来很熟悉，但只是隐约感觉。也许她曾经上过他的课，她回想不起来了。

她梳洗了一下，穿上她打包带来的毛衣。房间通风良好，壁炉只是一个摆设。楼下倒真正烧着炉火，一对年轻夫妇背对她站着。咖啡桌上放着一个托盘，有茶壶和茶杯、饼干和葡萄。这对夫妇正在观看楠的陶器展示，不知道想买哪一个大盘子。高丽在一旁听他们讨论，他们考虑选择时有多么仔细。

这对夫妇转过身，向她自我介绍。他们来自蒙特利尔。她倾身过来跟他们握手，他们的名字瞬间就从高丽的脑海里滑掉了。他们不是她的学生，这倒无所谓。他们俩都不是她要来看的人。

他们一起在香槟色的沙发上坐定。丈夫把他们的茶杯添满。

一起看看陶器?

不了,谢谢。祝你们晚上愉快。

你也是。

她出门朝汽车走去。这一天快结束了,天空已经变得苍白。她拿出手机,向下滚动到苏巴什的号码。突然间她重新回到了这里,被一种势不可挡而又异乎寻常的动机所驱策,堪比导致她离去的那一个。

她要擅自闯入,打破他们长期遵守的规则了。本周末他也许很忙。他也许已经去什么地方了。虽然他的信是友好的,但是当然,他可能根本不想见她。

现在,她行事之荒谬,之轻率,已经浸透了她。她总觉得自己是强加于他的生活之上的,是一种入侵。

她告诉自己没有必要马上做这事,还有时间。飞往伦敦的航班是在第二天晚上。她可以明天去找他,在阳光下,然后直接回机场。今晚她只是确认一下他还在那里。

她开车去校园,经过她曾在那里上课的大楼、她推着婴儿车里的贝拉散步的小径。她开车经过错杂着石砌楼房和六十年代风格建筑的校区,这些建筑是自那以后开始涌现的。经过他们最初住的公寓大楼,在那里他们把贝拉从医院接回家。她在公寓外的小屋附近掉转车头,那是她学会洗衣服的地方。然后她开车进了小镇。

苏巴什原先喜欢在那里购买杂货的超市现在成了一家大邮局。店铺多了,卖的东西也多了,也更方便了:一个二十四小时营业的药房,花样更多的餐馆。

她选了一家还记得的餐馆，是一家冰激凌店，以前贝拉喜欢在窗口买一个甜筒。一种名为薄荷棒的味道，镶满了红色和绿色糖果，一直是她的最爱。里面有个柜台，带几张凳子，后面还有几个小隔间。今天是星期六，她坐在一群高中生中间，没有父母在身边，他们喝着奶昔，互相开着玩笑。一些老人独自坐着，吃着炸鸡块和土豆泥。

又是那种不适，她以前在罗得岛老是感觉到，只要涉足大学之外。那里，她立刻感到既被忽视又特别显眼，总之一句话，碍手碍脚。她吃得很快，喝一碗杂烩羹把舌头烫了，又大口吞下一小碟冰激凌。她想象碰上苏巴什会怎样。他会变成去外面餐厅吃的那种人吗？

晚餐后，她开车去海湾，沿着海滨道前行，那里人们在暮色中慢跑、散步。穿过夹在两座塔楼之间的一道石拱门，就像海滨城堡的入口。她继续朝房子开去。

灯亮着。她慢下来，紧张得无法停车。车道上有两辆车；她对此始料未及。车库里有第三辆吗？谁在拜访他？现在谁是他的朋友？他的恋人？这是周末，他在招待客人吗？

她开车回到旅馆，疲惫不堪，虽然对她来说现在还很早，西海岸的夜晚才刚刚开始。蒙特利尔来的那对夫妇出门去了，楠不知躲藏在她占据的这所房子的哪个隐蔽角落。

她上楼去她的房间，发现床边一只碟子里留了两块姜饼，还有一只茶杯，带着茶碟上的花草茶包，都放在电热水壶旁边。

楠的殷勤是矜持稳重的，然而高丽对这些主动表示都十分感激，无论多么不带个人色彩。一个陌生人接待了她，接纳了她。但是高丽无法知道，明天，苏巴什是不是也会这样做。

早上，吃完早餐，她重新打包行李箱，结了账。这里已经结束，她就要离开，但这趟旅程的目的仍在。她抹去了房间里她自己的暂时痕迹，抚平弄皱的枕套，重新调整床头柜上那条花边。

交还钥匙后，她感觉急于要走却又不情愿走，意识到除了租来的汽车，没有一个地方谈得上是她自己的。没有什么可做的了，除了实现她来这里的目的。

她开回那条公路。红绿灯是她掉头回波士顿的最后机会。一时间，她惊慌失措，打上了转向灯。当她再次改变主意，继续前行时，惹恼了后面的司机。

今天车道上只有一辆车。一辆小掀背车，那一定是他的，虽然她惊讶地看到它是多么破旧，在他生命的这个阶段，居然还开着念研究生的时候开的那种车。罗得岛牌照，一张奥巴马保险杠贴纸。还有一张贴纸写着做本地英雄，买本地出产。

她看到了那棵日本枫，苏巴什栽种的时候，一条树枝嫩得一折就断；现在是她身高的三倍了，枝条铺散得接近地面，灰色的树皮像釉面陶瓷一样光滑。还有更多的鲜花，黑眼苏珊和金针花，无视冬天即将到来，密密匝匝地长在房子前面。几盆菊花装饰着台阶。

她应该带点东西来吗？一点加州的产品，一袋开心果或者柠檬，证明她生活在那里？

她已经签署了离婚文件,表示同意。她会亲手把文件递给他。她会告诉他,她正巧路过。

她会同意他们的婚姻应当正式终止,托利冈吉的房子,还有罗得岛的,当然都是他的,随他出售。她想象着客厅里一场紧张的谈话,匆促的信息交流,他可能提议冲泡的一杯茶。

这是她在飞机上规划好的情景,昨天晚上在床上温习过一遍,早上开车过程中再次预演了一番。

她坐在车里,看着那座房子,知道他就在里面,知道看见她这个不速之客,一定会令他多么难受。知道她无权指望他向她敞开大门。

她记得在贾达普寻找那个警察的邮箱。害怕她正在寻求的东西,她已经隐约知道她会发现什么。

她不由得想不去打扰他。将文件留在邮箱中,掉转回去。然而她松开了安全带,从点火开关上取下了钥匙。虽然她不指望他会原谅她,但她想感谢他做了贝拉的父亲。感谢他把高丽带到美国,让她走。

流淌在她血管中的耻辱是永久性的。她永远不能洗刷干净。

最终,她来找寻贝拉。她来问贝拉的生活,问苏巴什她现在是否可以联系她。问有没有电话号码,可以写信的地址。问贝拉是否还能接受这些,趁现在还来得及。

她走出汽车时,冷空气刺痛了她的脸,海上吹来的风比内陆的更加狂野。她伸进包里,摸出一副手套戴上。

时间不算太早,十点三十分。苏巴什想必正坐着阅读那份

《普罗维登斯日报》,她看到,报纸已经从车道脚下的邮箱中取走了。

在苏巴什旁边,她将会看到乌达安作为老人的一个版本。再次听到他的声音。苏巴什仍然是他的替代品,既陌生又亲近。她走上小路,按了门铃。

5

这是一个星期天的早晨，夏末的几场风暴过后，天空非常平静。很快，羽衣甘蓝、球芽甘蓝，都可以收获了。几次霜冻会使味道更好。昨晚，因为温度突然下降，他们又把羽绒被放回了床上。很快就要改冬令时。

梅格纳正在咖啡桌上画画。苏巴什和埃莉斯出门吃早餐、散步去了。

贝拉正在洗碗，这时梅格纳走到她身边，拽拽她的毛衣边缘。

门口有人。

她想也许是德鲁顺便过来看看，预先没有打电话，他有时就是这么做的。她关掉水龙头，擦干双手。她离开厨台，透过起居室的窗户往外张望。

然而德鲁的皮卡并不在车道上。有一辆小型白色轿车，看起来像是全新的，停在贝拉的车后面。她从窥视孔看了看，但是来访者站在边上。

她打开门，好奇对方会问她要什么，为哪项事业签名或者捐款。防风门的玻璃最近换了，准备迎接寒冬。

一个女人站在门外,戴着手套的手正要捂住嘴。

她们现在一样高了。头发略有些灰白,剪成很短的式样。身材缩小了。眼睛周围的皮肤变柔软了,抑制了它们的热切。她似乎十分瘦弱,一推就开。

她细细打量了一下她的外表。一层口红,耳环,一条塞进外套的围巾。

贝拉赤着脚。穿着昨晚睡觉用的运动裤,还有德鲁的一件旧套头衫。她伸手够到防风门的把手。她摸到门闩,把门从里面锁了起来。

贝拉,她听见母亲说。她看到母亲脸上的泪水。宽慰,不敢相信。那个声音她记得,透过玻璃变得很微弱。

梅格纳走过来。妈妈,她问。那位女士是谁?

她没有回答。

你为什么不开门呢?

她打开门闩,开了门。她看着母亲进入房子,动作十分谨慎,却本能地知道东西是怎样放置的。下了很短几步楼梯,来到客厅。

这里是接待客人的地方,她们都坐了下来。贝拉和梅格纳坐在沙发上,她的母亲坐在对面的椅子上。她的母亲正看着贝拉指甲里的泥土,她双手粗糙的皮肤。

有些家具,贝拉知道,是和从前一样的。沙发两侧一对奶油色灯罩的立灯,腰部缠着小桌子,上面可以放个茶杯或玻璃杯。一把藤背摇椅。一幅蜡染壁挂,画的是一条印度渔船,绷在画框里。

但贝拉生活的证据也在这里。她的编织篮。窗台上她扦插的植物。她的成罐的豆子和谷物,书架上她的菜谱。

这时她的母亲正看着梅格纳,然后回头看看贝拉。

她是你的孩子?

是的,看得出来,过了一会儿,她继续道,回答了自己的问题。贝拉什么也没说。贝拉说不出话来。

她是哪年生的?你是什么时候结婚的?

这些都是简单问题,如果陌生人问起,贝拉倒并不介意回答。但是出自她母亲,每一个问题都感觉无法容忍。每一个都是侮辱。她不愿意和她母亲这么随意地分享她的生活,其中的实情和选择。她拒绝说出这些话。

她的母亲转向梅格纳。你几岁了?

她举起手,展示四根手指,说,快五岁了。

你的生日是什么时候?

十一月。

贝拉在颤抖。她无法自我控制。这是怎么发生的?她为什么屈服了?她为什么把门打开了?

你看起来正像你妈妈小时候,她的母亲说。你叫什么名字?

梅格纳指着她画的一幅画,上面写着她的名字。她把画转过来,这样容易读一些。

梅格纳,你住在这儿吗?或者你是来玩的?

梅格纳乐了。我们当然住在这里。

和你爸爸一起?

我没有爸爸,梅格纳说。你是谁?

我是你的——

阿姨，贝拉说，第一次开口说话。

现在贝拉看着高丽，怒目而视。她只摇了一下头，就使高丽闭嘴，这份警告轻而易举地阻断她，提醒她她的身份。

高丽感觉到同样的悬而不决，同样未经宣布却迫在眉睫的威胁，就像在加州，轻微地震中墙壁会颤抖那样。一个杯子在桌子上嘎嘎作响，大地在翻滚、重新安顿，不到这一切结束，她无法知道自己会不会得救。

这位女士是你姥姥的朋友，贝拉对梅格纳说。所以她是你的姨婆婆。你姥姥去世后我就没见过她。

哦，梅格纳说。她又去画她的画了。她跪在咖啡桌旁，头向一侧倾斜。桌上是一叠白纸，一个木盒子里装着一排蜡笔。她专注于她的工作，把这当成一种集中注意力同时也是休闲的方法。

高丽浅坐在扶手椅的边缘，只见房间的内景从来没有变化。然而一切都已改变，这几十年过去，却也在声明它们的存在。结果便是一道无法跨越的鸿沟。

她来寻找贝拉，而她就在这里。三英尺远，却可望而不可即。她是一个成年女性，将近四十岁了。比高丽离开她的时候还要年长。她的脸比例发生了变化。更长，太阳穴处更宽，更具雕塑感。她对外表很不经意，眉毛不成形，头发在脖子后乱糟糟地扭结着。

你跟我玩井字游戏好吗？梅格纳问贝拉。

现在不行，小梅格。

梅格纳抬头看着高丽。她的脸是贝拉一样的棕色,淡褐色眼睛也是同样充满警觉。你跟我玩吗?

高丽觉得贝拉会反对,但她什么也没有说。

她靠过来,从孩子手中接过蜡笔,在纸上画标记。

你和你妈妈跟外公一起住在这里吗?高丽问道。

梅格纳点点头。埃莉斯也是每天来。

她无法阻止这个问题形成、逃出她的嘴巴。

埃莉斯?

等达都娶她的时候,我就有外婆了,梅格纳说。我要做花童。

她感觉头部的血都漏光了。她紧抓住椅子扶手,等待这种感觉过去。

她看着梅格纳在纸上画了一条线。看,我赢了,高丽听见她说。

她从手袋里抽出装有签名文件的信封。她把信封放在咖啡桌上,向贝拉推过去。

这些是给你父亲的,她说。

贝拉看着她,仿佛看着一个刚刚在学走路的婴儿,似乎她会突然间翻倒,伤到哪里,即使高丽正一动不动地坐着。

他好吗?他的身体还好吗?

她仍然不愿回答她,不愿直接和她说话。她脸上没有任何宽容。从高丽到来的那一刻起,没有变化。

那好吧。

她因失败而满脸涨红。这次旅程的努力,自以为是的冒险,愚蠢的回归期待。离婚不是为了简化而是为了丰富他的生活。虽然其中她没有占据任何空间,但他仍然有资格将她彻底根除。

她想起曾经是她书房的房间。她想知道现在是不是梅格纳的房间。那时候她只想关起门来,躲开苏巴什和贝拉。她没能珍惜她所拥有的东西。

她站起来,调整了一下肩上的手袋。我要走了。

等等,贝拉说。

她走到一个壁橱边,取出一件夹克给梅格纳穿上,还有一双鞋子。她打开厨房里的滑动玻璃门。去采一些新鲜的花放在餐桌上,她对她说。采一大把,好吗?然后去检查一下喂鸟器。看看需不需要再放点食物。

滑动门关上了。现在只剩下她和贝拉了。

贝拉朝高丽站立的地方走来。她向前逼得很近,近得高丽后退了一小步。贝拉举起双手,仿佛要把高丽推得更远,但没有碰到她。

你竟敢,贝拉说。她的声音只是略高于低语。你竟然敢踏进这幢房子。

从来没有人怀着这样的仇恨看着她。

你为什么来这里?

高丽感觉到了身后的墙。她靠在墙上以求支持。

我来给你父亲那些文件。还有——

还有什么?

我想问他关于你的事。找你。他说过可以考虑见个面。

于是你就利用这句话。就像你从一开始就利用他那样。

是我错了,贝拉。我是来说——

出去。回去过你的随便什么日子,你觉得那个更重要。贝拉闭上眼睛,双手捂住耳朵。

我受不了看见你,她继续说。我受不了听你说任何话。

高丽走向前门。她的喉咙痛得厉害。她需要水,但她不敢提出要求。她把手放在门把上。

对不起,贝拉。我不会再来打扰你了。

我知道你为什么离开我们,贝拉直指高丽的后背说。

我知道乌达安好多年了,她继续道。我知道我是谁。

现在轮到高丽无法挪步,无法说话了。无法接受听到乌达安的名字,发自贝拉。

但这无关紧要。任何借口也不能开脱你的所作所为,贝拉说。

贝拉的话就像子弹。终结了乌达安,现在让高丽无话可说。

任何借口也决不能开脱。你不是我的母亲。你什么也不是。你听到了吗?如果你能听到,我要你点个头。

她的大脑一片空白。这是乌达安感受到的吗,在低地,当他站着面对他们,而整个社区都在观看的时候?没有人见证现在发生的一切。不知何故,她点了点头。

对于我,你和他一样都死了。唯一的区别是你选择离开了我。

她是对的;没有什么需要澄清,再没有什么要传达的了。

滑动玻璃门上有一声敲响,贝拉过去开门。梅格纳想进来。

她看到梅格纳和贝拉一起站在餐桌旁,为她选择的鲜花寻求赞许。贝拉很镇静,对女儿十分温存,表现得好像高丽已经走了。她们一起从一个螺口玻璃瓶里拿出旧花,换上新花。

高丽不能自已;离开之前,她穿过房间,走到餐桌旁,把手放在女孩的头上,然后摸摸她冰凉的脸颊。

再见,梅格纳。我很高兴见到你。

礼貌地,孩子抬头看着她。看清她的模样,然后忘掉她。

再没有说什么了。这次,高丽快步走向前门。贝拉头也不抬地做着自己的事,完全没有挽留她。

她的母亲一离开房子,甚至还没有发动汽车,她就打开了信封。她确认她已经签字,并且同意了她父亲的要求。几个月前他就告诉贝拉,他已经准备好做这事。

签名有了,所有的签名都已到位。她为此很是欣慰。正如先前那样不知所措,她现在十分欣慰,是她而不是她的父亲,不得不面对高丽。她欣慰把他屏蔽起来了,没有接触这件事。

她母亲的短暂出现,吓得贝拉仿佛见了死尸。但她已经再次消失了。她听到汽车的声音渐渐变弱,然后消失,于是她的母亲好像根本就没有回来过,那些时刻也从来没有发生过一样。然而她确实回来了,站在她的面前,跟她说话,和梅格纳说话。多少次贝拉梦想过她回来啊。

今天早上,看到她的母亲,她愤怒的力量压碎了她。她以前从未感受过如此猛烈的情绪。

它曲曲折折地穿过她对父亲、女儿的爱,对德鲁谨慎的喜欢。它破坏性的潮流将这些东西连根拔起,撕扯开,扔到一边,把树叶从树上薅掉。

一时间,她被扔回了他们从加尔各答回来的那一天。八月间热浪滚滚,书房的门敞开着,桌面几乎什么也没有。草长到她肩膀高,像大海一样在她面前铺展。

即使现在,贝拉都还有冲动打她。摆脱她,再一次杀灭她。

6

贵宾路是往返于达姆达姆机场①的老路，一度因为匪患而少有人走，天一黑就避开它。然而现在这条路穿过了高层公寓楼、玻璃幕墙办公室和一座体育场。五彩缤纷的商场和游乐园。外国公司和五星级酒店。

这座城市现在被称为“可尔卡答”了，是孟加拉人的发音方式。出租车沿着环城主干道行进，绕过城市北部拥挤的中心地带。时间是晚上，车辆密集，但移动得很快。道路两侧种植着花草树木。新的立交桥、新的城区取代了曾经的农田和沼泽。出租车是一辆大使牌。但别的汽车大都是进口的小型轿车。

绕道之后，转过一间豪华的医院，出现一些熟悉的场景。巴利冈吉的火车轨道，加里亚哈特的纠结的交叉路口。生活从歪扭的巷子里涌出，就座于破旧的台阶上。街边一路都是小贩，卖衣服，卖拖鞋和钱包。

现在是杜尔嘎节，这座城市最令人期待的日子。商店里、人行道上挤满了人。在某些小巷的尽头，或建筑物之间的缝隙中，

---

① 加尔各答国际机场。

她看到了临时棚舍。杜尔嘎手持武器,两侧是她的四个孩子,在无数的版本中让人描绘和崇拜。或石膏制成,或黏土制成。她金碧辉煌,令人生畏。一只狮子帮助她征服了脚下的恶魔。她是回娘家的女儿,访问这座城市,暂时改变它的样子。

宾馆位于南方大道。公寓在七楼。俯瞰着那片湖水。楼下是女子健身俱乐部。电梯似乎不比电话亭宽敞。不过,她和管理员,还有她的行李箱居然都塞进去了。

你是来过节的吗？管理员问道。

她本来是在去伦敦的路上,不是来这里。在大西洋上空的某个地方,目的地变得清晰起来。

在伦敦,她没有离开机场。她要做的讲座,放在行李箱一个文件夹中的打印稿,将不会有人听到了。

她没有费心给会议组织者发送电子邮件,解释她的缺席。对她来说无关紧要。在贝拉说过那些话之后,没有任何事情要紧了。

她去了希思罗机场的订票处,询问飞往印度的航班。她继续携带印度护照,从未放弃公民身份,因此她得以次日早上登上另一架飞机。

她飞到了孟买。这是一次直飞,不再需要在中东加油。在另一个机场酒店的另一个夜晚,冷白色床单,印度电视节目。六十年代的黑白电影,CNN 国际新闻网。她无法入睡,于是打开笔记本电脑,查了一下加尔各答的宾馆,预订了一个住宿的地方。

厨房将在早上进货。今晚门卫可以叫人出去买晚餐,她听到管理员说。

那倒没必要。

我要安排司机吗?

她可以支付当天的固定费用,管理员告诉她。要他多早过来都没问题。他将带她去城市范围内任何想去的地方。

我八点可以出发,她说。

* * *

她在黑暗中醒来,五点钟就睁开了眼睛。六点洗了个热水澡。她把衣服脱在浴室的一角,就着一个粉红色的水槽刷牙。在厨房的储藏架上,她找到一盒立普顿袋泡茶,于是点燃煤气炉,给自己烧了一杯茶。她喝完茶,吃了一包飞机上留下的饼干。

七点钟,门铃响了。一个女仆拿着一袋水果,还有面包和黄油、饼干,以及报纸。管理员提到过这件事。

她叫阿卜哈。她三十多岁,有四个孩子,一个唠唠叨叨的母亲。最大的十六岁,她告诉高丽。她下午有份工作,在一家高档医院打扫卫生。她又泡了些茶,摆放了一盘饼干。

阿卜哈的茶更好,更厚重,要加糖和温热的牛奶喝。几分钟后,她又拿出一个盘子。

这是什么?

她做了煎蛋卷、烤面包加黄油。黄油是咸的,煎蛋卷用辣椒片调味。高丽全都吃了。她喝了更多的茶。

八点钟，从卧室外的小阳台往下望，高丽看到一辆车停在下面。司机是一个年轻人，卷发，挺着大肚子，穿着长裤和皮拖鞋。他靠在引擎盖上，抽着烟。

她去北边，沿学院街往北，经过总统府，去探访她的老街区，找马纳什。但是马纳什去了西隆，他的一个儿子住在那里；他每年这个时候都去。他的妻子在外祖父母的旧公寓里接待了她；黑暗的楼梯间仍然不平顺，有人给她开了门，马纳什和家人都还住在那里。

她和他们在一间卧室里坐下。她见了他的另一个儿子，以及这个家庭的孙子辈。他们充满怀疑地看到她，热情，礼貌。他们请她吃孟加拉甜点、羊肉卷和茶。她的身后，在百叶门之外，她听到警察的哨声、电车的叮当声。

她忍不住想问问是否可以走出去一会儿，到围绕公寓房间的阳台上站一站，但随后改变了主意。她曾经花了多少时间身体微微前倾，肘部压着栏杆，手托着下巴，就这样盯着来往车流，盯着十字路口？她突然间无法想象自己站在那里。

他们用手机给西隆的马纳什打电话。她在电话里听到了他的声音。马纳什，她跟随他来到这座城市，是她和乌达安的联系渠道；马纳什，她人生的第一个伴侣。

高丽，他说。他的声音变低沉了，也变虚弱了。一位老人的声音。充满激动，跟她一样。

真的是你吗？

是。

是什么最终把你带到这儿来？

我需要再看看它。

他对她说话仍然非常亲热,这种亲昵的交流形式是专为童年时代形成的感情纽带保留的,从无疑问,绝不会发生变化。这是父母对他们的孩子讲话的方式,也是乌达安和苏巴什曾经相互交谈的方式。它传达的是兄弟姐妹之间的亲密,而不是爱人之间的。乌达安或苏巴什不是这样对她说话的。

来西隆住几天。如果不忙着走,等我回加尔各答。

我尽力。我不确定能够待多久。

他告诉她,她是他唯一还健在的姐姐。他们一家人只剩下他们两个了。

我的侄女,我的贝拉还好吗?我会见到她吗?有一天我能认识她吗?

她向他保证,心里却知道这事永远不会发生。她道了再见。司机继续往南走。走向乔林基区,滨海区。大都会电影院,大酒店。

她坐在车里,周围是咆哮的车流,烟雾弥漫的空气。她看到另一个自己,站在一辆拥挤的公共汽车上,手拉着一条吊带,穿着一件她上大学穿的棉纱丽。去乌达安提议的一个地方见面,某个隐藏的餐厅,那里没有人认识他们,他会在那儿等她,他们可以面对面爱坐多久坐多久。

我应该带你去新市场吗?司机问她。或者去一个新开的购物中心?

不用。

司机开到南方大道时,她告诉他继续前进。

去迦利格特?

去托利冈吉。就在电车总站后面,不太远了。

经过蒂普苏丹清真寺的复制品,经过墓地。现在有一个地铁站了,在电车库对面,从地下穿过城市。它一直通到达姆达姆机场,司机说。她看到浅浅的台阶上人们冲上来,年纪大的去上班,年纪轻的伴随地铁一起长大。

她看到道路两侧高高的砖墙,屏蔽了电影制片厂和托利俱乐部。四十年之后,街角里的小清真寺依旧站立着,还看得见红白相间的尖塔。

她叫司机停下来,给他一些钱喝茶去,要他在那里等她。就去一会儿,她说。

她下了汽车,人们都在看着她。观看她的太阳镜,她的美国式衣着和鞋子。殊不知她曾经也住在这里。这里有手机的铃响,但是主路上人力车的橡皮喇叭依然粗厉地叫着。

清真寺后面是一片小屋,四壁围着竹席,庇护着仍然住在那里的人们。

她继续往巷子深处走,经过了那些流浪狗。有些房子现在比以往高了,遮掉更多的天空。这些房子的窗户是玻璃的,木框漆成白色。房顶上密密麻麻都是天线。露台配有水磨石地板。老房子则更加破败,它们用窄小的砖块建成,装饰花边一段段地丢失了。

所有这一切都紧紧挤在一起。连一块空置的地基也没有,没有地方给孩子们玩板球或足球。巷子仍然很窄,汽车几乎无法进来。

她来到曾经注定要与乌达安一起老去的房子。这个家是她怀上贝拉的地方,贝拉本来应该在这里长大。

她曾期待看见它变得老旧,但它依然立着,就像她那样。然而实际上,它显得更新了,棱角也更光滑,立面漆成了温暖的橙色。木制摆动门已经被一个欢快的绿色大门所取代,与露台格栅色调协调。

庭院已不复存在。建筑物向前延伸,立面几乎与街道邻接。那块区域现在可能是一个客厅,或者一个餐厅,她说不准。其中一个房间里电视开着。门口她曾来来回回跨过的阳沟已经封起来了。

她走过那座房子,横穿小巷,向两个池塘走去。她没有忘记任何细节。池塘的颜色和形状在她的脑海中清晰可见。但那些细节都没有了。两个池塘都已消失。新住宅填满了一度水汪汪的开阔地带。

再走远一点,她看到低地也消失了。那片住家稀少的土地,现在已与这个社区难以区分,而且上面建造了更多的房屋。踏板车停在门口,洗好的衣服挂在外面晾晒。

她怀疑刚才经过的人们中,有谁还会像她那样记得旧事。她很想拦住一个与她大致同龄的男人,他模模糊糊有点眼熟,可能是乌达安班上的同学。他正要去市场,穿着背心、腰布,提着一个购物袋。他擦肩而过,没有认出她来。

靠近她站立的地方,乌达安曾经躲藏在水中。他被带到一块空地。某个地方有一块小石碑,上面写有他的名字,纪念他短暂的一生。或许,这也已经被清除了。

她没想到景观发生了这么大的改变。四十个秋天以前的那个傍晚没有留下任何痕迹。

她一生仅仅两年之间,从做妻子开始,终结于成为寡妇,一个准妈妈。一桩罪行的从犯。

乌达安要求她做的事情,似乎是合理的。他告诉她的是:他们希望一个警察不要挡道。取决于如何解释,它甚至不是谎言。

她接受了那个良性的版本。当她和那两兄妹一起坐在窗边,瞟着下面的街道时,零星而来的疑惑,内心暗地怀疑会有更糟糕的情况,都被她压抑了。

没有人跟她联系。仍然没有人知道她做了什么。

她是她的罪行唯一的原告,唯一的守护者。由乌达安保护,被调查员忽视,让苏巴什带走。正是在被遗忘的行为中被判刑,因释放而受到惩罚。

她又想起了贝拉对她说的话。她的再现并没有任何意义。她和乌达安一样彻底死了。

站在那里,无法找到他,她感觉同他有了一种新的团结一致。不在世的纽带。

他们来抓他之前的那个晚上,他睡着了,而他几天来一直无法入睡。但在睡眠中,他开始叫喊,惊醒了她。

起初,她无法唤醒他,即使抓着他的肩膀摇晃。然后他醒了,惊惧,全身发抖。他发着高烧,脑袋滚烫。他抱怨房间里太冷,有风,尽管空气潮湿而静止。他要她关掉风扇,关上百叶窗。

她从床下一口铁箱子里拖出一床被子，铺开盖在他身上。她把被子拉到他的肩膀下面、下巴处。

回去睡觉吧，她告诉他。

就像独立那天，他说。

什么？

我和苏巴什。我们都发烧了。父母编了个故事，说在尼赫鲁发表讲话的那天晚上，自由到来的晚上，我们两个的牙齿是如何打战的。我没告诉过你吗？

没有。

可怜的傻瓜躺在床上，就像这样。

她给他倒了杯水，他不肯啜饮，把它推开，结果洒在了被子上。她打湿一块手帕，给他擦脸。她担心高烧是感染引起的，与他受伤的手有关。但他并没有抱怨哪里有更严重的疼痛，然后高烧开始消退，他又陷入疲劳。

他一直沉睡到早上。她保持清醒，坐在闷热的房间里，和他一起捂着。她盯着他，虽然在黑暗中看不见他。

慢慢地，他的轮廓清晰起来。他的前额、鼻子和嘴唇镶着一圈灰色的光。这是穿透窗户上方通风口的第一道灯光，那里的灰泥上打了一系列波浪线开口。

没有刮的胡子遮盖了他的双颊，嘴上的髭须掩藏住脸上的细节——嘴唇上方阴影中的沟槽——那是她的最爱。他的形象如此静止，眼睛闭合着，令她心慌不安。她把手放在胸前，感觉胸口起伏不定。

他睁开眼睛，似乎突然清醒，恢复了常态。

我一直在想，他说。

想什么？

孩子的事。如果我们没要，你就没问题了吧？

你为什么现在想这个？

我无法做父亲，高丽。

过了一会儿，他补充说，我做了那件事就不行了。

你做了什么？

他不愿说。无论发生了什么，他告诉她，他只后悔一件事：没有早点遇到她，他的一生没有每天都认识她。

他又闭上了眼睛，摸到她的手，他们的手指紧扣在一起。晨曦稳定地亮起来，他一直没有放手。

在宾馆，她用微波炉把阿卜哈为她留下的饭菜热好，在一张六人椭圆形餐桌上吃炖鱼和米饭。桌上铺着一张花桌布，上面还有一块塑料。她看了一会儿电视，然后把没吃完的食物收起来。

床已收拾好，床罩平整地铺开，尼龙蚊帐束成一团挂在钩子上。她把蚊帐放下，四周掖好。这里只有一盏顶灯。不可能在床上看书。她躺在黑暗中。最终，她睡了几个小时。

乌鸦吵醒了她。她下了床，走到卧室外的阳台上。乳白色的黎明朦朦胧胧的，仿佛她在高高的山区，而非身处一片肆意扩展的三角洲——世界最大的三角洲，就在海平面。

阳台很小，只够放一张塑料小凳、一只浸泡脏衣服的小浴缸。不是打发时间的地方。

马路上空荡荡的。店主们还没有来打开挂锁，抬起卷闸门。

水从桶里泼出来，人行道清扫干净了。几个人正走到湖边，早晨散散步，他们有意单独或成对地大步走着。她看到大道对面有一个摊位，出售报纸和水果，瓶装水和茶。

扫街的人到了下一个街区。现在这里没有人。她听到过往车辆的声音，越来越强。很快就会达到常态。很快就再也听不到别的了。

她把一身的重量压在阳台的栏杆上。阳台足够高。她感到绝望在内心升起。同时一种清晰感。一种冲动。

就是这个地方了。这是她来的原因。她回归的目的就是带她离开。

她想象翻过一条腿，然后是另一条。那种没有任何支撑、再也没有阻挡的感觉。只需要几秒钟。她的生命便会结束，就这么简单。

四十年前她没有这个勇气。贝拉在她肚子里。并没有她现在感觉到的空虚，以及生存的外壳。

她想起卡努·桑亚尔，还有那个找到他的女人。一个像阿卜哈那样的女人，每天来去，看顾他的需要。

有谁，从早上的湖边散步回来，感觉精力充沛，会碰巧看到她坠落？有谁，意识到救她已经太晚，会捂住他的脸，转身走开？

她闭上了眼睛。她的思绪一片空白。它只保留了当下这一时刻，没有别的。这一时刻，直到现在，她从来没能看清。她想，这就像直视太阳。但它没有使她放弃。

随后一个接一个，她释放掉那些束缚她的事情。卸去自己的负担，就像乌达安被杀后她取下手镯。放下她在托利冈吉的露台上所看到的。她对贝拉所做的。从窗下经过的一位警察的身影，手牵着他的儿子。

最终，是北加尔各答的阳台上，乌达安站在她身边的情景。和她一起俯视大街，慢慢了解她。向前倾身，他们之间只隔着几个英寸，未来在他们面前展开。她的生命第二次开始的那一刻。

她向前倾身。她看到了她将坠落的地方。她回想起遇见他、得到他爱慕的激动狂喜。回想起失去他的那一刻。得知他把她牵连进来的愤怒。他走后，将贝拉带进这个世界的痛苦。

她睁开眼睛。他不在那里。

上午开始了，又是一天。母亲带着穿制服的孩子上学，男人和女人赶着去上班。那群会坐上一整天打牌的男人，都已在拐角处的一张帆布床上安顿下来。那个修理沙乐琴的人在人行道上铺开一张床单，拿出他那天要重新上弦和调音的损坏乐器。

高丽的正下方，摆了一个小小的农产品摊位，浅底管箩里卖着西红柿和茄子。橙红色的胡萝卜，一英尺长的四季豆。摊主盘腿坐在脏污篷布的阴凉下，接待那些已经开始走近的顾客。

他把砝码放在秤上。它们敲击着秤盘。其中一位顾客走开了。

那是阿卜哈，她来做早餐，泡茶。她抬头看见高丽，手里拿着一串香蕉、一小包洗涤剂和一条面包。另一只手上是报纸。

她朝上面喊。今天还要什么？

就这些，不要别的了。

这个周末，她将离开加尔各答，重返她的生活。阿卜哈按响门铃时，高丽离开阳台，让她进来。

几个月后，在加利福尼亚，第二封信从罗得岛寄到。

这次是用英语写的。浅蓝色的墨水，地址漫不经心的潦草——邮递员是如何解读出来的？再也不是贝拉在学校学到的那种整洁书法。但信就在这里，字迹足可辨认所以寄到了她手上，她几乎立刻就想去探访了。

高丽研究了一下信封，邮票上画的是一艘帆船。她坐在露台上的桌子旁，展开信纸。还有第二张信纸折叠在里面，是梅格纳作的画，有她的签名：坚实的一带蓝天，一带绿地，一只多彩的猫漂浮在其间的白色区域。

信里没有称呼。

梅格纳问起你。也许她感觉到了什么，我不知道。现在告诉她这个故事还太早。但有一天，我会向她解释你是谁，以及你做了什么。我的女儿会知道关于你的真相。不多不少。如果那时她仍然想认识你，和你相处，我愿意为此提供便利。这是她的事，不是我的。你已经教会我不需要你，而我也不需要了解更多关于乌达安的信息。但也许，等梅格纳大些，等她和我都准备好了，我们可以尝试再次见面。

捌

1

在爱尔兰的西海岸，在比埃拉半岛，一对夫妇来此逗留一个星期。他们从科克开车穿过沉闷乏味的乡村，在下午晚些时候到达一个多山而荒凉的地带。这个地区的山谷隐藏着史前农业的证据。农田式样、石墙系统，都埋藏在沉积的泥炭底下。

这里只有几个城镇，他们在其中之一租了房子。白色的泥灰墙，漆成蓝色的大门和百叶窗。整个城镇感觉并不比那片聚居区大，很久以前男人在那里长大。

街道狭窄而倾斜，两旁一溜绽放着倒挂金钟，一溜停放着汽车。离他们两个门面的是一家酒吧，伸手可及是一座黄色的教堂，为村里居民提供服务。邮局兼作杂货店，他们从那里购买生活物资：牛奶和鸡蛋，烤豆和沙丁鱼，一罐黑莓果酱。还可以坐在邮局外面人行道上的两人桌边，点上一壶茶，要点鲜奶油和黄油，外加一盘烤饼。

晚上，经过漫长的旅程，在酒吧喝了一品脱啤酒后，男人睡得很浅。他在与新婚妻子共眠的床上醒来。她安静地睡在他的身边，她的头转过去，下巴下面双手相扣。

他下了楼，打开房子后面的门。他赤脚走上木制门廊，那里俯瞰着花园和远处一直延伸到肯梅尔湾的牧场。他的头发浓密、雪白。他的妻子喜欢用手指穿过它。他看到月光倾泻而下，朗照在水面。他被天空的清澈、星星的繁密震撼了。

一股强风掠过大地，发出浪涛般的声音。他仰望天空，忘记了曾经教过女儿的星座名称。燃烧的气团，在地球上看来如同清凉的光点。

他回到床上，仍然望着窗外的天空、星星。它们的美丽，即使白天也在那里，他再一次为此惊异了。他心里充满了上了年纪才有的感激，为地球永恒的壮丽，为有机会亲眼目睹。

第二天早餐后，他们开始了第一天的漫步，沿着海边悬崖上的小路。他们穿过崎岖的牧场，地平线映衬着绵羊和奶牛，它们在长满毛地黄和蕨类植物的田野里安静地吃草。这一天多云，然而天空泛着光亮，云彩静止不动。海水冲刷，形成多石的小海湾，在陡峭的悬崖之外显得十分平静。

这对男女欣赏着周遭的浩瀚无际和这个地方的宁静。在这片岩层裸露的土地上，他们一连走了好几个小时，爬上爬下无数分隔地产的小梯子，而停下来研究一下这个地区的地图，才发现他们以为最终会到达的地方，实际上还没走到一半呢。

这次旅行是度蜜月，男人的第一次，虽然他以前结过一次婚。几天前，同一片海洋的对面，在美国，这对夫妇站在罗得岛一座红白相间的小教堂的庭院交换誓言；教堂的尖塔高耸于纳拉甘西特海湾上空，多年来一直深得男人的欣赏。

一群朋友和家人见证了这对夫妇的结合。男人得到了两个儿子，自己的女儿之外又得到第二个女儿。还有七个孙子。

孩子们东西分散,偶尔才聚在一起,他们将以有限的方式相互认识。话虽如此,这仍然是一个起始点,晚年生活的一个期盼。

这对夫妇在一起的岁月,是对他们分别建立、分别走过的生活得出的共同结论。不必好奇,如果这个男人在四十多岁或者二十多岁时遇到她,会发生什么。那时他不会娶她。

第二天,他们走出房子时,遇到了一群人在向一个不知名的村民告别,沿着倾斜的街道往下都是穿着深色衣服的哀悼者。一时间,他们似乎也成了葬礼的一部分。葬礼没有感觉到有边界,不知道从哪里开始到哪里结束,在哀悼谁。于是,他们恭敬地从它的阴影中走了出来。

假如他们和孙子孙女一道,他们会带孩子们乘坐缆车去看德塞岛附近游泳的海豚和鲸鱼。相反,他们把时间都花在了走路上。手牵着手,他们穿着厚重的毛衣,这是他们专为抵御秋季的轻寒购买的。

他们走累了,就停步欣赏风景,坐下来吃饼干、奶酪片。潮汐池里岩石被淘挖成了石室和石窟,在那里他们发现大量的扁平灰色鹅卵石、被磨穿变成坚硬白环的贝壳。男人收集了一把,想着用毛线穿起来,可以为他在罗得岛的孙女做一条漂亮的项链。他想象把它放在她的头上,就像王冠一样打扮她。

他们偶然发现了一些有趣的石头,于是循着标志去看。隐藏在小路外的粗糙柱子,农民田地里的欧甘石碑,铭刻有一些名字。一块孤零零的巨石,据说是一个会施魔法的女人的化身,虚张声势地倾斜着。

一天较晚的时候,他们跋涉穿过一片泥泞的田野,到达一群放置在山谷里的石头那里，石头看似随机出现，却是故意排成队列，在被风吹扫的土地上彼此相对。有的石头比这对夫妇矮一些，有的则更高。底部较宽，顶部像是被削过一般。缺乏优雅，却充满神圣，时光留下白色的磨损斑点。你无法想象移动它们，然而它们的位置是仔细考虑过的，每块石头都经过艰苦的运输，由人的双手分成组群。

他的妻子解释说，它们的年代可以确定为青铜时代，用于宗教目的，也许用于丧葬或者纪念。其中一些石头如何放置，也许与地球绕太阳的运动有关。几个世纪以来，人们长途跋涉前来触摸它们，站在它们面前，接受它们的祝福。有些人还留下了他们自己的痕迹。

他看到这里有发带、细项链、盒式吊坠，堆放在某些石头的底部。绑在一起的细枝，一些线头。个人奉献的祭品，被忽视的信仰小饰物。他对这处古迹、这些持久的信仰一无所知。这个世界还有那么多他仍然一无所知。

他注意到整个绿野到处是向高处发芽生长的灌木丛，有如低潮时的沼泽草。他看到周围丘峦乱石嶙峋的棕色山坡，还有底下海湾那平静的水面。

男人想起了一个遥远的国家里的另一块石头，在他的脑海里异常清晰。一块简单的石碑，就像一块路标，上面带有他弟弟的名字。它周围的环境慢慢败坏，它曾经站立的多水的地方，现在已没有了季节变化，转变用于更为实际的目的。多年来，他的母亲一直是那个圣地忠实的朝圣者，向她的儿子献花，直到她无法前往，直到那种形式的致敬甚至被剥夺为止。

在这片于他全新的古老地面上，在一个与世隔绝的废墟敞开的拥抱中，他的鞋子沾满了泥浆。他抬起头，看着沉郁的灰色天空笼罩在大地之上。无休无止的大气层运动，低云漂流数英里。

灰色中间，是一带不协调的白日蓝。西边，粉红色的太阳已经开始下沉。那种效果集合了一天的三个孤立形貌、三个截然不同的阶段。而这一切，一直散布到地平线，都落在他的视野之中。

乌达安就在他身边。他们正一起走在托利冈吉，穿过低地，踩过水葫芦的叶子。他们手里拿着一把铁推杆、几个高尔夫球。

在爱尔兰，地面也是透湿的、不平的。他最后一次欣赏这个地方，知道再也不会来这里了。他朝另一块石头走去，却绊了一跤，连忙伸手够着它，这才稳住。他的旅程就要结束的时候，这是一个标记，标明获得了什么，带走了什么。

2

他没有听见面包车进入聚居区。他只看见它靠近。他碰巧在屋顶上。房子现在已足够高。只要他一直留在后边，没有人能看到他。

幸好躲开了院墙。自从爆炸以来，外面的世界已不再稳定。他的脚底再也不能锚定他了。楼下的庭院此刻在招引，在威胁，如果他碰巧往下看看的话。

他看到他们来了太多的人；仅院子里就有三名准军事人员。他瞥了一眼邻近的屋顶。在北加尔各答的某些地区，起跳跨越建筑物之间的空隙倒是有可能。然而眩晕使之变得不可能；他再也无法测度简单的距离了。无论如何，在托利冈吉，房屋建造得相距太远了。

赶在他的父亲过去打开大门的锁，让他们进来之前，他掉头冲下楼梯间。转弯的时候弯腰驼背，小心不要被人透过露台格栅发现。穿过房子的新建的部分进入老房。房间后面有一扇门，是他曾经和苏巴什共用的，通往花园的狭窄双门。

他翻过院子的后墙，就像小时候那样，逃离这所房子而不引起母亲的注意。因为手上的伤而无法快速做到，但踩着煤油罐还是成功了。傍晚很是暖和,硫黄味十分浓烈。

他行动迅速,抄近路穿过池塘,来到低地。他进入水葫芦最厚的区域,探出一步,然后是另一步,水接纳了他,直到他的身体隐藏起来。

他深吸一口气,闭上嘴,然后沉入水下。他尽力不动。用他未受伤的那只手的指尖,捏紧鼻孔。

最初的几秒钟之后,压力在他的肺部累集、燃烧,仿佛他全身的重量都集中在那里。他屏住的一口气变得坚硬,堵在胸口。这是正常的,不是出于缺氧,而是因为他血液中二氧化碳正在积聚。

如果一个人能够竭力克制这一刻呼吸的本能,那么身体最多可以存活六分钟。血液会开始从他的肝脏和肠消退,流向心脏和大脑。那位给他治疗手伤的医生,在他的询问下,向他解释过这个问题。

他监视他的脉搏,自我照料。情况应该会更好一点,如果他不是一直在跑动的话。如果他进入水中的时候,脉搏慢一些的话。他开始计数。他数了十秒钟。极力压抑浮出水面的冲动,迫使自己再忍受几秒钟。

在水下,有不必努力去听任何事情的自由。他免除了理解错误、要求人们重复的挫败感。医生说,听力可能会改善,随着时间推移,耳朵里的扭曲失真和振铃声可能会消退。他得等等再看。

水下的寂静并不是绝对的。相反,有一种沉闷的呼气声穿透他的头颅。这不同于爆炸之后他所经历的部分失聪。水,一种比空气更好的声音导体。

他好奇这种耳聋像不像访问一个国家却不懂得那里的语言。听到什么都吸收不了。他从未去过另一个国家。没有去过中国或古巴。他记起了最近读过的东西，切①写给他的孩子们的最后遗言：记住，革命才是最重要的，我们每个人单独看都无足轻重。

但在这种情况下，这句话没有解决任何问题，没有帮助任何人。在这种情况下，将没有任何革命。他现在知道了。

如果他那么无足轻重，为什么如此绝望地想要拯救自己？为什么，到了最后，身体不肯服从大脑？

突然之间，他的身体压倒了他，他浮出了水面；他的头和胸露了出来，鼻孔在燃烧，急促地喘着气。

两名准军事人员面对他站着，他们的枪抬了起来。其中一个人正在用扩音器大喊大叫，好让乌达安不费力气听清所说的话。

他们包围了那片低地。他看到身后一段距离站着一名士兵，左右两边还各有一名。他们抓来了他的家人。那个声音宣布道，如果他不投降，他们就要开始射杀他们了。这个威胁十分响亮，不仅让他听得清清楚楚，也要整个社区都听到。

他小心翼翼地从水草密密匝匝的齐腰深水里站起来。他正在咳出刚才吞下的东西，剧烈地咳嗽，挣得满脸通红。他们指示他向前走，双手举过头顶。

---

① 即切·格瓦拉。

又是一阵踉跄、眩晕。水面倾斜，天空比正常低沉，地平线晃晃悠悠。他想披上一条披肩。想要那条柔软的栗色披肩；高丽总是把它挂在他们房间里的一根竿子上，早上他裹了披肩，到屋顶上吸第一支香烟时，就笼罩在她的气味之中。

他希望她和他的母亲还在外面购物。但是他从水中出来时，看到她们已经回来，就在现场。

事情起源于大学，在高丽的社区，从她居住的公寓沿街走几步就到达的校园。做实验的时候，食堂吃饭的时候，大家总是在谈论这个国家和它出的所有问题。停滞不前的经济，生活水准的恶化。最近的大米短缺将数万人口推向了饥饿的边缘。对独立的嘲弄，印度的一半仍然在枷锁中。只不过印度人现在是给自己戴上枷锁。

他结识了马克思主义学生会的一些成员。他们谈到了越南的例子。他开始逃课，与他们一起在加尔各答四处游荡。参观工厂，访问贫民窟。

1966 年，他们在总统大学发起了一次罢工，抗议招待所管理不善。他们要求主管辞职。他们冒着被开除的危险。他们关闭了整个加尔各答大学，前后共计六十九天。

他去了乡下，进一步自我灌输革命信仰。他得到指示从一处搬到另一处，每天日落前行走十五英里。他见到了生活在绝望之中的佃农。那些依靠动物饲料苟延残喘的人。每天吃一顿饭的孩子。

有人告诉他，那些没有饭吃的人有时会杀害他们的家人，然后结束自己的生命。

他们的生计取决于他们与土地所有者、放债人之间的约定。取决于利用他们的人。他们无法控制的力量。他看到了制度是如何强迫他们,如何羞辱他们的,是如何剥夺他们的尊严的。

他得到什么就吃什么。糙米饭,冲稀的扁豆汤,从来不够解渴的水。在一些村庄,茶是没有的。他很少洗澡,不得不在田里排便。没有地方可以私密地忍受剧烈的痉挛横冲直撞穿过他的肠道,穿过皮肤上那个火辣辣的开口。对他而言,这是暂时的丧失。可是太多人并不知道还有别的。

到了晚上,他和同伴们隐藏在绳子绷的床上、米袋子上。他们受尽蚊子的折磨,它们成群地慢慢接近,咬得他们体无完肤。有些男孩来自富裕家庭。没几天就只剩下一两个人了。晚上,在集体的沉默中,他为自己的所见所闻而苦恼着,乌达安允许自己想念那唯一的安慰。高丽。他想象再次见到她,和她说话。他想知道她是否愿意做他的妻子。

有一天,去探访一家诊所,他直接面对了一名年轻女子的尸体。她与高丽年龄相仿,已经是众多孩子的母亲。从外观看,不很清楚她死于什么。医生让他们猜,小组中没有人能答对。他们得知,试图为家人获得便宜的大米时,她被奔逃的人群踩踏了。她的肺部被压碎了。

讽刺的是,她的脸很饱满,而腹部松弛。他想象其他人在她身后推挤,也许就想撞倒她。那些人她也许在村里就认识,也许称他们邻居和朋友。这又一次证明了现行制度即将瓦解,证明这样的贫穷是一种犯罪。

他们获知还有另外一种选择。不过，刚开始它主要是一个表达意见的问题。如何参加聚会和集会，如何继续自我教育。张贴海报，半夜出去刷口号。阅读查鲁·马宗达的传单，信任卡努·桑亚尔。相信解决方案就在手上。

在加尔各答，党刚刚成立，苏巴什就离开了，前往美国。他强烈批评党的目标，毫不认可。事实上，哥哥的反对激怒了乌达安，但他们的离别使他心里充满一种预感，尽管他努力摆脱，那就是他们再也不会见面了。几个月后，他与高丽结婚。

苏巴什离开后，乌达安的唯一的朋友就是他的同志们。慢慢地，任务变得更加有目的性。把汽油泼进一所官办学院的注册办公室。研究制造炸弹的操作指南，从实验室偷来原料。在社区的小队成员中，他们讨论潜在的目标。托利俱乐部，为它所代表的阶级。一个警察，为他所体现的权威，以及他的枪。

党宣布成立后，他开始过着两种生活。占据两个维度，遵守两套法律。在一个世界里，他与高丽结婚，与父母同住，来来去去以免引起怀疑，教导他的学生，指导他们在学校进行简单的实验。给在美国的苏巴什写一些欢快的信，假装不理会这场运动，假装他的献身热情已经冷却。向他的哥哥说谎，希望能让他们的关系再次密切。向他的父母说谎，不想令他们担心。

但在党的世界里，帮助杀死一名警察也是对他的期待。那些警察由外国人训练，是残暴的象征。查鲁·马宗达说，他们不是印度人，他们不属于印度人。每次消灭都将传播革命。每次都是向前迈进一步。

他在约定的时间出现，守卫小巷，行动将在那里展开。袭击发生在午后不久，当时那个警察正在去学校接儿子的路上。那天他休班。那天，因为高丽，他们知道他没有带武器。

乌达安和他的小队成员多次聚会，研究匕首应该扎在腹部什么位置，在肋骨下方哪个点。他们记得辛哈被捕之前告诉他们：用革命的暴力反抗压迫。这是一种解放的力量，是人道的。

在巷子里，他感到平静而坚决。他看着警察的衣服变暗，惊愕的表情，凸起的眼睛，面部因痛苦而扭曲。于是那个敌人不再是警察。不再是丈夫，或者父亲。不再是托利俱乐部外面曾用一根破推杆猛击苏巴什的那个人的翻版。不再活着。

一把简单的匕首就足以杀死他。一种本来用于切开水果的工具。并不是现在瞄准乌达安脑后的子弹上膛的枪。

他不是那个挥舞匕首的人，只是放放哨而已。但是他的角色至关重要。他已经尽可能地靠近，他已经将手浸在那个敌人的新鲜血液中，把党的首字母写在了墙上，这时鲜血漏到手腕上，流进他的臂弯，于是他逃离了现场。

* * *

现在，他站在低地的边缘，在他一生居住的聚居区里。这是十月的一个晚上，托利冈吉正值黄昏，再过一周就到了杜尔嘎节。

他的父母正在恳求警察，坚称他是无辜的。然而就他所做的事情而言，无辜的只是他们。

他的双手被绑在身后,绳子擦伤了他的皮肤。这种不舒适使他分了心。他被告知转过身去。

逃跑和战斗都已经太晚。所以他站着,等待着,背对他的家人,想象着却不能看到他们。

他最后一眼看看父母,看到的是他们脚下的地面,当时他弯下腰请求他们的宽恕。他父亲在房子周围走动时所穿的柔软橡胶拖鞋。他的母亲纱丽的深褐色边缘,纱丽的末端遮住她的脸,包裹着她的肩膀,在喉咙处她用手指握着。

唯有高丽,他要设法直视她的脸,当时他的双手正被绑起来。若没能这么做,他无法从她那儿转过身去。

他知道自己绝不是她的英雄。他曾欺骗她、利用她。然而他爱过她。一个书呆子女孩,毫不在意她的美丽,没有意识到她的影响。她已经准备好独自生活,但从他认识她的那一刻起,他就需要她。而现在他就要抛弃她了。

或者是她抛弃他?因为她看着他,仿佛以前从未看过。这是一种幻灭的眼光。是他们曾经共享的一切的一个修订。

他们把他推进了面包车的后座,发动了引擎。他感觉到车门被砰地关上时的震动。他们会把他带到城外某个地方,盘问他,然后把他干掉。不是那样,就是投入监狱。然而不是,他们关掉了引擎,面包车停了下来。门开了。他又被拉了出来。

他们在球场上,他和苏巴什一起来过无数次的球场上。

他们什么也没问他。他们解开他的双手,然后指着一个方向,指示他现在要朝那边走过去,双手再次举过头顶。

慢慢走,他听到他们说。走一步停一下。

他照他们的吩咐做了。一步一步，他从他们那里走开。回家去，他们说。但他知道，他们只是在等他落入理想射程。

一步，然后又一步。他开始计算了。还有多少步？

他从一开始就知道他在做的事情有多大风险。但是只有那个警察的血，才让他有所准备。那血不仅仅属于警察，也成了乌达安的一部分。以至于当警察躺在巷子里死去的时候，他也感觉到自己的生命开始消退，不可逆转。从那以后，他就在等待自己的血溢出。

只是一刹那，他听到那声爆炸撕穿了他的肺。声音听起来像大水喷涌或风在呼啸。声音属于这个世界几种固有的力，随后把他带出了这个世界。寂静现在是纯净的了。没有任何干扰。

他并不孤单。高丽站在他面前，穿着桃红色的纱丽。她有点气喘吁吁，腋窝的汗水打湿了她的内衫。幕间休息，电影厅外面是一个明亮的下午。他们错过了电影的第一部分。

她白天跑过来见他，还不像妻子那么熟悉，准备和他一起坐在黑暗中。

她的头发微微发亮。他想把头发撩过她的脖子，感受手指上它那无拘无束的重量。光线从头发上反射回来，使之成为一面镜子，投射出一道微弱却完整的光谱。

他紧张地听她说话。他又朝她走近一步，丢掉了手指上的香烟。

他依顺她的姿态调整自己的。他的头向下倾斜，他的手在他们之间形成一个凉篷，为她的脸遮挡太阳。这是一个无用的姿势。只有沉默。她头发上的阳光。

图书在版编目(CIP)数据
低地/[美]裘帕·拉希莉著;吴冰青译.—杭州:浙江文艺出版社,2019.8
ISBN 978－7－5339－5775－9
Ⅰ.①低… Ⅱ.①裘… ②吴… Ⅲ.①长篇小说—美国—现代 Ⅳ.①I712.45
中国版本图书馆 CIP 数据核字(2019)第 158035 号

策划统筹　曹元勇
责任编辑　李　灿
特约编辑　周　思
封面设计　山川制本 workshop
责任印制　吴春娟

低地
[美]裘帕·拉希莉　著
吴冰青　译

出版　浙江文艺出版社
地址　杭州市体育场路 347 号　　邮编　310006
网址　www.zjwycbs.cn
经销　浙江省新华书店集团有限公司
印刷　上海中华商务联合印刷有限公司
开本　850 毫米×1168 毫米　1/32
字数　268 千字
印张　13.375
插页　6
版次　2019 年 8 月第 1 版
印次　2019 年 8 月第 1 次印刷
书号　ISBN 978－7－5339－5775－9
定价　68.00 元(精装)